無限劇

무한투 8

류진 新무협 판타지 소설

초판 1쇄 찍은 날 § 2002년 5월 20일
초판 1쇄 펴낸 날 § 2002년 5월 27일

지은이 § 류진
펴낸이 § 서경석

편집장 § 문혜영
편집책임 § 김희정
편집 § 장상수 · 박영주 · 권민정 · 이종민
마케팅 § 정필 · 강양원 · 김규진 · 안진원

펴낸곳 § 도서출판 청어람
등록번호 § 제1081-1-89호
등록일자 § 1999. 5. 31
어람번호 § 제2-0094호

주소 § 경기도 부천시 원미구 심곡1동 350-1 남성B/D 3F (우) 420-011
전화 § 032-656-4452 팩스 § 032-656-4453
http://www.chungeoram.com
E-mail § eoram99@chollian.net

값 7,500원

ISBN 89-5505-281-2 (SET)
ISBN 89-5505-374-6 04810

무한투

無限鬪

류진 新무협 판타지 소설

8

머물 것인가, 떠날 것인가

도서출판

청어람

CONTENTS ▬

제59장

사랑을 위하여

제59장 사랑을 위하여

튜리펀은 파주주가 잡고 있는 사내를 보았다. 인상을 잔뜩 찡그린 모습이 금방이라도 죽을 것만 같았다.

'감히 파주주에게 덤비다니… 정신 나간 흡혈귀 같으니라구.'

그는 내심 코웃음을 치고 에킴무들과 싸우고 있는 다른 자들을 보았다. 놀랍게도 그들은 거의 모든 에킴무들을 몰살시킨 상태였다. 허공을 날아다니는 에킴무는 오십 마리가 채 되지 않았고 그 수도 빠르게 줄어들고 있었다.

특히 온몸에서 거미줄 같은 실을 뽑아내서 싸우는 여인의 전투 능력은 놀라웠다.

'저 정령은 대체 어떤 종류지? 거미의 정령 운골리안트보다 더 강한 것 같군. 파주주가 나서야 없앨 수 있겠는걸.'

그가 파주주에게 막 눈길을 돌릴 때였다. 파주주의 코앞에서 먹힐 준비를 하고 있던 사내가 갑자기 검을 휘둘렀다. '쓸데없는 발악을 하는군'이라고 생각했는데 아니었다. 검끝에서 아지랑이 같은 기운이 거세게 뻗어 나오더니 파주주의 입 위쪽을 갈랐다.

자욱한 피보라와 함께 비명이 터져 나왔다. 거대한 몸체에 비하면 턱없이 작은 상처였지만 그래도 고통은 있기 마련이었다. 사내는 파주주의 힘이 순간적으로 약해진 틈을 타 손톱 사이를 빠져나갔다.

쩡!

사내를 잡기 위해 뒤늦게 켠 손톱 사이에서 날카로운 소리가 울렸다. 파리처럼 가벼운 몸놀림으로 파주주 손으로 올라선 사내는 털을 밟으며 안쪽으로 파고들었다. 팔 위를 달리는 사내의 속도는 쏜살을 무색케 할 정도로 빨랐다. 파주주가 다른 쪽 손으로 내려쳤지만 사내를 잡지는 못했다.

"벼룩 같은 놈!"

파주주는 성난 음성을 토해내며 사내가 올라선 팔을 마구 털었다. 그러나 사내는 이미 어깨 위로 올라선 후였다. 파리를 잡듯 마구 휘두르는 파주주의 손을 피해 목 가까이로 다가간 사내의 검이 횡으로 그어졌다.

쓰와앙—!

오십 야드나 떨어져 있는데도 검끝에서 뿜어져 나오는 기운을 똑똑히 볼 수 있었다. 그것은 마치 마법처럼 중간에 걸린 털을 떨궈낸 후 파주주의 목을 갈랐다.

"크아악—!"

입 언저리를 베었을 때와는 비교할 수 없는 비명이 터져 나왔다. 튜리핀은 그 엄청난 비명 소리 때문에 황급히 물러났다. 이십 야드 정도를 후퇴한 후 다시 본 파주주는 피가 뿜어져 나오는 자신의 목을 마구 후려치고 있었다.

사내를 잡기 위한 몸부림이었지만 목표물은 이미 그의 목젖 아래로 이동하고 있었다.

"파주주님! 가슴 위쪽입니다!"

그 상황에서도 목소리를 들었는지 파주주는 목 바로 아래를 두 손으로 눌렀다. 하지만 사내는 이해할 수 없는 빠른 몸놀림으로 파주주의 공격을 피하더니 마법의 검을 휘둘렀다. 거대한 목젖이 쩍 벌어지는 게 똑똑히 보였다. 그 상처는 벤 것이 아니라 마치 잡아 뜯은 것 같았다.

십 피트 이상 찢어진 속살에서 이윽고 피가 터져 나왔다. 아무리 커다란 덩치의 파주주라 하더라도 목 부근의 상처는 위험할 수밖에 없었다. 목을 감싼 파주주는 기어코 뒤로 물러섰다.

'기껏 흡혈귀와의 싸움에서 후퇴를 하다니!'

튜리핀의 놀람은 거기에서 끝나지 않았다. 땅으로 떨어진 줄 알았던 사내는 물러서는 파주주의 가슴 털을 잡고 위로 올라가고 있었다.

'저 녀석은 도대체……!'

그는 손나팔을 만들어 힘껏 외쳤다.

"파주주님! 놈이 아직 가슴에 붙어 있어요!"

튜리핀은 소리를 지르고 황급히 돌아섰다. 파주주가 움직이며 만든 바람이 엄청난 강풍을 몰고 왔기 때문이다. 허공에서 떠 있던 튜리핀은 바람을 이기지 못하고 훌훌 날아갔다.

날카롭게 부딪치는 모래 알갱이에 얇은 날개가 금방이라도 찢어질 것 같았다. 그는 억지로 몸을 세우고 파주주에게 시선을 던졌다. 위험

한 행동이었지만 파주주와 사내의 싸움이 어떻게 되는지 봐야 했다.

황색의 장막처럼 거세게 흩날리는 모래바람 사이로 파주주의 모습이 보였다. 뿌연 시야와 백 야드 이상 떨어진 거리 때문에 사내는 쉽게 발견할 수 없었다. 손으로 모래를 막으며 시야를 모으던 튜리핀은 위로 손을 움직이는 파주주를 보고 눈길을 머리 쪽으로 모았다.

파주주의 정수리 그곳! 사내가 검을 높이 쳐들고 있었다.

"위험!"

그는 자신도 모르게 소리쳤다. 저 작은 검에 파주주가 상처를 입는다 해도 대수롭지 않을 것이 분명한데, 왜 위기를 느꼈는지 알 수 없었다.

사내의 검이 아래로 내려쳐지자 어지럽게 날아다니던 모래커튼이 양쪽으로 갈라졌다. 끝에 삼십 인치 정도의 파란빛을 뿜어내는 검이 파주주의 머리를 파고들었다. 비명도 없이 입을 쩍 벌린 파주주는 머리 위에서 손을 마구 휘저었다.

다시 검을 휘두르려던 사내에게 우연처럼 손톱이 스쳤다. 단지 그것만으로 사내는 크게 통기더니 바닥으로 떨어졌다. 가슴 앞으로 떨어지는 녀석을 양손으로 납작 눌러주기를 기대했지만 파주주는 머리의 상처를 감싸는 데 정신이 없었다.

"주 가가! 올라가세요!"

튜리핀은 날카로운 목소리가 들린 곳을 보았다. 거미줄 같은 실을 뿜어대던 여인이었다. 그녀는 파주주의 발치로 쇄도하며 그 살벌한 실을 떨어지는 사내에게로 쏘아 올렸다. 서로 엉켜 끝이 둥글게 말린 실은 파주주의 배꼽 부근까지 뻗어갔다.

불안정하게 떨어지던 사내는 공중제비를 돌아 실을 박차고 뛰어올랐다. 떨어질 때보다 훨씬 빠른 속도였다. 순식간에 허공을 격한 사내는 파주주의 어깨에 내려섰다. 여전히 상처 때문에 정신을 못 차리고 있는 파주주는 사내가 어깨에 올라와 있는지도 모르는 것 같았다.

튜리핀은 경고성을 발하지도 못하고 멍하니 그 모습만 보고 있었다. 적이 없을 거라 생각했던 파주주가 죽을지도 모른다는 예감이 스쳤다.

어깨에 내려선 사내는 그 무시무시한 마법의 검을 파주주 목에 손잡이만 남도록 꽂아 넣었다.

"크아앙—!"

파주주는 비명을 지르며 손을 목으로 가져갔다.

취리리릭—!

엄청나게 큰 목소리 속에서도 여인이 쏘아 보낸 실이 모래를 쪼개는 소리는 똑똑히 들렸다. 허공을 가른 실은 사내를 덮치기 위해 움직이던 손목을 감아버렸다. 파주주의 힘이 월등하기는 했지만 주춤하는 것까지는 어쩔 수 없었다.

그사이 사내는 검을 박은 채 목 뒤쪽으로 빠르게 돌아갔다. 철벽만큼이나 단단한 파주주의 목은 너무도 쉽게 사내의 검을 허락했다. 파주주는 실이 감기지 않은 손으로 사내를 잡으려 했지만 그 팔목마저 여인이 쏘아낸 실에 묶이고 말았다.

고통과 분노 때문에 광분한 파주주의 목표가 여인에게로 바뀌었다. 파주주는 독수리의 그것 같은 발을 들어 여인을 밟았다. '저런 식으로는 여인을 죽일 수 없을 거야'라는 튜리핀의 예상은 그대로 맞아떨어졌다.

거대한 먼지구름 속에서 잠시 모습을 감췄던 여인이 나타난 곳은 파주주의 뒤쪽이었다. 그녀는 실을 온몸에 감고 앞으로 내달렸다. 저 작은 몸에서 나온 거라고는 믿기지 않을 정도로 긴 줄은 날카롭기까지 했다. 묶인 파주주의 손목에서 피가 배어 나오는 것이 그것을 증명하고 있었다.

실에 의한 상처는 그것만이 아니었다. 여인이 뒤쪽으로 돌아가는 바람에 팔목에서 가슴으로 내려와 중간에 걸린 사타구니에서도 피가 뚝뚝 떨어졌다.

여인이 싸움을 하는 사이 사내는 파주주의 목을 완전히 한 바퀴 돈 상태였다. 조금씩 터져 나오던 피는 이제 폭포처럼 떨어져 내렸다. 어깨와 가슴이 온통 피로 물들었다. 선혈을 뒤집어쓴 사내가 이번에는 위에서 아래로 검을 그어 내렸다.

막대한 힘으로 여인의 실을 모두 끊어낸 파주주가 자신의 목을 후려쳤다. 그 커다란 손바닥은 정확히 사내를 덮쳤다. 하지만 파주주는 그 일격으로 사내를 죽이진 못했다. 손바닥이 덮치기 직전 피가 터져 나오는 상처 안으로 사내가 들어가 버렸기 때문이다.

퍼엉!

헛되이 목을 두드린 손가락 사이로 자욱한 피가 흩뿌려졌다. 끊임없이 괴성을 터뜨리며 몸부림치던 파주주는 허공으로 날아올랐다. 바람의 마족답게 엄청난 속도였다. 파주주의 모습은 금세 까마득한 점으로 변했다.

"주 가가!"

정령 여인이 목이 터져라 외쳤다. 사내의 이름을 부르는 것 같았다. 튜리핀은 파주주가 사라진 하늘을 하염없이 올려다보았다. 여명이 밀려오기 직전의 하늘은 더 이상 검을 수 없을 정도의 어둠을 품고 있었다.

휘이잉—

바람이 그에게 모래를 한 아름 안겨주었다. 튜리핀은 눈에 들어온 먼지를 씻어내고 파주주가 사라진 곳을 쳐다보았다. 파주주를 삼켜 버린 검은 바다는 아무것도 보여주지 않았다.

'대체 어디로 간 거지?'

이 사막을 벗어나 세상 어딘가로 날아가 버린 것 같았다. 일 프앵(1시간:4프앵)이 지나도록 파주주의 모습은 나타나지 않았다.

'녀석을 목에 넣고 멀리 가버린 모양이군.'

끼아아악—!

창자를 토해내는 듯한 비명 소리에 튜리핀은 고개를 돌렸다. 먼지로 무너지는 에킴무의 모습이 눈에 들어왔다. 유일한 사람인 남자의 도에 목이 잘려 흔적도 없이 사라지는 저 에킴무가 마지막이었다. 허공을 가득 메웠던 에킴무는 이제 한 마리도 보이지 않았다.

튜리핀은 덜컥 두려움을 느꼈다. 파주주와 에킴무가 없어졌으니 이제 남은 것은 자신뿐이었다. 도망가기 위해 몸을 돌리던 그의 시선에 무언가가 스쳤다. 파주주가 사라졌던 하늘에서 나타난 것이었다.

호기심보다 목숨이 중요했지만 단탈리안에게 제대로 보고를 못하면 그에게 죽을 수도 있었다. 그래서 그는 두려움을 참고 하늘에서 떨어지는 것을 보았다.

촤아아—!

엄청난 양의 그것은 분명 피였다. 하늘이 갈라지며 피를 쏟는 것 같았다. 선혈이 땅에 떨어지며 모래를 이십 피트도 넘게 파놓았다. 튜리핀은 사방으로 튀어 오르는 핏물을 피해 이리저리 날아다녀야 했다. 그와 달리 정령 여인은 모래 섞인 피를 고스란히 맞으며 하늘에서 시선을 떼지 않았다.

그는 피가 미치지 않는 자리까지 떨어진 후 여인을 따라 눈길을 돌렸다. 하늘을 반으로 가르며 쏟아지는 피의 폭포는 쉽게 그치지 않았다. 하지만 끝나지 않는 파티가 어디 있겠는가?

피의 끝에 있는 물체가 빠르게 확대되었다. 그것이 땅에서 오백 피트 정도 가까워졌을 때 실체를 확인할 수 있었다.

"파주주!"

이미 예상을 했는데도 놀람은 새롭게 찾아왔다. 파주주의 거대한 몸뚱이는 힘없이 추락했다. 그것이 삼백 피트 가까이로 왔을 때 비로소 목이 이상한 각도로 꺾여 있다는 것을 알 수 있었다.

파주주의 목은 뼈가 끊어진 채 가죽에만 매달린 상태였다. 지상 최강 마족 중 하나의 죽음을 자각하기도 전에 엄청난 굉음이 찾아왔다.

쿠와아아앙—!

키가 이백 피트에 달하는 파주주가 땅에 부딪치며 만든 충격은 그 자체로 폭풍을 만들었다. 대지가 갈라질 듯 요동 쳤고 피 먹은 모래들은 화살이 되어 반경 오백 야드 안을 붉게 물들였다. 미처 예상을 못하고 있던 튜리핀은 허겁지겁 도망쳤지만 피모래의 공격에서 완전히 자유로울 수는 없었다.

퍼버버벅!

화살로 변한 모래가 그의 연약한 날개를 사정없이 관통해 버렸다. 날카로운 고통 속에서도 튜리핀은 나는 것을 멈추지 않았다. 다행히 날개 막의 아래쪽과 근육이 찢기지는 않아서 추락은 면할 수 있었다.

정신없이 날아가던 튜리핀은 쏘아오는 모래가 뜸해짐을 느끼고 속도를 늦췄다. 그는 어느새 파주주가 추락한 곳에서 삼백 야드나 떨어져 있었다. 파주주는 모래 속에 파묻혀 보이지 않았다.

파주주뿐만 아니라 흡혈귀 일행도 모두 사라져 버렸다. 모두 모래 파편에 갈기갈기 찢어졌거나 땅속에 묻혔을 것이다. 튜리핀은 둘 중 어느 것이 되든 그들이 죽었기를 바랐다. 그래야만 부쿠브 카키슈를 가지고 돌아갈 수 있기 때문이다.

어디에 있는지 보이지는 않지만 찾는 것은 시간문제였다. 방해자만 없다면 말이다. 하지만 그의 뜻대로 일이 진행되지는 않을 모양이었다.

"푸우—!"

여인이 숨을 터뜨리며 모래 속에서 모습을 드러냈다. 그녀는 몸에 묻은 모래를 털 생각도 하지 않고 파주주가 떨어진 곳으로 뛰어갔다. 모래 속으로 스며들지 않은 핏물이 그녀의 발에 밟혀 철벅거렸다.

"주 가가!"

여인은 사내를 부르며 구덩이 속으로 뛰어들었다. 튜리핀은 가까이 가서 보고 싶은 것을 꾹 눌러 참았다.

여인이 사라진 지 오 옹스(1옹스:7.5초) 정도 되었을까? 구덩이 속에서 검은색 재가 날아오르기 시작했다. 저것은 분명 파주주의 육신이 대기의 정령으로 변하는 현상이었다.

"바람의 마족이 초라한 대기의 정령으로 변하다니……."

이제 파주주의 죽음은 의심할 여지가 없어져 버렸다. 남은 것은 사내의 생사였다.

"녀석도 죽었겠지? 그 높은 곳에서 떨어졌는데 살아남을 리가 없어."

그는 희망 섞인 중얼거림을 뱉어냈다. 파주주가 변한 검은 재가 옆어져서 사라질 즈음 여인이 구덩이 안에서 튀어나왔다. 그녀의 품에는 완벽한 핏덩이가 안겨 있었다. 몸이 부서진 탓인지 파주주의 피가 묻어서인지는 아직 알 수 없었다.

"주 가가! 주 가가!"

사내를 목 놓아 부르는 그녀에게 두 개의 그림자가 다가왔다. 키 작은 흡혈귀와 도를 든 인간이었다. 그들도 파주주가 죽으며 일으킨 모래폭풍 속에서 용케 살아남아 있었다. 정말 끈질긴 녀석들이었다.

"주적지는 어떻소?"

작은 흡혈귀의 물음에 여인이 고개를 저었다. 모른다는 뜻이었는데 곧바로 사내의 생사가 확인되었다.

"난… 괜찮아."

힘겹게 말을 뱉은 사내가 꿈틀꿈틀 움직였다.

"휴— 다행이군."

안도를 한 키 작은 흡혈귀의 시선이 우연처럼 튜리핀에게 향했다. 깜짝 놀란 튜리핀은 망설이다가 이내 날갯짓을 했다. 더 이상 있어보았자 목숨의 위협을 받는 것이 고작일 터였다.

알아낼 것도 없으니 한시라도 빨리 단탈리안에게 이 사실을 보고해야 했다. 구멍이 뚫린 날개가 저을 때마다 쑤셨다. 그는 개미처럼 작게 보이는 그들이 쫓아오지 않는 것을 확인하고 안도의 한숨을 쉬었다. 안전하다고 생각되자 잊혀졌던 호기심이 고개를 들었다.

'대체 저 끔찍하게 강한 녀석들은 누구지?'

*   *   *

"뭐… 뭐라구요?"

베리알은 자신이 잘못 들은 것이 아닌가 하는 생각에 다시 물었다. 나무에 이마를 댄 샤를롯트가 울음 섞인 목소리로 말했다.

"미안해요. 저로서도 어쩔 수 없어요."

"난 당신한테 사과를 받고 싶은 것이 아니오. 지금 말한 것이 사실 인지 그것을 확인하고 싶은 것이오."

물론 사실이리라. 샤를롯트가 이런 저급한 농담을 할 리가 없었다. 그녀의 떨리는 목소리는 그들이 자리한 숲을 한 바퀴 돌아 베리알의 가슴을 아프게 파고들었다.

"페더본 가에서 당신의 동생… 지그문트와 혼인을 요구해 왔고… 아버지는 그것을 승낙하셨어요. 언제나 제 의견을 물으셨는데 이번만 은 그냥… 그냥……."

"안 되오! 절대 안 되오! 그럴 수 없소! 당신과 지그문트의 결혼은 있 을 수 없소!"

"하지만 아버님은 이미 약속하셨어요. 제가 안 된다고 했지만 이번 만은 어쩔 수 없어요. 만약 거절하게 된다면… 사태가 어떻게 발전할 지는 당신도 잘 아시잖아요."

물론 알았다. 귀족의 여식이란 마음대로 상대를 결정할 권한이 없었 다. 권력에 따라 이리저리 이동하는 도구에 가까웠다. 만약 여기서 샤 를롯트의 아버지가 혼인 약속을 파기한다면 페더본 가에 커다란 수치 를 안겨주는 것이나 마찬가지였다.

물론 무력으로 아우구슈트라스 가를 치지는 않겠지만 신성로마제국 에서 힘의 절대적인 우위를 가지고 있는 페더본 가가 그냥 넘어갈 리 없었다. 결국 그녀의 아버지나 삼촌에게 막대한 피해가 갈 것은 불을 보듯 뻔한 일이었다.

"어떻게… 어떻게 아버지가 당신에게 눈을 돌리게 된 것이오? 어떻게?"

그녀는 입술을 달싹이다 겨우 말을 뱉어냈다.

"당신 동생 지그문트가 요구를 했대요, 저와 결혼하겠다고……."

베리알은 가슴 밑바닥에서 끓어오르는 불 같은 분노를 느꼈다. 어떻게 알았는지 몰라도 지그문트는 그와 샤를롯트의 사이를 알아챈 것이 분명했다. 그래서 일부러 이런 짓을 벌인 것이다. 그를 불행의 늪에 빠뜨리기 위해서는 무슨 짓이든 할 수 있는 놈이 지그문트니까.

"이 자식!"

그는 땅을 박찼다.

"베리알님!"

샤를롯트의 부름은 그를 멈추게 하지 못했다. 그는 나무에 매어놓은 말에 올라타 채찍을 휘둘렀다.

'이 결혼은 막아야 해! 샤를롯트를 지그문트 따위에게 줄 순 없어!'

그는 얼굴이 화끈거릴 정도의 바람을 맞으며 밤베르크를 향해 내달렸다. 오십 마일을 오는 동안 한 번도 쉬지 않았다. 그뿐만 아니라 말도 침을 흘리며 괴로워하고 있었다. 멀리 성곽이 보이는 숲 안쪽에서 말은 기어코 바닥에 나뒹굴었다. 말과 함께 땅에 팽개쳐진 베리알은 벌떡 일어섰다.

말은 앞발이 부러져 고통스런 숨을 내뱉고 있었다. 이런 상태의 말은 도저히 살아날 수 없었다. 설사 산다 하더라도 발이 부러졌으니 어차피 죽여야 했다. 베리알은 말에게 미안한 마음을 뒤로한 채 성을 향해 달렸다.

데엥! 데엥!

교회 종소리가 하루 일과가 끝났다는 것을 알리고 있었다. 베리알은 아우터모트에 드리워진 부교를 넘어 성문을 통과했다. 병사와 시민들의 인사를 무시하고 그는 백작의 저택을 향해 달음질쳤다.

"헉! 헉!"

저택의 대문 앞에 멈춰 선 베리알은 거친 숨을 몰아쉬었다. 쇠창살 사이로 보이는 거대한 저택은 고요하기 그지없었다.

"베리알 도련님!"

문 양쪽에서 경비를 서던 병사들이 그에게로 다가왔다.

"어쩐 일이십니까?"

"문… 열어라."

"네?"

"문 열어!"

그의 외침에 겁먹은 표정을 지은 병사는 순순히 문을 열어주었다. 베리알은 후들거리는 다리를 저택 안으로 옮겼다. 다행히 지그문트의 방에 다다를 때까지 아버지도 백작 부인도 마주치지 않았다. 몇몇 시녀만이 그의 살기 어린 모습에 어리둥절한 얼굴로 비켜설 뿐이었다.

콰앙!

그는 거칠게 지그문트의 방문을 걷어찼다. 무언가를 쓰고 있던 지그문트는 깜짝 놀라 고개를 들더니 이내 의미 모를 웃음을 보였다.

"뭐냐? 꽤나 흥분한 것 같은데."

베리알은 성큼성큼 다가가서 다짜고짜 지그문트의 멱살을 잡고 일으켰다. 그의 거친 행동에 지그문트의 웃음은 사라졌다.

"너… 감히 페더본 가의 후계자에게 무슨 짓이야!"

"샤를롯와의 결혼 당장 취소해."

뱃속에서 울리는 목소리는 낮고 차가웠다.

"이봐, 그건 이미 정해진… 일이야. 이, 이것 놔! 수, 숨 막히잖아!"

베리알은 멱살을 잡은 손에 더욱 힘을 줬다.

"이 자리에서 죽고 싶지 않으면 결혼 취소해!"

"웃기지 마… 네 녀석이 내 밑에서 독립하는 꼴은… 절대 못 봐! 끄륵!"

"이 개자식! 정실의 자식으로 태어나 페더본 가의 후계자가 됐으면 그만이지, 왜 내 사랑까지 빼앗으려 하는 것이냐!"

"크륵… 큭큭……!"

지그문트는 신음인지 웃음인지 알 수 없는 소리를 토해냈다.

"네놈은… 영원히 내… 똥구멍이나… 핥으며 살아야 해. 크윽!"

"이 야비한 놈!"

쾅!

지그문트를 탁자 위에 처박은 베리알의 주먹이 허공을 갈랐다. 참을 수 없는 분노가 온몸을 불타게 만들었다. 지그문트에게 폭력을 휘두르면 어떻게 되리라는 사실은 그의 뇌리에서 사라졌다.

참을 수 없는 분노를 분출하려는 몸부림만이 본능처럼 남았을 뿐이다.

퍼억!

기어코 지그문트의 얼굴에서 피가 튀었다. 붉은 선혈은 그의 분노를 더욱 부채질했다.

한 번, 두 번, 세 번…….

지그문트의 코뼈가 주저앉고 입술이 터져 나가도 그의 주먹은 멈추지 않았다. 그러던 어느 순간!

터엉! 하는 소리와 함께 갑자기 세상이 빙글빙글 돌아가기 시작했다. 중심을 잡고 지그문트 녀석의 얼굴을 갈겨줘야 하는데 몸이 말을 듣지 않았다. 벽이 곤두서더니 천장이 눈앞에 놓여졌다. 시야에 지그문트의 개 카시프트가 찌그러진 형태로 보였다.

"이 자식 감옥에 처넣어!"

지그문트의 목소리가 여러 개로 쪼개져서 뇌리를 후벼 팠다.

"넌 죽었어!"

그 소리는 아득하게 멀어지는 메아리처럼 들렸다.

*   *   *

"물론이죠."

반누크는 당연하다는 듯 고개까지 끄덕였다.

"무그 산을 알고 있단 말이지?"

소소자가 확인하듯 묻자 반누크가 대답했다.

"제 고향인 소그디아나에 있는 가장 큰 산인데 모를 리가 있겠습니까?"

그는 무릎에 걸린 양털 이불을 허벅지까지 끌어 올렸다. 파오 안이라고 해도 사막의 밤은 추웠다.

"무그 산은 소그디아나에서 성스러운 산이라 불리죠. 온갖 정령과 마족이 산다고들 하는데……."

반누크는 어깨를 으쓱했다.

"전 한 번도 본 적이 없어요. 물론 숲이 울창한 산 정상까지 가보지도 않았지만."

파오 벽에 등을 붙이고 있던 주적자가 물었다.

"우릴 그곳까지 안내해 줄 수 있겠나?"

반누크는 눈을 동그랗게 떴다.

"무그 산에는 왜요?"

"이유는 알 필요 없고 데려다 주기만 하면 돼. 물론 수고비는 넉넉히 주겠다."

"뭐, 제가 하는 일이 길 안내니 돈만 준다면야 어려울 것은 없죠."

소소지는 주적자 곁에 놓인 상자를 가리켰다.

"정말 그걸 세두한테 가져다 줄 생각이냐?"

"먼저 가자고 한 사람은 너였잖아."

"물론 그렇기는 하지만……."

반누크가 상자를 보며 물었다.

"그건 뭐죠? 이제까지 보지 못한 물건인데……."

주적자는 상자 뚜껑을 열어 반누크에게 보여줬다. 그들이 모르는 것을 혹시 반누크가 알고 있을 수도 있기 때문이다. 네모 반듯한 상자 안에는 투구 같은 것이 들어 있었다. 눈과 입을 제외한 머리 전체를 가리게 된 그것의 이마와 옆면에는 뾰족한 뿔이 솟아 있었다.

색깔은 전체적으로 윤이 나지 않는 검은색을 띠고 있었는데 주적자가 써도 헐렁할 정도로 컸다. 단단한 재질로 보아 흔한 쇠가 아니었다. 정확히 무언지 알 수 없지만 쇠가 아닌 것만은 분명했다.

"스팽겐헬름과 비슷하군요."

"스팽… 뭐?"

소소지의 물음에 반누크는 웃음을 지으며 말했다.

"투구의 종류를 일컫는 말입니다. 워낙 여러 곳을 돌아다니다 보니 간혹 진귀한 것을 보기도 하는데 이 스팽겐헬름도 그중 하나였죠. 뭐, 따지고 보면 그리 진귀할 것도 없지만, 그래도 몇백 년 전에 쓰던 투구를 본다는 것이 흔한 일은 아니잖아요."

"그럼 이 투구는 지금은 사용하지 않는다는 뜻인가?"

주적자의 물음에 반누크는 고개를 크게 끄덕였다.

"물론이죠. 지금은 주로 베서닛이나 피코켓처럼 어깨까지 보호할 수 있는 투구를 선호하거든요. 물론 서쪽 나라의 얘기지만요."

"이 물건이 서쪽 나라 것이라구?"

서쪽이란 말만 나와도 가슴이 움찔하는 주적자였다.

"네. 이슬람제국이나 소그디아나만 가도 이런 거추장스러운 투구는 볼 수 없어요."

반누크는 투구보다는 상자에 더 관심이 많은 것 같았다.

"그 상자는 혹시 금으로 된 것이 아닙니까?"

주적자는 아무렇게 않게 말했다.

"금이 맞는 것 같더군."

"휘유— 그 상자 무게가 능히 세 관(貫:1관은 3.75킬로그램)은 나가겠는데요. 그러면 비단이……."

손으로 계산을 하는 반누크를 뒤로하고 주적자는 파오를 나섰다. 투구의 종류만 알았을 뿐 반누크도 정체를 확실히 밝혀주지는 못했다. 중요한 것은 저 투구의 정체지 이름이 아니었기에 궁금증은 그대로 남아 있었다.

미란을 떠난 지 삼 일이 지났는데도 주위 풍경은 그대로였다. 그는 습관적으로 서쪽을 보았다. 화백의 정수리가 그의 시선 사이에 걸렸다.

"도착하려면 아직 멀었나요?"

"많이 가야 할 거야."

"다행이네요."

주적자는 화백을 보았다. 그녀는 눈을 초승달 모양으로 만들며 웃음을 지었다.

"주 가가와 그만큼 오래 여행할 수 있잖아요."

그가 머리카락을 흩트리자 화백이 몸을 꼭 껴안았다. 그녀의 따스한 체온이 차가운 몸으로 파고들었다. 주적자는 그녀 어깨에 손을 두르고 하늘을 보았다. 밤 그대로의 색깔을 품고 있는데도 왠지 시린 푸른색을 띤 것 같았다.

"주 보표님! 주 보표님!"

체르샤가 주적자를 부르며 파오에서 나왔다.

"웬 호들갑이야?"

놀란 표정의 소소자가 체르샤 뒤를 따라 나오며 물었다. 체르샤는 주적자에게 수정구를 내밀었다. 그와 당과를 찾았던 그것이었다. 주적자는 붉은 수정구를 보았다. 중앙과 바깥쪽에 각각 푸른 점이 하나씩 있었다.

가운데 자리한 것은 그였고 가장자리는 당과의 위치였다. 새삼스러울 것도 없는 일에 놀라는 이유를 물으려던 주적자는 다시 수정구에 눈길을 돌렸다.

두 개의 파란 점 중 하나가 움직이고 있었다. 하루 종일 쳐다봐도 느끼지 못할 정도로 느린 속도였지만, 그는 분명하게 볼 수 있었다.

"어떻게 된 거냐?"

"저도 모르겠어요. 확실한 것은 흡혈야황이 우리 쪽으로 다가오고 있다는 거예요. 아직 멀기는 하지만 분명 가까워지고 있어요."

"그게 정말이냐?"

소소자가 소리를 치며 수정구를 낚아챘다. 주적자는 서쪽으로 고개를 돌렸다. 당과가 오고 있다고 생각해서인지 금방이라도 모습을 드러낼 것 같았다.

'당과, 날 찾아오는 것이냐?'

*   *   *

퍽!

베리알은 벽에 부딪친 후 바닥으로 쓰러졌다. 너무 많이 맞은 탓에 솜 같은 지그문트의 주먹도 견딜 수 없었다. 그의 복부로 강철 조각이 박힌 신발이 파고들었다.

"흐읍!"

신음은 그의 의지와는 상관없이 입술을 비집고 나왔다. 지그문트가 발길질을 할 때마다 붉은 벽돌로 만든 감옥 안이 이리저리 흔들렸다. 시야가 흐려져 거의 보이지 않을 때쯤 지그문트가 때리는 것을 멈췄다.

"아버님 때문에 널 죽일 수는 없지만… 영원히 이 지하 감옥에서… 살아야 할 것이다."

지그문트의 목소리는 숨이 차서 토막토막 끊어졌다. 몸을 새우처럼 구부리고 일어서려는 그의 얼굴로 차가운 침이 떨어졌다. 끈적한 느낌이 볼을 타고 턱으로 전해졌다.

"더러운 서출 놈!"

지그문트는 힘겨운 그의 등을 한 번 더 밟아준 후에야 감옥을 나섰다.

철컹!

철문 닫히는 소리를 들으며 베리알은 벽에 등을 기댔다. 양쪽 눈이 거의 감겨서 사물을 인지하기가 힘들었지만, 저 차가운 철창만은 이상하리만치 똑똑히 보였다. 그를 세상과 격리시킨 철창은 마치 백작의 저택 대문을 보는 듯했다. 베리알이 그 철창 너머의 세계에 자의로 속할 수 없으니 같은 느낌을 갖는다고 이상할 것은 없었다.

몇 번 몸을 일으키려 했지만 무릎을 채 펴기도 전에 주저앉기를 반복했다. 일어선다고 달라질 게 없는데도 그는 고집스럽게 같은 몸짓을 반복했다. 지그문트에게 맞서서 주저앉는다는 것은 그의 자존심이 용납치 않았다. 그렇게 일 프앵 정도를 노력한 후에야 몸 전체를 벽에 기댈 수 있었다.

다리를 쭉 펴고 고개를 세우자 허탈한 감정이 밀려들었다. 오기를 부리고 일어서자 할 수 있는 일이 없어졌다. 그는 여전히 감옥에 갇혀 철창 너머의 다른 철창만을 보고 있어야 했다.

특별히 그를 지키기 위해 서 있던 두 병사 중 하나가 뒤를 돌아보다 그와 시선이 마주치자 황급히 피했다. 그를 만나는 것만으로도 영광이라고 생각했던 녀석인데…….

'빌어먹을!'

그는 애쓴 보람도 없이 다시 주저앉았다. 등에 느껴지는 차가운 감촉이 날카로운 가시가 되어 가슴을 파고들었다. 베리알은 힘없이 고개를 떨궜다. 지금 가장 고통스러운 것은 육체의 고통이나 감옥에 갇힌 사실이 아니었다.

샤를롯트와 지그문트의 결혼을 막지 못한다는 현실이 그를 고통의 나락으로 밀어 넣었다. 그토록 사랑하는 그녀가 다른 남자, 특히 지그문트와 맺어지는 것은 생각조차 하기 싫었다.

'정말 막을 수 없는 것일까?'

'그래' 라고 진실은 금세 답을 주었다. 그가 할 수 있는 일은 아무것도 없었다. 어머니가 수녀까지 되면서 몸 바친 그 신이라는 작자가 나서주지 않는 한 그에게 드리워진 불행의 그림자는 걷히지 않을 것이다.

절망의 늪에서 허덕이는 그의 정신 한쪽을 비집고 마법사의 얼굴이 떠올랐다. 얼굴도—그 달걀 같은 것이 얼굴일 리 없었다—이름도 모르는 마법사가 왜 희망이라는 이름으로 기웃거리는지 이해할 수 없었다.

만약 마법사가 했던 제의를 이 자리에서 한다면 어떨까? 그에게 정해진 운명을 따르라고, 그러면 힘을 준다는 조건을 내건다면… 물론 믿기지 않았지만 탈출구가 없는 지금 그에게 실낱같은 희망이라도 될 수 있으리라.

'하지만 이곳까지 올 리가 없지.'

"얼굴이 험해졌군."

갑자기 들린 소리에 베리알은 목이 삘 정도로 빨리 고개를 들었다. 그곳에 마법사가 있었다. 여전히 달걀 같은 얼굴을 한 그는 왠지 웃고 있는 것 같았다.

"여기를 어떻게……?"

베리알은 뒤늦게 철창이 벌어져 있는 것을 보았다. 그를 지키던 경비병 둘도 바닥에 쓰러져 있었다. 소리도 없이 할 수 있는 일이 아니었다. 아니, 그것보다 이곳까지 들키지 않고 내려왔다는 사실이 더욱 놀라웠다.

"생각이 바뀌었나?"

마법사는 여전히 낮은 목소리로 물었다. 그의 목소리에서 '사정이 바뀌었으니 이제 내 말을 들을 것이야'라는 식의 희망은 섞여 있지 않았다. 처음 만났을 때나 지금이나 저음에 탁한 목소리는 변함이 없었다.

베리알은 검은색의 매끈한 얼굴을 가진 마법사를 물끄러미 보았다. 아무것도 읽을 수 없는 표정이 그를 답답하게 만들었다.

"얼굴 좀 봅시다."

그의 말이 갑작스러웠는지 마법사의 대답은 잠시 사이를 두고 나왔다.

"얼굴을 확인해야 내 말을 따르겠다는 것이냐?"

"당신 말을 따른다고는 하지 않았소. 그냥 얼굴을 보고 싶다는 거지."

"그렇게 여유 부릴 때가 아닐 텐데."

마법사는 모든 일을 알고 있는 것처럼 말했다.

"내가 보기에 급한 것은 피차 마찬가지인 것 같은데요. 안 그렇소?"

"후후후, 정 원한다면 못 보여줄 것도 없지."

마법사는 긴 손톱이 달린 쭈글쭈글한 손을 머리 위쪽에 댔다. 잠깐 멈췄던 그의 손이 점점 내려오면서 엄지손가락 위쪽의 색깔이 변해갔다.

깊은 주름이 박힌 하얀 이마 아래로 흰자위 없는 눈이 나타난 후 매부리코가 모습을 드러냈다. 종잇장처럼 얇은 입술과 수염 한 가닥 없는 뾰족한 턱은 성질 더러운 노인네를 보는 것 같았다. 거북 등껍질처럼 주름진 목을 끝으로 완전한 얼굴이 드러났다.

"만족하나?"

베리알은 어깨를 으쓱했다.

"별로 마음에 드는 얼굴은 아니구려."

"그래? 그럼 이건 어떠냐?"

마법사는 다시 같은 손짓을 반복했다. 그러자 완전히 다른 얼굴이 나타났다. 인간이 생각할 수 있는 가장 아름다운 여인의 모습이었다.

"이건 마음에 들겠지?"

목소리와 손도 여인의 그것처럼 변했다. 베리알은 한참 동안 마법사를 보다가 고개를 끄덕였다.

"그 얼굴이 훨씬 좋군요. 하지만 내가 보고 싶은 것은 당신의 진면목이오."

"그래?"

마법사는 다시 손을 움직였다. 그러자 원래의 달걀 얼굴로 되돌아가 버렸다.

"이게 내 모습이다. 우습게도 너무 많이 얼굴을 바꾼 탓에 원래의 모습을 잊어버렸지."

마법사는 씁쓸하게 내뱉더니 예의 그 목소리로 고쳐 말했다.

"자, 결정해라. 네가 운명을 따른다고 약속하면 이 성을 차지할 힘을 주겠다. 원한다면 신성로마제국 전부를 차지할 수도 있다."

"큭! 당신 말은 너무 황당하군요. 신성로마제국이 손바닥만한 시골 마을인 줄 아시오? 군사만 해도……."

"인간들이 상대할 수 없는 군사를 주지."

마법사를 뚫어질 듯 보던 베리알이 물었다.

"당신… 사람이 아니죠?"

모습을 마음대로 바꿀 수 있는 능력 때문에 생긴 의심이 아니었다. 마법사의 말속에서 풍긴 뉘앙스가 그런 느낌을 갖게 만들었다.

"내가 누구냐는 중요하지 않다. 사랑하는 여인을 빼앗기고 이곳에서 평생을 보내고 싶다면 그렇게 해라. 그게 아니라면……."

마법사는 그를 향해 주름진 손을 내밀었다.

"내 손을 잡아라. 그러면 네가 원하는 모든 것을 이룰 수 있다."

베리알은 그 늙은 손을 보았다. 왠지 마법사의 말이 터무니없다는 생각이 들지 않았다. 너무 절박한 상황 때문인지 모르지만 그가 한 모든 약속이 그대로 이뤄질 것 같았다. 오히려 그것이 더욱 그를 망설이게 했다. 얻는 것이 있으면 잃는 것 또한 있는 게 세상의 당연한 이치였다.

지금 그가 가진 것이라고는 초라한 집과 몸이 전부였다. 마법사가 그의 집을 탐낼 리 없다. 그렇다면…….

"난 죽게 되는 것이오?"

마법사는 잠시의 사이를 두고 대답했다.

"인간은 모두 죽게 되어 있다."

"다시 물어야겠군요. 당신의 손을 잡으면 난 얼마나 살 수 있소?"

"글쎄, 시간이란 변하기 마련이니까."

베리알은 마법사의 손으로 시선을 옮겼다. 잔떨림조차 보이지 않는 그 손은 마치 석고로 만들어진 것 같았다.

'그래, 이미 난 죽은 것이나 마찬가지지.'

베리알은 천천히 손을 내밀었다. 지루할 정도로 느린 움직임이었지만 손과 손은 가까워지고 있었다.

그리고… 결국 두 손이 맞닿았다.

"가자."

마법사는 베리알을 이끌고 벌어진 철창 사이로 빠져나갔다. 양쪽으로 스물네 개의 감옥이 있는 복도를 마법사는 경계하지도 않고 걸어갔다. 베리알은 최대한 소리를 죽여 말했다.

"밖에 경비병들이 우글거릴 텐데 어떻게 나갈 생각이오?"

"들어올 때처럼 나가면 된다."

"어떻게 들어왔소?"

그 질문에 대한 답은 곧 나왔다. 마치 산보를 하듯이 계단을 올라가 지하로 내려오는 문을 지키는 경비병 앞을 지나는데도 그들은 베리알과 마법사를 막지 않았다. 경계의 빛이 역력한 눈초리를 하고 있음에도 바로 앞의 그들을 발견하지 못했다. 마치 유령이라도 된 기분이었다.

"긴장할 것 없다, 들키지 않을 테니까."

느끼지 못한 사이 그의 손은 식은땀에 젖어 있었다. 베리알은 그렇게 유유히 성의 지하 감옥을 빠져나왔다.

시내 외곽을 돌아 성을 나온 마법사는 숲 앞에서 걸음을 멈췄다.

"빨리 가더라도 놀라지 말아라."

"마녀처럼 빗자루라도 타고 날아갈 생각이오?"

말을 하는 베리알의 몸이 허공으로 떴다. 겨우 땅에서 이 인치 정도 떨어졌지만 확연히 느낄 수 있었다.

"꽉 잡아라."

마법사의 말이 끝나자 갑자기 세상이 뒤로 내달리기 시작했다. 지나는 나무와 풀의 초록과 갈색이 섞여 보일 정도로 빠른 속도였다. 얼굴을 때리는 바람 때문에 숨이 막힐 지경이었다.

마법사는 나무에 스치지도 않고 숲을 가로질렀다. 그렇게 근 이 프 앙을 날아간(?) 후에야 마법사는 몸을 세웠다. 갑자기 멈췄는데도 몸이 앞으로 쏠리는 느낌은 받을 수 없었다.

"휴—!"

긴 숨을 토한 베리알은 주위를 둘러보았다. 떡갈나무가 **빽빽**하게 들어찬 숲이었다.

"다 왔소?"

마법사는 그의 손을 놓고 걸음을 옮겼다. 열 발자국을 걷기도 전에 멈춘 그곳은 엄청나게 큰 떡갈나무 앞이었다. 장정 열은 둘러야 겨우 손이 맞닿을 수 있을 정도였다.

마법사는 품에서 십오 인치 정도 되는 막대를 꺼내 떡갈나무 이곳저곳을 두드렸다. 막대가 다섯 번 움직이자 소리도 없이 나무의 일부가 열렸다.

마법사는 딱 사람이 들어갈 수 있을 정도로 벌어진 틈으로 몸을 집어넣었다. 베리알이 들어서자 입구는 기다렸다는 듯 입을 다물었다. 순식간에 드리운 어둠 속에서 희미한 빛이 나타났다.

마법사는 손에 든 작은 수정구로 나무 안을 밝혔다.

"따라오너라."

그는 베리알이 오든 말든 신경 쓰지도 않고 지하로 향하는 계단을 내려갔다. 멀쩡히 살아 있는 나무에 이런 시설이 되어 있다는 것이 놀라웠다.

'하긴 더 놀라운 일도 겪었는데.'

베리알은 마법사를 따라 걸음을 옮겼다. 계단은 벽을 따라 이십 인치 정도의 좁은 나선형으로 되어 있었다.

저벅! 저벅!

두 사람의 발자국 소리를 품은 계단은 끝없이 이어졌다. 일 프앵 이상 내려왔는데 마지막이 나올 기미조차 보이지 않았다. 이상한 마법사는 그를 지옥의 무저갱으로 안내하는지도 모른다. 그런 곳이 있다면……

끼이익—

시간의 감각조차 잊을 정도로 긴 계단을 내려온 마법사는 검은색의 철문을 열고 안으로 들어갔다. 그곳은 사방이 삼십 야드 정도 되어 보이는 커다란 지하실이었다. 벽에 십오 피트 높이로 양각된 마신들이 금방이라도 뛰쳐나올 것 같았다.

베리알이 주위를 두리번거리는 사이 마법사는 지하실을 저만치 가로지르고 있었다.

"이곳이 끝이 아니오?"

그의 물음은 침묵으로 돌아왔다. 마법사는 지하로 들어서는 순간 벙어리가 되어버린 것 같았다. 마법사가 예의 그 막대로 날개가 세 쌍이나 달린 가장 큰 마신상을 두드리자 그곳에 문이 열렸다. 아름다운 청년 모습을 한 마신상의 다리 사이였다.

베리알은 한동안 그 마신상에서 눈을 떼지 못했다. 이십 피트 크기의 그 상이 그를 빨아들이는 것 같았다.

"들어오너라."

오랜 침묵을 깨고 마법사가 말했다. 화들짝 놀란 베리알은 문 안으로 몸을 집어넣었다. 문이 낮아 고개를 숙이고 들어간 그곳은 또 다른 지하실이었다. 십 피트가 조금 더 될 것 같은 공간에는 관 하나만 달랑 놓여 있었다.

마법사는 관 뚜껑을 열고 말했다.

"옷을 모두 벗어라."

"모두 말이오?"

"하나도 남김없이."

"설마 당신, 이상한 취미가 있는 것은 아니겠지요?"

"쓸데없는 농담을 할 시간이 없다."

베리알은 '난 이래서 딱딱한 사람이 싫다니까' 라는 중얼거림을 뱉곤 옷을 벗었다. 어둠 때문인지 이곳의 독특한 분위기 탓인지 실오라기 하나 걸치지 않았는데도 쑥스럽다는 생각은 들지 않았다.

마법사가 관 안을 가리켰다.

"들어가라."

"그 안으로 말이오?"

"두려우냐?"

관이 두려울 것은 없었다. 다만 다음에 뭐가 기다리고 있을지 궁금할 뿐이었다. 베리알은 관으로 다가가 슬쩍 안을 들여다보았다. 어둠보다 더 검은빛을 띤 관 속에는 아무것도 들어 있지 않았다.

"날 생매장하려고 이런 수고를 한 것은 아니겠지요?"

"죽음에 이른 자만이 화려한 부활을 할 수 있다."

베리알을 죽이겠다는 것처럼 들렸다.

"정말 날 죽일 생각이오?"

마법사는 물끄러미 그를 보았다. 눈도 없는데 그런 느낌을 갖게 만드는 묘한 재주가 있었다.

"내 손을 잡은 이상 내 말에 따르기만 하면 된다."

기분이 틀어지기는 했지만 거부할 수도 없는 노릇이었다.

"신비한 척하긴."

베리알은 투덜거리며 관 안으로 발을 집어넣다가 황급히 뺐다. 빈 관인 줄 알았는데 살결을 얼음 조각으로 부숴 버릴 것 같은 차가움이 전해졌다. 그는 관을 유심히 보았다. 관 안의 검음은 어둠 때문이 아니었다. 검은색의 물 같은 액체가 들어 있었다.

"이 안으로 들어가면……."

"걱정 마라, 빠져 죽지는 않을 테니."

"물론 그렇겠죠. 다 마셔 버리면 될 테니까. 하지만 이게 뭔지는 가르쳐 줄 수도 있잖소."

"삶과 죽음의 경계에 있는 물질이라고 생각하면 된다. 더 이상 알려고 하지 말아라. 어차피 설명해도 모를 테니."

"쳇! 날 무식쟁이로 아는군."

관을 보는 베리알의 시선에서 두려움이 묻어 나왔다. 그가 아무리 강철심장을 가졌다고는 하지만 얼음보다 차가운, 그것도 정체를 알 수 없는 액체에 빠진다는 것은 공포를 느낄 만했다.

'설마 죽지는 않겠지.'

그는 관 속으로 들어갔다. 각오를 단단히 하고 들어갔는데도 몸을 조각낼 것 같은 추위는 참기 힘들었다. 위 이빨과 아래 이빨이 끊임없이 랑데부를 하는 그에게 마법사가 말했다.

"누워라."

"이… 이런… 곳에… 나……."

그는 추워서 더 이상 말을 잇지 못했다. 도저히 참을 수 없는 고통이었다. 그가 막 관을 빠져나오려 하는데 마법사의 손이 허공에 일자로 그어졌다. 그러자 몸이 둥실 떠오르더니 그대로 관 속에 눕혀졌다. 검은색의 액체는 한 방울도 튀어 오르지 않았다.

덜컹!

관 뚜껑이 덮이며 암흑이 찾아왔다. 너무 강한 추위는 그를 삽시간에 굳혀 버렸다. 손가락 하나 움직이지 못하는 고통 속에서 점점 의식이 빠져나갔다.

*　　　　*　　　　*

튜리핀은 뱃속으로 손을 집어넣어 토르틱으로 만들어진 갈비뼈를 꺼냈다. 이럴 때마다 극심한 고통이 밀려왔지만 떡갈나무의 문을 열기 위해서는 어쩔 수 없었다.

"으윽!"

뒤늦은 신음을 터뜨린 그는 떡갈나무를 차례대로 두드렸다. 정확히 다윗의 별 다섯 자리였다. 소리없이 열린 문을 통과한 후 토르틱을 다시 넣은 투리핀은 낼 수 있는 최고의 속도로 지하 계단을 밟았다. 단탈리안이 이곳에서의 비행을 금지시킨 탓도 있지만 거의 쉬지도 않고 날아와 날개를 퍼덕일 힘도 없었다.

지하실에 들어선 튜리핀은 단탈리안을 소리쳐 부르며 벽을 향해 달려갔다.

"주인님! 주인님!"

온갖 마신의 형상 중 하나의 다리 사이에 만들어진 문을 열며 단탈리안을 외쳤지만 그는 모습을 나타내지 않았다. 문이 무려 칠십일 개가 있으니 일일이 뒤지는 데도 한참의 시간이 걸릴 터였다.

닭의 머리에 뱀 비늘 모양의 다리를 가진 아부락삭스의 방을 확인하고 다음으로 넘어가려던 튜리핀의 움직임이 멎었다. 그곳은 천 년 암흑의 방으로, 그가 이곳에서 들어갈 수 없는 두 개의 방 중 하나였다.

멈칫한 그가 황급히 다음으로 넘어가려 할 때 천 년 암흑의 방문이 열리며 단탈리안이 모습을 드러냈다. 달걀 같은 얼굴에는 표정이 떠올라 있지 않았지만 매우 피곤하다는 것쯤은 알 수 있었다.

"부쿠브 카키슈는 찾아왔느냐?"

"그것을 빼앗는 데 시, 실패했습니다."

단탈리안이 늙은이의 얼굴로 변하며 소리쳤다.

"뭐야! 그럼 파주주의 봉인을 푸는 데 실패했단 말이냐?!"

"아, 아닙니다. 파주주의 봉인도 풀고 같이 페리의 신전에도 갔습니다. 그런데……."

튜리핀은 타클라마칸 사막에서 겪었던 일을 하나도 빠짐없이 얘기했다. 파주주를 봉인에서 풀 때부터 그의 죽음까지 오직 진실만을 말했는데 단탈리안은 믿을 수 없다는 표정을 지었다.

"한낱 흡혈귀에게 파주주가 죽었다구? 그 말을 나보고 믿으란 말이냐?"

"하지만 사실입니다. 분명 흡혈귀였습니다. 조력자로 실을 뽑아내서 싸우는 정령과 작은 흡혈귀, 인간이 섞여 있기는 했습니다만 파주주를 죽인 것은 마법의 검을 쓰는 흡혈귀입니다."

"믿을 수가 없군, 믿을 수가 없어. 흡혈귀 따위가 파주주를 죽이다니……."

탄식처럼 말한 단탈리안이 물었다.

"그럼 부쿠브 카키슈는 어떻게 되었느냐?"

"그 흡혈귀가 가지고 있습니다."

고개를 절레절레 흔들고 상심에 잠겨 있던 단탈리안은 빠르게 예의 그 날카로움을 되찾았다.

"혹시 그 흡혈귀가 부쿠브 카키슈를 노리는 것 같지는 않더냐?"

"아뇨. 제 판단으로는 지나가다가 우연히 마주친 것 같았습니다. 그 흡혈귀도 지나가는 행인이라고 그랬구요."

"발키리아가 관여한 흔적은?"

"없었습니다."

그의 자신있는 대답이 단탈리안의 침묵을 끌어냈다. 튜리핀은 주인의 고민을 충분히 이해할 수 있었다. 만약 발키리아가 이 일에 끼어들었다면 수긍할 수도 있을 것이다. 하지만 강력한 정령도 아닌 한낱 흡혈귀가 파주주를 쓰러뜨렸으니 혼란스러울 수밖에 없었다.

오랜만에 입을 연 단탈리안에게서 낮은 중얼거림이 새어 나왔다.

"파주주보다 막강한 힘을 가진 흡혈귀……."

"싸움을 지켜본 제 생각으로는 파주주가 방심한 탓에 죽은 것 같습니다. 미리 떨어져서 바람을 이용했더라면 상황이 달라졌을 겁니다."

"아니, 그 흡혈귀는 파주주보다 강하다. 상대의 장점보다 내 장점을 키워서 싸움을 이끌어가는 것이 바로 실력이다. 네가 본 흡혈귀는 그래서 파주주보다 강하다."

말을 끝낸 단탈리안은 이마에 깊은 주름을 만들었다. 믿었던 파주주가 쓰러졌으니 더 강한 마족의 도움을 얻는 수밖에 없었다. 하지만 파주주 이상의 마족은 손가락 세 개를 넘지 못했다.

샬리트는 물속에서만 살기 때문에 적합하지 않았고, 전갈인간 파빌사그는 인간들에게 호의를 품고 있기 때문에 단탈리안을 도와줄 리가 없었다. 외형조차 전해지지 않는 발로그는 너무 오래전에 모습을 감춰 찾기가 불가능했다.

결국 부쿠브 카키슈를 찾으려면 단탈리안이 직접 나서야 하는데 그것 또한 어려웠다. 옛날이라면 모르지만 지금의 단탈리안은 그 흡혈귀를 이길 것이라 장담할 수 없었다. 확실한 승리가 보장되지 않는 싸움에 나설 단탈리안이 아니었다.

"결국 녀석을 찾아갈 수밖에 없는가……."

독백처럼 말한 단탈리안은 긴 한숨을 쉬었다. 역시 누군가를 내세울 모양이다.

"파주주보다 더 강한 마족이 있습니까?"

"강하지, 파주주와는 비교할 수 없을 정도로. 하지만 마족은 아니다."

그의 시선이 더듬듯 벽을 스치더니 어느 순간 움직임을 멈췄다. 그곳은 그냥 밋밋한 벽이었다. 당연히 있어야 할 마신상이 건너뛰어 버린 벽.

*   *   *

눈부신 햇살을 받은 모래산은 마치 황금으로 만들어진 것처럼 반짝였다. 주적자는 오십 장 높이의 모래산 앞에서 수정구를 뚫어지게 쳐다보았다.

"대체 언제까지 기다리라는 거요!"

뒤쪽에서 이슬람제국 상인 한 명이 소리쳤다. 그가 멈추라고 한 지벌써 이각이 지났으니 화가 날 만도 했다.

"죽고 싶지 않으면 기다려!"

소소자가 잔뜩 날카로운 목소리로 소리치자 더 이상의 항의는 없었다.

"얼마나 가까워졌냐?"

주적자는 대답 대신 소소자의 코앞에 수정구를 내밀었다. 파란 점 두 개는 거의 겹치다시피 자리해 있었다. 금방이라도 저 모래산을 넘어 당과가 나타날 것 같았다. 소소자는 체르샤를 부른 후 수정구를 가리켰다.

"이 정도면 거리가 어느 정도 떨어진 것이냐?"

한참 동안 수정구를 살피던 체르샤가 말했다.

"십 마일(1마일:1.6093킬로미터) 안쪽에 있습니다. 지금도 빠르게 거리를 좁히고 있는 것으로 보아 드라칸님에게 타고 있는지도 모르겠네요."

주적자는 황금빛 모래산을 쳐다보았다.

'당과, 빨리 와라.'

"하강해."

"네?"

"거의 다 왔으니까 땅으로 내려가."

드라칸은 당과의 명령에 즉각 반응했다. 점점 각도가 완만해지더니 모래땅이 빠르게 눈앞으로 다가왔다. 당과는 드라칸이 땅에 닿기도 전에 몸을 날려 모래 위로 내려섰다.

"휴— 이제 햇빛은 지긋지긋하군."

드라칸이 말을 하며 인간의 형태로 변신할 자세를 취했다.

"그냥 있어, 무슨 일이 일어날지 모르니까."

당과는 뭐라고 구시렁거리는 드라칸을 뒤로하고 수정구를 보았다. 푸른색의 수정구 안에 있는 붉은 점은 거의 겹쳐져 있었다. 보통 사람의 시력이라면 하나의 완전한 원으로 보일 것이다.

"지금 우리가 찾는 것이 정말 엘릭서라는 물건인가요?"

왕족쌍이 그녀의 곁에 서며 물었다. 그들 중 당과를 가장 두려워하지 않는 사람이 왕족쌍이었다. 당과는 그런 그녀가 왠지 마음에 들었다. 어쩌면 그녀가 가지지 못했던 어릴 때의 치기 같은 것을 품고 있어서인지 모른다. 물론 자신은 부정하겠지만.

"엘릭서인지는 확실치 않아."

당과는 대답을 하고 눈앞에 놓인 모래산을 보았다. 수정구 점의 위치에 따르면 높이가 오십 장 정도 되는 모래산 뒤쪽에 그녀가 찾으려는 물건이 있을 확률이 높았다.

'제발 저 뒤에 있는 것이 엘릭서이길.'

당과는 간절한 바램을 품고 걸음을 옮겼다, 모래산을 향해.

제60장

바람 부는 날에는
사막에 가지 말아야 한다

제60장 바람 부는 날에는 사막에 가지 말아야 한다

주적자는 수정구를 체르샤에게 넘겨주고 검자루를 잡았다. 이곳에 당과가 왔다면 이유는 한 가지뿐이었다.

'나를 만나기 위해서겠지. 하지만 왜?'

아직은 알 수 없었다. 타협을 하기 위해서일 수도, 싸우기 위함일 수도 있었다. 어쨌든 만반의 준비를 해야 했다.

갑자기 내장이 진동하는 듯한 느낌이 찾아왔다. 솜털까지 곤두서게 만드는 그것은 분명 동종의 흡혈귀가 가까이 왔을 때 느끼는 현상이었다.

스르릉—

검이 빠져나오는 소리가 나직하게 울렸다. 주적자는 검을 모래에 끌 듯이 내려뜨리고 걸음을 옮겼다. 뒤쪽에서 소소자와 화백이 조심스럽게 따라왔다.

날카롭게 내리쬐던 햇빛이 그들의 팽팽한 긴장감 때문에 다시 튕겨져 올라가는 것 같았다.

"흡혈야황이 정말 저 너머에 있는 겁니까?"

왕족발이 뒤늦게 쫓아오며 물었다. 소소자는 검지를 입술에 가져다 대는 것으로 침묵을 강요했다. 주적자는 천천히, 아주 천천히 모래산을 올라갔다. 저 뒤편에서 당과가 다가오는 것이 너무도 똑똑히 느껴졌다.

당과는 걸음을 멈췄다. 왼쪽 가슴에 저릿한 느낌이 전해지는 이유는 한 가지뿐이었다.

'설마!'

그녀는 '그럴 리가 없어' 라는 중얼거림을 뱉어냈다.

"뭐가요?"

바짝 따라오던 왕족쌍이 소리를 들었는지 물었다. 당과는 왕족쌍을 힐끔 보고 드라칸에게 시선을 돌렸다.

'저 녀석 때문일까?'

드라칸은 자신을 뚫어지게 쳐다보는 당과에게 의아한 표정을 지었다.

'아니, 이런 느낌은 처음 만났을 때 일각 정도만 유지되고 자연히 없어지게 되어 있어. 내가 처음 불완전하게 만들었던 두 흡혈귀 외에는 조절을 했으니까. 결국 내가 조절해서 만든 흡혈귀가 가까이 왔다고밖에 볼 수 없는데……'

그런 존재는 오직 주적자 일행뿐이었다. 그렇다면 그녀가 노리는 물건을 주적자가 가지고 있다는 뜻이었다.

'젠장, 일이 꼬이는군.'

물건을 얻기 위해서는 주적자와 싸우는 수밖에 없었다.

'내가 사람으로 돌아갈 수 있는 엘릭서라고 하면 순순히 건네주지 않을까?'

부딪쳐 보기 전에는 알 수 없었다. 설사 싸우는 한이 있더라도 물건만은 손에 넣어야 한다. 혹시 엘릭서인지도 모르는데 주적자가 가지고 있다는 이유만으로 포기할 수는 없는 노릇이었다.

그녀는 결심을 하고 다시 걸음을 옮겼다. 삼십 장 남은 정상이 유난히 멀게 느껴졌다.

'저 너머에 주적자가 있어.'

갑자기 그의 얼굴이 너무 보고 싶었다. 그녀의 걸음이 빨라졌다.

관자놀이가 멈춘 심장을 대신하는 듯 쿵쾅거렸다. 당과와의 거리가 빠르게 좁혀지고 있었다. 그녀가 서두르고 있다는 의미였다. 당과도 그가 여기 있다는 것을 알고 있을 것이다. 지루하도록 느리게 움직이던 주적자는 보폭을 좁고 빠르게 가져갔다.

빨리 당과를 만나고 싶었다. 난데없이 '왜?'라는 질문이 뇌리에 떠올랐다. 그 속에 그녀의 얼굴을 보고 싶으니까라는 생각이 끼어 있다는 것을 확인한 순간 깜짝 놀랐다.

그가 당과를 순수하게 보고 싶어하리라고는 생각지 못했다. 아니, 어쩌면 의식적으로 눌러두었는지도 모른다. 이런 감정은 당과에 대한 적의에 방해만 될 뿐이니까.

주적자는 이번에도 그리움이라는 감정을 가슴 밑바닥에 묻어버렸다. 지금 가장 중요한 일은 그와 소소자가 사람으로 돌아가고 나인현을 구하는 것이었다.

모래산의 정상이 빠르게 다가왔다. 달리다시피 모래산을 오르는 그를 체르샤가 황급히 불렀다.

"주 보표님! 주 보표님!"

주적자는 대답도 하지 않고 발끝에 힘을 모았다.

"흡혈야황이 멀어지고 있어요!"

그는 걸음을 멈추고 체르샤를 보았다.

"뭐야?"

"보세요."

체르샤는 헐레벌떡 뛰어와서 수정구를 내밀었다. 둥그렇게 겹쳐져 있는 붉은 점이 점점 벌어졌다. 미세한 움직임이었지만 똑똑히 볼 수 있었다.

"왜?"

주적자는 모래산의 정상을 보고 몸을 날렸다. 당과가 멀어지고 있으니 천천히 갈 이유가 없었다. 그는 단숨에 정상을 밟았다. 오래 두리번거릴 것도 없이 당과를 볼 수 있었다. 드라칸의 등에 타 창공에 떠 있는 당과를.

"당과—!"

그의 목소리가 사막을 반으로 가를 정도로 크게 울렸지만 당과는 돌아오지 않았다. 당과가 점으로 변해 사라질 때까지 주적자는 하늘에 시선을 두었다.

"왜? 왜 여기까지 왔다가 그냥 간 것이냐?"

그는 대답하는 이 없는 물음을 던지고 고개를 떨궜다. 주체할 수 없는 허탈감이 밀려들었다. 사막을 다 건너지 않고 서쪽의 낯선 땅으로

가기 전에 그들의 굴레를 어떤 식으로든 벗을 수 있을 줄 알았는
데…….

"빌어먹을!"

주적자는 검으로 모래를 후려쳤다. 알갱이 하나하나가 당과의 얼굴
로 변해 흩어졌다.

"어떻게 된 거냐?"

뒤늦게 도착한 소소자가 물었다.

"그녀는… 갔다."

"왜?"

"모르지. 변덕스런 여자 마음을 내가 어떻게 알겠냐?"

주적자는 냉소적으로 말하고 모래산을 내려갔다. 너무 짧은 격정의
시간 뒤로 모래땅을 한 걸음씩 내디뎌야 하는 긴 여정이 기다리고 있
었다.

'언젠가는 만나게 되겠지. 언젠가는…….'

*   *   *

"헉! 헉!"

단탈리안은 거친 숨을 내쉬었다. 몸이 반으로 갈라지는 듯한 고통을
다시는 느끼고 싶지 않았지만 프로켈을 납득시키기 위해서는 어쩔 수
없었다.

그는 펼쳐진 가슴 앞자락을 추스르고 힘겹게 몸을 일으켰다.

"어떠냐?"

단탈리안의 물음은 동굴의 특성 때문에 오랫동안 주위를 맴돌았다.

소리조차 밖으로 세지 못하도록 토이치이를 씌웠고 정신력을 먹어버리는 정령 델리피트 타오나가 동굴 벽에 기생하고 있었다.

그는 운골리안트의 거미줄이 두꺼운 막을 형성하고 있는 전면을 보았다. 짙은 어둠을 뚫고 거미줄 사이에서 라파트리아가 파란 불빛들을 별처럼 뿌려댔다. 프로켈을 봉인하기 위해 키우는 라파트리아는 마력을 먹고 사는 정령이었다. 물론 그의 마법진이 펼쳐져 있지 않다면 그긴 세월 동안 이것들이 프로켈을 가둬두지는 못했을 것이다.

"프로켈."

대답이 들려오지 않았다. 방금 전까지 '그분'의 부활에 대한 증거를 대라고 말했던 프로켈은 죽은 듯이 침묵을 지키고 있었다.

"프로켈, 힘을 빌려줄 수 있나?"

남자의 목소리라고는 믿기지 않을 정도로 달콤한 목소리가 갑자기 들려왔다.

"너에 대한 내 원한을 잊으란 말이냐? 그분 사랑을 독차지하기 위해 날 이곳에 가둔 너와 손을 잡으라고?"

단탈리안은 안심을 했다. 저런 말을 하는 것은 프로켈이 그의 증거를 믿는다는 의미였다.

"구차한 변명은 하지 않겠다. 네 말이 사실이니까. 하지만 너와 내가 힘을 합하지 않으면 천년암흑왕국의 꿈은 사라지고 만다."

"후후후, 그렇겠지."

'지'라는 말은 묘한 웃음소리로 변해 오랫동안 동굴 안을 돌아다녔다.

"단탈리안, 그동안 많이 약해졌구나. 흡혈귀 따위를 어쩌지 못하고 나를 찾아오다니."

"파주주를 없앨 정도로 강한 놈이다. 물론 네 눈에는 파주주도 하찮게 보이겠지만."

"큭큭큭… 아부하는 솜씨도 여전하군."

"사실이니까."

단탈리안은 큰 숨을 들이켰다.

"자, 결정해라. 이미 말했다시피 시간이 많지 않다. 네가 협력을 하지 않겠다면 딴 방법을 찾는 수밖에 없다."

"헛소리하지 마라. 대안이 있었다면 애초에 날 찾아오지도 않았겠지."

그는 잠시 거미줄 사이에서 반짝이는 라파트리아를 보다가 고개를 끄덕였다.

"그래, 네가 나서는 것이 최고의 해결 방법이다. 아니면 늙고 힘없는 늙은이가 되어버린 내가 싸워야 할 테니까. 결정해라. 그분의 부활을 도울 테냐, 아니면 그곳에서 영겁의 세월을 보낼 테냐."

대답은 의외로 빨리 나왔다.

"내 크리스토스워드는 가지고 왔겠지?"

자신의 무기를 찾는다는 것은 승낙을 의미했다. 단탈리안은 뒤쪽 구석에 처박혀서 부들부들 떨고 있는 튜리핀에게 말했다.

"칼을 가져오너라."

튜리핀은 힘겹게 걸음을 내디뎌 그에게 다가왔다. 무거워서 두 손으로 바치지도 못하고 크리스토스워드가 얹힌 등을 내밀었다.

칼을 손에 쥐는 단탈리안에게 프로켈이 말했다.

"천년암흑왕국이 오면 그 두 번째 자리는 내 것이다. 알겠느냐?"

"그건 내가 결정할 문제가 아니다. 천구백 년 전에……."

"간사한 혓바닥 굴리지 마라! 과거의 서열이 어떠했든 그분 곁에 가장 가까이 있던 내가 이인자다! 총애를 가장 많이 받았던 내가!"

프로켈의 목소리가 가라앉는 데는 한참의 시간이 필요했다.

"좋아. 내 공을 내세우지 않겠다. 됐나?"

"그럼, 그래야지. 이제 마법진을 풀어."

"넌 나와의 원한을 잊는다는 약속을 하지 않았다."

마신이란 자들은 언제나 이처럼 명확한 말로 확답을 받아야 했다.

"너에게 어떤 무력적 위해도 가하지 않을 뿐더러 천년암흑왕국의 건설을 위해 최선을 다할 것을 약속하지."

약속을 길가에 구르는 돌멩이처럼 생각하는 마신도 있었지만 프로켈은 그들과 달랐다. 설사 대기의 정령이 되더라도 약속은 철저히 지키는 마신이 프로켈이었다.

스릉―

칼이 집을 빠져나오자 피부를 살얼음으로 덮을 정도의 냉기가 뿜어져 나왔다. 크리스토스워드는 절대 녹지 않는 얼음으로 만든 칼이다. 뿜어지는 기운만으로 상대를 얼음으로 만들어 버리는 이 칼은 프로켈을 공포의 존재로 만들기에 충분했다.

같은 마신이라 하더라도 크리스토스워드를 가진 프로켈에게 대적할 수 있는 이는 얼마 되지 않았다.

대부분의 마신들은 독특한 마법력을 가지고 있었다. 지진을 일으키거나 어떤 모습으로든 변할 수 있는 아가레스, 눈빛만으로 상대를 죽일 수 있는 알로켄, 인간의 영혼을 조종하고 무엇이든 태울 수 있는 능력을 가진 아미, 모든 파충류를 지배하고 숨겨진 보물을 찾아내는 발라크 등등……

마신은 마법과 마력의 화신이라 할 수 있었다. 그런데 프로켈은 달랐다. 녀석은 오직 육체의 힘만으로 마신의 지위를 얻은 자였다. 마신의 마법력에 영향을 받지 않으면서 가공할 육체의 능력을 가졌으니, 마신 중에 당할 자가 드문 것은 당연한 일인지 모른다.

녀석이 마음에 들지 않았지만 능력만은 인정해 줄 수밖에 없었다.

단탈리안은 운골리안트의 거미줄을 향해 검을 내려쳤다. 하얀색의 하늘하늘한 장벽은 힘없이 갈라졌다. 외부의 힘에는 약할 뿐만 아니라 크리스토스워드는 마법력을 약화시키는 힘이 있었다.

그는 횡으로 한 번 더 휘둘러 틈을 넓힌 후 안으로 걸음을 옮겼다. 거미줄 너머의 동굴 벽에서는 델리피트 타오나들이 쉼없이 빛을 뿜어내고 있었다.

"우스운 얼굴을 하고 있구나, 단탈리안."

단탈리안은 시니컬한 음성을 뱉는 프로켈을 보았다. 마법력이 깃든 커다란 원형판인 타인스틸에 손발이 묶인 프로켈은 오랜 시간이 지났음에도 여전히 아름다웠다. 키 육 피트 오 인치에 조각상처럼 아름다운 몸, 은으로 만든 듯 반짝이는 머리칼은 호박색(琥珀色)의 눈과 환상적인 조화를 이루고 있었다.

다른 곳은 먼지가 수북이 쌓여 있는데 프로켈의 몸은 갓 목욕을 한 것처럼 깨끗했다. 그에게만 세월이 비켜간 것 같았다.

"하나도 변하지 않았구나."

"아직도 내 아름다움을 시기하나?"

단탈리안은 피식 웃음을 터뜨렸다. 하긴 예전에 그런 적도 있었다. 어떻게 얼굴을 바꿔도 결코 프로켈보다 아름다울 수 없는 것에 대한 자괴감을 느꼈었다.

하지만 오랜 세월은 아름다움에 대한 그의 집념을 무디게 만들었다. 마신의 본질을 깨달았다고나 할까?

그는 대꾸하지 않고 왼쪽 벽으로 다가갔다. 세월의 힘에 의해 붙어버린 십 인치 크기의 바위 조각을 떼어내자 빼곡하게 쓰여진 마법문이 드러났다. 단탈리안은 크리스토스워드로 마법문을 지우고 뒤로 물러섰다. 그러자 벽면이 잘게 떨리더니 차츰 균열이 일어났다. 그리고 잠시 후.

쿠웅!

동굴 벽이 무너지며 여섯 개의 눈을 가진 거대한 운골리안트가 나타났다. 사람보다 족히 스무 배는 큰 운골리안트는 델리피트 타오나가 뿜어내던 빛을 순식간에 먹어버렸다. 빛을 먹이로 하는 운골리안트는 허기가 가시지 않은 듯 단탈리안을 향해 '끄억, 끄억' 하는 음성을 토해냈다.

"조금 있다가 원없이 먹여주마."

단탈리안은 발뒤꿈치를 들어 까칠까칠한 운골리안트의 턱을 어루만진 후 프로켈에게 갔다. 그는 토르틱을 꺼내 프로켈을 묶고 있는 수갑을 두드리며 주문을 외웠다.

"칼라할 칼라루, 도르치트 나볼라, 사람할 사람루 베호나흐 카라말……."

'찰칵!' 하는 소리와 함께 두 개의 수갑이 풀렸다. 족쇄까지 마저 푼 단탈리안은 크리스토스워드를 바닥에 꽂고 물러섰다.

"후후후……."

천구백 년 만에 찾은 자유를 만끽하는 듯 프로켈은 손목을 문지르며 낮은 웃음을 토해냈다. 칼을 뺀 프로켈이 천천히 단탈리안에게 다가왔다.

"넌 내가 한 약속을 굳게 믿는 모양이군."

그는 물러서지 않고 대답했다.

"마신의 속성은 변하지 않는 법이지."

프로켈의 입가에 가는 선이 그어졌다.

"천구백 년은 짧은 세월이 아니다."

"시간이 마신을 변화시킬 수는 없어."

"큭큭큭, 넌 예나 지금이나 똑똑해. 약속대로 너에 대한 복수는 하지 않겠다. 하지만……."

프로켈은 갑자기 오른쪽으로 돌아서며 크리스토스워드를 아래로 그었다. 사방 벽이 얼음으로 뒤덮일 정도의 냉기가 폭발했다. 허공을 수직으로 가른 날카로운 냉기는 그대로 운골리안트를 덮쳤다.

잔털이 빽빽하게 덮인 운골리안트의 몸에 하얀 서리가 내려앉았다.

찌직—

살얼음 부서지는 듯한 소리가 울리더니 운골리안트의 몸이 반으로 갈라졌다. 천천히 양쪽으로 나뉘어지는 운골리안트는 내장까지 모두 얼음으로 덮여 있었다.

쿵!

육중한 몸체가 넘어지며 만든 진동으로 돌가루가 떨어졌다.

"운골리안트 따위가 나를 가두는 데 일조를 했다는 것은 용서할 수가 없어."

프로켈은 칼을 크게 휘둘러 다시 빛을 뿜어내기 시작하는 델리피트 타오나까지 모두 죽여 버렸다. 오랜만에 발휘한 무력이 마음에 드는 듯 미소를 지은 프로켈이 그를 보았다.

"내 옷은 잘 보관하고 있겠지?"

"다림질까지 해놓았다. 지금 출발할 수 있겠지? 부쿠브 카키슈를 빨리 찾아야 하니 말이야."

"천천히 하자구. 내 사랑하는 부하들도 깨워야 할 것 아닌가?"

"우리에겐 시간이 없어."

프로켈은 단탈리안의 멱살을 잡고 얼굴 앞으로 바짝 끌어당겼다.

"이제부터는 내가 리더야! 넌 내가 시키는 대로만 하면 돼!"

그의 손에 쥐어진 토르틱을 빼앗은 프로켈은 반으로 동강 내서 바닥에 던져 버렸다.

"이따위 마법 막대를 가지고 다니며 인간 마법사 흉내나 내는 넌 내 발꿈치를 핥기에도 부족해! 알았어?"

단탈리안은 한숨과 함께 고개를 끄덕였다.

'조금만 참으면 돼. 어차피 녀석은 일회용 소모품일 뿐이니까.'

프로켈은 그의 멱살을 놓고 힘차게 돌아서며 말했다.

"자, 이제 천년암흑왕국의 문을 열러 가볼까!"

*　　　　*　　　　*

"뭐야? 갑자기 사라져 버렸다구?"

당과의 손에 멱살을 잡힌 토이틀의 얼굴에 처음으로 두려움이 떠올랐다. 번들거리는 그녀의 눈이 그의 이마와 더욱 가까워졌다.

"나타났던 것이 엘릭서가 확실한 거냐?"

"무, 물론입니다. 그건 분명 엘릭서였어요."

한참 동안 토이틀을 노려보던 당과는 손에 힘을 풀었다. 이처럼 홍

분할 이유가 없었다. 주적자를 못 만난 것이 안타까웠지만 토이틀 탓은 아니었다. 그는 엘릭서가 나타났기 때문에 그녀에게 연락을 한 것뿐이었다.

"엘릭서가 나타났다 없어진 곳이 어디냐?"

토이틀은 오두막 벽장에서 둘둘 말린 지도와 세 개의 자를 꺼냈다. 자는 삼각형 두 개와 반듯한 것이 하나였다. 탁자 위에 지도를 편 그는 품에서 나침반처럼 생긴 것을 꺼내 위에 놓았다.

"이것은 유럽 지도입니다. 그리고……."

그는 나침반 같은 것을 가리켰다.

"이것은 엘릭서의 위치를 알려주는 커리커틀이고요."

커리커틀에는 갈색으로 굳어버린 작은 핏방울이 찍혀 있었다.

"손가락에 상처를 내서 표시해 두었죠."

"그럼 표시가 된 곳이 엘릭서가 나타났던 장소냐?"

"그렇습니다. 약 육 아톰(1아톰:0.625초) 정도 나타났다가 사라져 버렸죠."

토이틀은 커리커틀을 지도 위에 놓고 이리저리 돌리다 멈췄다. 한참 동안 세 개의 자를 옮기던 토이틀은 움직임을 멈추고 한곳을 가리켰다. 라돌프첼이라고 써진 곳이었다.

"신성로마제국이로군요."

"라돌프첼이라는 넓은 지역에서 정확한 위치를 찾아낼 수 있느냐?"

토이틀은 씨익 웃음을 지었다.

"엘릭서처럼 강한 영체가 나타났던 자리에는 오랫동안 자취가 남기 마련입니다."

"넌 그 자취를 찾는 법을 알고 있고?"

그는 자신있게 고개를 끄덕였다.

"좋아. 그럼 출발하지."

*   *   *

프로켈은 거울에 자신의 모습을 이리저리 비춰 보았다. 가슴과 갈비뼈를 가린 은빛 갑옷은 다이아몬드보다 강했고 실크보다 부드러웠다. 어깨에서 발목까지 한 벌로 된 옷은 불에 타지도 않고 어떤 충격도 퉁겨내는 운골리안트의 거미줄로 만들어져 있었다. 무릎 바로 아래까지 올라온 부츠 또한 갑옷과 같은 재질로 만든 것이었다.

프로켈은 자신의 눈과 비슷한 모양의 구슬이 박힌 띠를 이마에 둘렀다. 정신력을 강화시켜 주는 콘포스트롬이었다. 완벽한 복장을 갖춘 프로켈은 단탈리안을 향해 돌아섰다.

"어떤가?"

언제나 자신의 아름다운 모습을 다른 이에게 확인하려는 프로켈이었다. 단탈리안은 그런 프로켈의 기분을 만족시켜 주었다.

"아름답군. 예전 그대로야."

프로켈은 흡족한 웃음을 지었다.

"당연하지. 그분도 그렇게 느끼실걸."

프로켈이 지하 석실을 둘러보며 말을 이었다.

"네가 말한 베리알은 어디 있지?"

"이쪽으로."

단탈리안은 석실의 문을 열고 잰걸음을 옮겼다. 석회암으로 만든 동굴 벽에는 횃불이 군데군데 꽂혀 있었다. 이백 야드 길이의 동굴을 지나가자 마신상이 조각된 지하 광장이 나왔다.

문을 나온 프로켈은 뒤를 힐끔 돌아보았다. 그곳에는 단탈리안의 조각상이 커다랗게 조각되어 있었다.

"네 것은 필요없잖아? 내가 그렇듯."

단탈리안은 씁쓸한 웃음을 지었다.

"아직 완벽하지 않으니까."

"후후후… 그래, 지금 완벽한 마신은 나뿐이지."

"베리알을 보러 가야지."

그는 프리켈을 관이 있는 방으로 안내했다. 검은색 관은 옅어져 회색에 가까워져 있었다.

"관 안에는 테리얼워리스가 들어 있지."

"극음(極陰)의 정수 테리얼워리스 말인가?"

"그래."

프로켈은 관을 만지며 말했다.

"이건 암흑의 정화인 칼라스트록 같군. 지금은 회색으로 변해 있지만."

"암흑의 힘을 거의 흡수했기 때문이지. 이틀 안에 완전히 자기 것으로 만들 거야."

"많은 공을 들였군."

"인간으로서 가장 완벽한 신체를 만들어야 하니까."

프로켈은 몸을 돌렸다.

"그럼 나도 부하들을 깨우러 가볼까."

"부쿠브 카키슈를 찾으러 언제 갈 거냐?"

"가고 싶을 때."

*　　　　*　　　　*

　"그건 어떻게 만드는 거지?"

　당과는 토이틀이 손에 들고 있는 수정구를 가리키며 말했다.

　"탈레비안이오? 이건 거위 알로 만들어요."

　"거위 알?"

　"네. 거위 알을 몸속에 집어넣고 오십 일 동안 약초를 복용하며 주문을 외워 연단하죠. 그러면 거위 알은 제 신체의 일부로 변하게 돼요. 모양도 이처럼 완벽한 원형을 띠죠. 이걸 가리갈가라고 부르는데, 무언가를 찾고 싶으면 뇌리를 통해 가리갈가로 신호를 보내요."

　"아까는 탈레비안이라고 했잖아."

　"원형의 이름이 가리갈가고 찾는 목적에 따라서 이름이 변해요. 그래야 헷갈리지 않죠."

　당과는 고개를 끄덕이고 아래를 내려다보았다. 푸른 산과 같은 색의 강이 빠르게 지나갔다. 이 유럽이라는 곳은 모든 게 작았다. 유럽에 있는 여러 개의 나라를 모두 합해도 중원만큼 클 것 같지 않았다.

　그녀는 머리칼을 뒤로 넘기며 먼 곳으로 시선을 돌렸다. 얼굴에 부딪치는 바람에 습기가 느껴졌다.

　"아직 멀었나요?"

　그들을 태우고 가는 드라칸이 숨찬 소리로 말했다. 그녀 대신 토이틀이 대답했다.

　"거의 다 왔습니다. 앞으로 일 프앵 정도만 가면 될 것 같아요."

　"젠장, 그게 다 온 거야?"

드라칸의 투덜거림은 당연했다. 네 명이나 태우고 거의 이틀을 날아 왔으니 힘들 수밖에 없었다.

"토이틀, 그 엘릭서라는 것이 전능한 영체라고 했지요?"

왕족쌍의 물음에 토이틀이 대답했다.

"그렇소, 누누이 말했다시피."

"그럼 엘릭서가……."

그녀는 당과를 힐끔 보고 말했다.

"한 사람의 힘을 다른 사람에게 고스란히 전해줄 수 있나요?"

왕족쌍의 질문 요지가 무엇인지 당과는 즉각 알아차렸다.

"이봐, 내 힘을 모두 흡수하고 싶어서 그런 물음을 던진 것이냐?"

"안 되나요? 야황님은 어차피 사람으로 돌아갈 거잖아요. 그 힘을 허공으로 날려 버리느니 제게 주는 것이 낫지 않나요?"

당과는 실소를 머금었다.

"그러면 넌 나처럼 영생이 될 수밖에 없다."

"그게 불행이라고 생각하지는 않아요. 유한보다는 무한이 훨씬 나을 테니까."

"역시, 너 또한 보통 인간의 범주를 벗어나지 못하는구나."

왕족쌍은 비스듬한 몸을 틀어 당과를 똑바로 보았다.

"엘릭서에 그런 힘이 있다면 야황님의 힘을 제게 주실 수 있나요?"

그녀는 물끄러미 왕족쌍을 바라보다 고개를 저었다.

"지금은 대답할 수 없다. 조금 더 생각해 보자."

"막상 죽음을 생각하니 두려워진 것은 아닌가요?"

당돌한 질문이었다.

"넌 영원히 산다는 것에 대한 고통을 몰라. 아무도 모르지. 주적자만 빼고……."

그녀는 말끝을 흐리고 멀리 있는 산을 보았다. 주위에 있는 산보다 족히 세 배는 높은데 나무는 반대로 듬성듬성 나 있었다. 꼭대기 부근에 이르러서는 온통 바위뿐이었다.

"저곳입니다."

토이틀이 당과가 보고 있는 산을 가리켰다.

"정상 부근이군요."

"내려가자."

당과의 말이 끝나자 각도가 급격히 아래로 꺾였다. 드라칸은 수평으로 날 때와는 비교할 수 없을 정도로 빠르게 하강했다. 등에 탄 사람들은 떨어지지 않기 위해 가죽이 벗겨질 정도로 드라칸을 붙잡았다.

화르륵—

산 정상을 십 장 정도 남기고 드라칸이 날개를 위아래로 펄럭였다. 속도가 몸으로 느낄 수 있을 만큼 느려졌다. 당과는 드라칸의 발이 바위에 닿자마자 뛰어내렸다. 넓이가 사방 오 장 정도 되는 산 정상이었다.

주위는 위에서 보던 것보다 더 황량했다. 집채만한 바위나 자잘한 돌 조각 모두 석회암으로 만들어져 밟을 때마다 먼지가 날렸다. 그녀는 막 땅으로 내려서는 토이틀에게 물었다.

"어디냐?"

토이틀은 탈레비안을 살피다가 검지로 산 아래 북쪽을 가리켰다.

"저 방향입니다."

그가 먼저 걸음을 옮겼다. 당과 일행은 토이틀을 따라 가파른 산을 내려갔다. 힘없는 바위들은 그들의 무게조차 견디지 못하고 부서졌다.

하얀 먼지를 휘날리며 이십 장 정도를 내려가던 토이틀이 걸음을 멈추고 탈레비안을 보았다. 그리고 왼쪽으로 다시 오 장 정도를 이동했다.

산모퉁이를 돌아가던 토이틀의 모습이 갑자기 안으로 사라졌다. 황급히 그곳으로 간 당과는 토이틀이 동굴로 들어갔다는 것을 알 수 있었다.

동굴 입구를 살피던 토이틀이 말했다.

"최근에 뚫린 것 같은데요."

당과는 입구의 벽 여기저기를 만져 보고 고개를 끄덕였다.

"그래, 이틀이나 사흘 정도 지난 것 같군. 엘릭서가 나타난 곳이 이곳이냐?"

"더 안쪽으로 들어가야 합니다."

그녀는 망설임없이 동굴 안으로 걸음을 옮겼다. 이 장 정도 들어가자 입구와 벽의 색깔이 확실히 달라졌다. 막혀 있던 것을 뚫은 것이 분명했다. 발목이 묻힐 정도로 쌓인 먼지가 그것을 증명해 주었다.

십 장쯤 들어가자 동굴은 왼쪽으로 꺾였다. 그 때문에 빛 한 점 들어오지 않았다. 손에 빛나는 구슬을 쥔 토이틀이 말했다.

"입구만 새로 뚫렸을 뿐 이곳은 오래전에 만들어진 천연 동굴 같군요."

"아닐 수도 있어."

당과는 동굴 벽에서 녹슨 금속을 떼어냈다. 녹색으로 부식된 것으로 보아 구리가 분명했다.

"이런 것이 있는 걸로 보아 사람이 만들었을 수도 있지. 세월이 그위에 덧칠해진 것일지도 몰라."

그녀는 토이틀보다 앞서 갔다. 지금은 이 동굴이 천연이냐 인공이냐가 중요한 것이 아니었다.

'엘릭서가 아직도 이곳에 있을까?'

완전히 들어가 보기 전에는 알 수 없었다. 그녀의 걸음이 급한 마음을 대변했다.

"천천히 가요!"

희미한 빛에 의지한 토이틀이 소리쳤지만 그녀는 속도를 줄이지 않았다. 당과는 동굴을 달리며 누군가 만들었다는 확신을 가졌다. 천연 동굴이 이처럼 직선으로 갔다가 다시 꺾어져 직선을 이루는 모양이 나올 수는 없었다.

동굴은 느낄 수 없을 만큼 완만한 경사를 이루고 있었다. 산꼭대기를 빙 돌아 점점 아래쪽으로 내려가는 형태였다. 일각 정도를 달린 당과는 왼쪽으로 꺾인 모퉁이를 돌아 걸음을 멈췄다.

아무래도 엘릭서가 나타났던 곳에 도착한 것 같았다. 그녀의 앞에는 금속으로 만든 듯한 검은색 문이 열려 있었는데, 석회암으로 만든 석실이 문 너머로 보였다. 그녀는 석실 안으로 들어갔다. 갑자기 차가운 기운이 엄습했다. 마치 얼음굴에 들어온 것 같았다.

약 육십 평 정도 되는 석실 또한 수북한 먼지가 쌓여 있었다. 전면은 가운데가 뻥 뚫린 거미줄이 쳐졌는데, 그 사이로 원형의 금속판이 벽에 박혀 있었다. 위쪽과 아래쪽에 각각 두 개씩의 수갑과 족쇄가 누군가 묶여 있었음을 짐작케 했다.

그녀는 석실을 다시 한 번 살핀 후 거미줄 사이를 지나갔다. 슬쩍 만진 거미줄은 쇠를 만진 것 같았다. 거미줄 특유의 부드럽고 끈적한 느낌을 갖고 있었지만 뭔가 달랐다.

거미줄을 통과한 그녀의 몸이 흠칫 굳었다. 왼쪽에 있는 거대한 괴물의 시체 때문이었다. 거미 모양을 한 괴물은 얼음으로 뒤덮인 채 반으로 갈라져 있었다. 이 정도로 커다란 얼음덩어리가 있으니 냉기가 느껴지는 것은 당연했다.

거미괴물이 나온 듯한 벽의 구멍으로 다가가던 그녀의 발에 뭔가 밟혔다. 고개를 숙이자 반으로 부러진 막대가 보였다. 두 개를 합하면 한 자 반 정도 될 것 같았다.

당과가 막대를 집어 들 때 토이틀을 비롯한 일행이 들어왔다.

"엘릭서가 있……."

거미줄을 통과하며 묻던 토이틀은 거미괴물의 시체를 보고 물음을 멈추었다.

"운골리안트!"

"이 괴물을 알고 있나?"

"마족 중 하나입니다. 어둠 속에 사는 어둠의 화신으로 빛을 먹고 사는 타락한 정령인데……."

당과는 토이틀의 말을 끊었다.

"운골리안트라는 괴물은 중요하지 않아. 엘릭서는 어디 있지?"

"그렇군요. 잠깐만요."

품에서 커리커틀을 꺼낸 그의 얼굴에 실망감이 떠올랐다.

"지금은 대기 중에 나타나지 않았어요."

애석하기는 했지만 엘릭서가 나타났다는 것만으로 충분한 위로가 될 수 있었다. 최소한 실재한다는 증명은 된 셈이니까. 당과는 손에 쥔 막대를 내밀었다.

"이게 뭔지 알아?"

토이틀은 막대를 건네받은 후 잠시 살피다가 말했다.

"마법 막대로군요. 종류는 토르틱입니다. 보통 싸이클 마법을 쓰는 마법사가 가지고 다니죠. 토르틱을 이곳에서 발견했습니까?"

그녀는 발치를 가리켰다.

"이곳에 떨어져 있더군."

토이틀은 입가에 웃음을 지었다.

"중요한 단서군요."

"그걸로 엘릭서를 찾을 수 있나?"

"이 토르틱을 쓰는 마법사를 찾을 수 있습니다. 그러면 자연히 엘릭서의 행방을 알 수 있지 않을까요?"

희망 사항이었지만 충분히 가능성은 있었다.

"마법력이 강한 마법사였으면 좋겠군요. 그러면 훨씬 뚜렷한 흔적을 남겼을 테니까요."

"당장 찾아."

*   *   *

왕족발은 흙으로 만들어진 벽에 등을 기대고 주위를 살폈다. 어둠에 덮인 쿠렁이라는 이름의 이곳은 경험 많은 카라반이 아니면 모를 정도로 규모가 작은 곳이었다. 이십 장 정도 되는 초라한 녹원을 가지고 있는 쿠렁의 건물은 축사와 카라반의 낙타를 보관하는 곳이 딸린 여관 두 개가 고작이었다.

여관과 그가 등지고 있는 축사(畜舍)는 십오 장 정도 떨어져 있었다. 깊은 밤이어서 사람이 올 리 없건만, 왕족발은 불안한 시선으로 여관과 축사 뒤쪽을 번갈아 보았다.

"젠장, 정무문 소문주가 흡혈귀 피 빼는 것이나 망 봐야 하다니."

투덜거리는 그에게 소소자의 목소리가 들렸다.

"그럼 네 피를 줘."

소소자는 입 주위를 문지르며 축사를 돌아 나왔다. 손등에 묻은 피가 유난히 선명하게 보였다.

"양은 땅에 잘 묻었어요?"

"왜? 다시 파서 구워 먹게?"

"누가 그 딴 것을 먹어요!"

투덜거리는 왕족발의 시선에 주적자의 팔짱을 낀 화백의 모습이 들어왔다. 사람들이 양의 피를 빼는 사이 녹원에 다녀온 그녀의 피부가 유난히 뽀얗게 보였다.

화백이 여섯 자 안에 들어오자 언제나처럼 얼굴이 화끈 달아올랐다. 인간이 아닌 것을 알고 있는데도 이런 현상은 어김없이 나타났다.

"쯧쯧쯧……."

소소자가 그를 지나치며 혀를 찼다. 왕족발은 뭐라고 쏘아주려다가 한숨과 함께 입을 다물었다. 이 문제로 시끄러워지면 곤란한 사람은 자신이었다. 소소자가 놀리지 않은 것이 다행이었다.

단층으로 만들어진 여관으로 들어오자 긴 복도가 나타났다. 그들은 복도를 사이에 두고 양쪽 방을 쓰고 있는데, 화백이 고집을 부려 주적자와 한 방에 묵고 나머지가 다른 방을 썼다.

"푹 쉬어."

주적자가 인사를 하고 먼저 들어갔다. 왕족발은 방 안으로 들어서며 소소자에게 물었다.

"주 보표가 설마 화백과 응응하지는 않겠죠?"

"응응이라니?"

"거 있잖아요. 남자하고 여자하고… 거시기 하는 거 말이에요."

그제야 눈치를 챈 듯 소소자의 눈이 가늘어졌다.

"네 머리 속에는 온통 그런 생각밖에 안 들어 있냐?"

"그게 아니라……."

갑자기 방문이 왈칵 열리며 주적자가 들어왔다.

"왜 그래?"

"부쿠브 카키슈가 없어졌다."

"뭐야? 그게 어디로 갔다는 거야?"

"모르지. 탁자 위에 올려놓았는데 감쪽같이 사라져 버렸어."

"부쿠브 카키슈가 발이 달린 것도 아닌데… 가만!"

뭔가 깨달은 듯 소소자가 황급히 방을 빠져나갔다.

"짐작 가는 곳이라도 있냐?"

주적자의 물음에 소소자가 돌아보지도 않고 대답했다.

"부쿠브 카키슈를 담아놓은 금 상자를 보던 반누크의 눈빛이 심상치 않았어. 어쩌면 녀석의 소행일지 몰라."

"하지만 그 정도 금덩이에 자신의 인생을 걸 만큼 어리석어 보이지는 않던데?"

"무슨 곡절이 있는지는 모르지만 가장 의심이 가는 녀석이니까 확인해 봐야지."

그들은 카라반이 묵고 있는 방으로 갔다. 문을 왈칵 열었지만 피곤에 지친 상인 중 누구도 깨어나지 않았다. 정면에 띄엄띄엄 놓인 세 개의 침상 중 반누크는 가운데 것을 쓰고 있었다. 양털로 만든 이불이 불룩한 것으로 보아 자고 있는 것 같았다.

"잘못 짚은 것 아니에요?"

왕족발이 소곤거렸다. 소소자는 큰 걸음으로 다가가 이불을 확 걷었다. 침상에는 세로로 나란히 놓인 베개 두 개만 덩그러니 놓여 있었다.

"내 예상이 맞은 것 같은데?"

주적자가 왕족발에게 물었다.

"반누크가 여관을 나서는 것을 못 봤나?"

"축사에서는 여관 출입구가 보이지 않잖아요. 낙타 보관소도 건물에 가려 있고요."

"꾸물거리지 말고 빨리 쫓아가자. 우리가 방을 비운 시간이 반 시진 정도밖에 안 됐으니 멀리 가지는 못했을 거야."

소소자는 말을 하며 밖으로 뛰쳐나갔다. 여관을 나선 그들은 낙타 보관소까지 단숨에 뛰어갔다. 사각으로 반듯하게 지어진 건물 안에는 중앙 통로를 사이에 두고 양쪽으로 낙타들이 매어져 있었다.

중앙을 길게 막은 구조가 외양간과 비슷했다. 소소자가 낙타 사이를 가로지르며 숫자를 셌다.

"역시 한 마리가 부족하군."

소소자의 말에 주적자가 가장 먼저 밖으로 나와 바닥을 살폈다. 흙바닥에는 여러 개의 낙타 발자국이 찍혀 있었는데 주적자는 용케 새로 생긴 흔적을 찾아냈다.

"이쪽이야."

축사를 등진 방향이었다. 하긴 그쪽이 아니면 왕족발이 발견했을 테니 추측만으로도 방향을 가늠할 수 있었다.

마을을 받치고 있는 딱딱한 땅을 벗어나자 낙타 발자국을 발견할 수 있었다. 그들은 지체하지 않고 반누크를 쫓았다. 발자국은 일직선으로 쭉 뻗어 있었다.

왕족발은 다른 사람들에게 뒤처지지 않기 위해 혼신의 힘을 다해야 했다.

"그 녀석… 너무 무모하지 않아요? 금방 발각될 것을 알면서 부쿠브 카키슈를 훔치다니 말이에요."

그의 물음에 바로 앞에 가는 소소자가 대답했다.

"우리가 이처럼 빨리 쫓아오리라고는 생각지 못했겠지."

"하긴, 녀석은 경공이라는 것을 모를 테니까. 아이고, 힘들어. 이 자식, 잡히기만 하면 다리몽둥이를 분질러 버릴 테다."

왕족발의 엄살에도 그들의 속도는 늦춰지지 않았다. 바람 한줄기가 금방이라도 발자국을 지워 버릴 것처럼 불었다.

"그것을 꼭 찾아야 해요? 우리하고는 상관없는 물건이잖아요."

이번에는 가장 앞장선 주적자가 대답했다.

"우리 손에 들어온 때부터 상관있는 물건이 됐어. 힘들면 여기서 기다려."

"빨리 잡지 않으면 바람에 흔적이 지워지겠어요."

체르샤가 불길한 소리를 내뱉었다.

"나 먼저 간다!"

주적자가 말을 하고 속도를 냈다. 왕족발이 전력을 다하고 있음에도 주적자와 화백은 금세 어둠 속으로 사라져 버렸다.

"징그럽게 빠르군."

소소자가 말하며 달리는 것을 멈췄다. 왕족발도 소소자 곁에 서서 거친 숨을 몰아쉬었다. 이각 가까이 전력으로 경공을 펼치는 건 하루 종일 달리는 것보다 훨씬 힘들었다. 신체의 능력을 최대한 끌어내야

하기 때문이다.

"잡을 수 있겠죠?"

"당연하지."

체르샤의 물음에 대한 소소자의 대답이었다. 하지만 잠시 후 주적자는 빈손으로 돌아왔다.

"뭐야? 못 잡은 거냐?"

주적자는 꾸물거릴 시간이 없다는 듯 그들의 곁을 스치며 대답했다.

"빈 낙타였어."

그들은 다시 또 뭐 빠지게 주적자와 화백을 쫓았다.

"무슨 소리야? 그럼 반누크가 낙타를 타고 도망가지 않았다고?"

"우리가 속은 거야. 반누크는 빈 낙타를 먼저 보내 우리가 쫓아가기를 기다린 후 다른 방향으로 도망친 것이 분명 해."

"젠장, 약아빠진 녀석이군."

"잡히면… 다리뿐 아니라… 팔까지 부러뜨려 버릴 테다!"

쫓았던 시간만큼이 걸린 후에야 그들은 여관까지 돌아올 수 있었다. 주적자는 가장 먼저 낙타 보관소로 갔다.

"세 마리가 없어졌군."

왕족발이 들어가기도 전에 낙타 숫자를 세고 나온 주적자의 말이었다. 바닥을 살피는 주적자에게 소소자가 물었다.

"왜 세 마리씩이나 가져갔을까?"

주적자는 바닥에 시선을 두고 걸음을 옮겼다.

"우리의 추격을 어렵게 하기 위해서겠지. 쫓다 보면 분명 발자국이 세 방향으로 갈릴 거야."

일리가 있는 추측이었다. 주적자의 걸음은 축사가 있는 쪽으로 향했다. 단단한 땅을 벗어나자 금세 발자국이 드러났다. 세 마리의 흔적이었다.

주적자는 예고도 없이 몸을 날렸다.

"같이 가요!"

왕족발의 외침이 주적자의 걸음을 늦출 순 없었다. 그는 금세 일행의 뒤로 처져 버렸다. 체르샤조차 그보다 훨씬 빨라 소소자와 어깨를 나란히 했다.

'젠장, 어딜 가나 나는 약한 존재로군.'

왕족발은 속으로 투덜거리며 열심히 경공을 펼쳤다. 나머지 일행의 모습은 모래언덕 너머로 사라져 보이지 않았다. 마치 따돌림을 당하는 기분이었다. 역시 사람은 능력이 뛰어나고 볼 일이었다.

심장이 목구멍까지 올라올 정도로 달린 끝에 네 명을 눈 안에 둘 수 있었다. 그들은 하나같이 쭈그려 앉아 바닥을 살피는 중이었다.

금방이라도 숨이 넘어갈 것 같은 모습으로 도착했는데 누구도 눈길을 돌리지 않았다.

"이봐요… 곧 죽어가는… 불쌍한 중생한테… 관심 좀 가져 줘요."

소소자가 여전히 땅에 시선을 고정시키고 말했다.

"힘들면 돌아가서 기다려. 칭얼거리지 말고."

"칭얼거리다니! 내가 무슨 갓난앤 줄 아쇼?"

"젖 달라고 빽빽 우는 어린애 같군. 입 다물고 조용히 있지 않으면 모래 속에 처박아버리는 수가 있다."

나직한 목소리는 협박으로써 충분한 효과를 발휘했다. 기분이 나쁘기는 했지만 한 대라도 맞으면 자기만 손해였기 때문에 왕족발은 말없이 네 명의 뒤통수만 보았다.

"역시 세 방향 모두 가보는 수밖에 없겠는데?"

소소자가 주적자에게 말했다. 왕족발은 심장의 박동이 가라앉자 체르샤 옆에 쭈그려 앉아 땅을 살폈다.

"사람이 타고 있으면 발자국의 깊이가 다를 테니 가장 깊은 것을 쫓아가면 되지 않을까요?"

자신이 생각해도 똑똑한 소리였는데 소소자의 핀잔이 날아왔다.

"꼭 뭔가 모자란 녀석들이 하나만 알고 둘은 모르는 소리를 한다니까."

"내가 뭐가 모자르단 말이오? 모자란 것은 오히려 소 의원 당신이지."

용케 키 얘기인 줄 단박에 알아차린 소소자가 벌떡 일어섰다.

"배꼽에 때도 안 낀 어린 녀석이 감히 어른의 신체에 대해 함부로 입을 놀리다니!"

막 왕족발의 뒷덜미를 낚아채려는 소소자의 행동을 주적자가 막았다.

"장난은 그만두고 빨리 쫓아가자."

"어느 쪽으로?"

"세 방향으로 나눠서 가야지."

소소자는 일행을 쭉 훑어본 후 말했다.

"그럼 둘, 둘, 하나 이렇게 가야 하겠네?"

"아니, 너희 셋이 가고 화백과 내가 따로 간다."

역시나 화백의 완강한 반대가 따랐다.

"싫어요! 전 주 가가와 같이 갈 거예요!"

"이 중에 가장 능력이 뛰어난 너와 내가 따로 가는 것이 타당해."

아무리 완벽한 논리적 타당성을 얘기해도 따를 화백이 아니었다.

"안 돼요! 난 절대 주 가가와 헤어지지 않아요!"

"화백."

소소자가 주적자의 말을 잘랐다.

"됐다. 넌 화백과 함께 가라."

"그럼 나머지 두 길은?"

"나와 체르샤가 한 길을 맡고……."

소소자의 시선이 왕족발에게 향했다. 그러자 다른 사람들도 모두 그를 보았다. 왕족발은 멀뚱하게 서 있다가 화들짝 놀라 물었다.

"나 혼자 가라구요?"

"그래. 어차피 넌 다른 사람과 보조를 맞출 수 없으니 쉬엄쉬엄 쫓아가. 그래도 낙타보다는 빠를 테니까."

물론 부지런히 쫓으면 잡을 수 있을 것이다. 하지만 혼자 가려니 왠지 기분이 나빴다. 그의 더러운 기분에 소소자가 오물을 뒤집어씌웠다.

"가장 가능성없는 길을 족발이가 맡으면 되겠군."

"이, 이봐요, 내 능력을 너무 과소평가하지 말라구요."

"있는 그대로 평가한 거야."

"그럼 족발이는……."

주적자와 소소자의 손가락이 모두 중앙의 발자국을 가리켰다.

"역시 너와 나 모두 저곳이군."

"왜 직선으로 뻗은 저 발자국이 아니라는 거죠?"

소소자는 특유의 무시하는 표정으로 왕족발을 보았다.

"너 같으면 도망을 치는데 뻔히 보이는 길을 택하겠냐?"

왕족발은 머리를 긁적였다.

"하긴 그렇군요."

"결정났으니 빨리 움직이자. 우린 왼쪽을 맡으마."

주적자는 몸을 날리며 소리쳤다.

"모두 조심하고 낙타를 발견하는 즉시 이곳으로 돌아와!"

말이 끝났을 때 그와 화백의 모습은 이미 십 장 앞을 달리고 있었다. 소소자가 왕족발을 어깨를 툭 친 후 우측으로 방향을 잡았다.

"조심해."

왕족발은 어둠 속으로 스며드는 주적자와 소소자를 번갈아 보다가 한숨을 내쉬었다. 하얀 입김이 다시 얼굴로 돌아왔다.

"미움받는 작은마누라 자식 꼴이군."

터벅터벅 걷던 왕족발은 이내 모래를 박찼다. 혹시 그가 가는 방향으로 반누크가 도망치고 있을지도 모르니 최선을 다해야 했다.

'내가 녀석을 잡아야 주적자와 소소자의 콧대가 납작해질 텐데.'

그는 제발 그렇게 되길 바라며 경공을 펼쳤다. 낙타의 흔적이 빠르게 발 밑을 스쳐 갔다. 차가운 바람이 닿지 않은 피부에서 금세 땀이 배어 나왔다. 네 개의 커다란 모래언덕을 넘었는데도 발자국은 끝날 기미가 보이지 않았다.

'제기랄! 대체 이놈은 어디까지 도망친 거야?'

반복적으로 스치는 모래언덕과 디딜 때마다 푹푹 파이는 모래는 금세 그를 지치게 했다. 아까 전력으로 경공을 펼친 후 충분히 휴식을 취하지 못한 것도 빠른 피로에 한몫을 했다. 그렇다고 쉴 수는 없었다. 반누크가 이 길로 도망쳤을지 모르기 때문이다.

십 장 높이로 쌓인 두 개의 모래언덕 사이를 지나가던 왕족발은 급히 걸음을 멈췄다. 지평선과 맞닿은 어둠이 점점 다른 색깔로 물들고 있었다. 특정 지역에서만 일어나는 현상이 아니었다. 시선이 미치는 어둠 전부가 황색을 뒤집어쓰기 시작했다.

막연한 불안감은 잠시 후 눈에 보이는 실체로 똑똑히 다가왔다. 그것은 엄청난 모래폭풍이었다. 사막의 모래를 모두 날려 버릴 것 같은 바람은 가공할 속도로 덮쳐 왔다. 장막처럼 휘날리는 모래벽은 저 멀리 있는데 벌써 옷깃을 찢을 것처럼 바람이 불어왔다.

왕족발은 길게 뻗은 낙타의 발자국을 보았다. 곧 흔적이 없어질 것이다. 하지만 지금 중요한 것은 그게 아니었다. 잘못하면 사막에 생매장당할 수도 있었다.

그는 잠시 망설이다 뒤로 몸을 날렸다.

고오오오—!

바람 소리가 진동이 되어 등에 부딪쳤다. 힐끔 돌아본 모래폭풍은 아까보다 훨씬 가까워져 있었다. 그 거리만큼 바람도 거세졌다. 뒤에서 밀어주니 경공을 펼치기 수월했지만 그것에 기뻐할 수 없는 노릇이었다.

왕족발은 숨이 턱에 차도록 경공을 펼쳤다. 그러나 폭풍은 그보다 훨씬 빨랐다. 도저히 인간이 따돌릴 속도가 아니었다. 점점 가까워지는 것을 피부로 느낄 수 있었다.

"이따위 사막에서 죽을 수는 없어!"

의지를 다지기 위해 지른 소리는 금세 바람 소리에 묻혀 버렸다. 자욱한 모래먼지가 그를 지나쳐 앞으로 내달렸다. 그만큼 폭풍이 가까워졌다는 것을 뜻했다. 땅을 박찰 때마다 그가 평소 가던 거리보다 훨씬 멀리 간 후에야 다음 걸음을 내디딜 수 있었다.

그런데 어느 순간 땅을 박찬 왕족발은 땅에 떨어지지 않았다. 그냥 밀려오는 바람인 줄 알았는데 감당할 수 없는 회오리가 되어 그를 하늘 높이 말아 올렸다.

온통 황색으로 변한 세상이 빙글빙글 돌아갔다. 뱃속에서 욕지기가 치밀어 올랐다. 단숨에 정신이 멍해지고 사지에 힘이 풀렸다. 모래 알갱이가 그를 조각조각 찢어버릴 것처럼 부딪쳤다. 고막이 터진 듯 바람 소리조차 들리지 않았다.

'중원을 떠나는 것이 아니었는데…….'

당과, 프로켈을 만나다

제61장 당과, 프로켈을 만나다

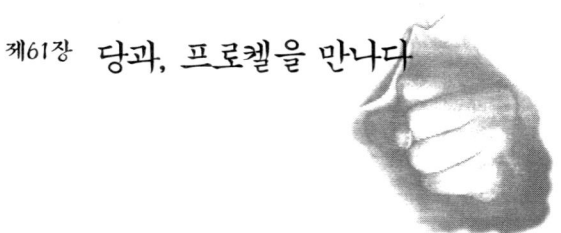

"푸우―!"

주적자는 모래 밖으로 얼굴을 내밀어 긴 숨을 토해냈다. 사막의 폭풍에 대해 반누크에게 듣기는 했지만 이 정도일 줄은 몰랐다. 회오리에 말려 올라가지 않은 것이 천만다행이었다.

땅 위에 완전히 올라선 주적자는 여명이 깃들기 시작한 허공을 향해 손나팔을 만들어 소리쳤다.

"화백! 화백!"

그의 목소리는 돌아오지 않고 푸른색 지평선 끝으로 흩어졌다. 열 번을 불렀는데도 화백은 모습을 드러내지 않았다. '혹시' 하는 불길한 생각이 떠올랐다.

'아니, 이따위 모래폭풍에 화백이 죽을 리가 없어!'

다시 손나팔을 만드는 주적자의 눈에 십 장 앞의 모래가 들썩이는 것이 보였다. 그는 황급히 그곳을 뛰어갔다. 머리에 모래를 얹은 화백의 얼굴이 불쑥 튀어나왔다.

"화백!"

주적자는 그녀를 부르며 손을 잡아 모래 안에서 끄집어냈다.

"퉤! 퉤!"

모래를 뱉은 화백은 주적자를 와락 끌어안았다.

"무사하셨군요. 다행이에요, 정말 다행이에요."

그녀는 모래 속에서도 자신보다 그를 걱정한 것이 틀림없었다. 주적자는 화백의 등을 가볍게 다독였다.

"이 정도로 죽을 리가 없잖아."

화백을 떼어낸 주적자는 그녀 얼굴에 묻은 모래를 털어내 주었다.

"빨리 다른 사람들을 찾아보자."

그들은 아무 일 없었지만 다른 사람이 문제였다. 누구보다 왕족발의 안위가 걱정이었다. 소소자와 체르샤는 부상을 당해도 금방 회복되겠지만 왕족발은 달랐다. 이런 사막이라면 작은 상처라도 죽을 수 있었다.

주적자는 파랗게 밝아오는 사위를 둘러보았다. 주변의 풍경은 폭풍이전과는 완전 딴판으로 변해 있었다. 없었던 모래산이 생겨났고 존재했던 언덕이 감쪽같이 사라져 버렸다. 풍경만 보고 길을 찾는다는 것은 불가능했다.

아는 것은 방향뿐인데 그것 가지고는 부족했다. 다행히 체르샤가 수정구를 가지고 있으니 그를 못 찾을 염려는 없었다. 역시 이번에도 가장 걸리는 사람은 왕족발이었다.

주적자는 남쪽으로 길을 잡았다.

"우리가 만나기로 했던 지점을 찾으실 수 있겠어요?"

화백의 물음에 그는 고개를 저을 수밖에 없었다. 그곳의 경치가 완전히 변했을 테니 찾을 단서가 사라진 것이다.

'소소자와 체르샤가 모래폭풍으로 헤어졌을 가능성도 염두에 둬야겠군.'

그러자 걱정은 배로 늘어났다. 만약 소소자가 체르샤와 떨어졌다면 이 넓은 사막에서 길을 잃은 것은 자명했다. 결국 그것은 소소자의 죽음을 의미했다. 아니, 죽음보다 더 끔찍한 꼴을 당하게 될 것이다.

피를 찾아 사막을 떠돌다가 모래 속에 묻혀서 죽지도 살지도 못하는 고통을 영원히 겪어야 할지 모른다.

거기까지 생각이 미치자 마음이 급해졌다. 사막을 달린 지 이각이 지나기도 전에 세상은 온통 여명의 황금빛으로 물들었다. 주적자는 새벽에 달렸던 시간을 육감으로 느끼려 애썼다. 속도도 그 정도를 유지해야 했다.

헤어졌던 장소와 최대한 가까운 곳이어야 그들이 묵었던 여관도 찾아갈 수 있으니까. 주적자는 이제 막 떠오른 태양을 힐끔 보았다. 비슷한 방향으로 갈 수는 있어도 정확할 수는 없었다. 조금만 각도가 어긋나도 전혀 엉뚱한 곳에 다다를 테니 정확한 위치를 찾기란 불가능했다. 거리만이라도 맞기를 바랄 뿐이었다.

"저 이십 장 높이의 언덕 아래쯤이 아닐까요?"

곁에서 달려오던 화백도 나름대로 계산을 한 것 같았다. 주적자의 감도 그녀와 비슷하니 거리는 그리 차이나지 않을 것 같았다.

그들은 길게 늘어진 모래언덕의 그림자 아래서 걸음을 멈췄다. 주적자는 왕족발이 간 방향으로 시선을 돌렸다. 앞을 가리는 모래산이 없어 끝없는 지평선만 보였다.

"가봐야 하지 않을까요?"

화백의 말은 그도 생각하고 있던 것이었다. 왕족발이 갔던 쪽으로 가면 소소자와 체르샤에게도 가까워지기 때문이다.

"좋아, 가보자."

주적자는 결심이 서자 바로 움직였다. 그늘을 벗어나자 금세 칼날 같은 햇빛이 떨어졌다. 자신보다 세 배나 긴 그림자가 앞으로 늘어져 길을 안내했다.

어깨를 나란히 하고 달려오던 화백이 잊혀졌던 문제를 끄집어냈다.

"반누크를 셋 중 누군가가 찾았을까요?"

"글쎄."

모호한 대답을 할 수밖에 없었다. 주적자가 쫓은 방향에는 달랑 낙타뿐이었다. 그러니 가장 큰 가능성은 소소자와 체르샤에게 있었다. 주적자가 낙타를 발견하고 얼마 있지 않아 모래폭풍이 일었으니, 설사 왕족발이 쫓고 있던 방향으로 반누크가 도망쳤어도 따라잡지는 못했을 것이다.

"부쿠브 카키슈는 못 찾아도 좋으니 일행이 무사했으면 좋겠군."

그의 솔직한 심정이었다. 뭔지도 모를 그 따위 것보다는 다른 사람의 손톱 하나가 더 중요했다. 주적자는 근 일각을 달린 후 천천히 멈췄다. 왕족발의 경공 실력으로 보아 이 이상 오지는 못했을 것이다.

주적자는 왕족발을 소리쳐 불렀다. 하지만 사막은 그의 목소리만 삼킬 뿐 왕족발을 내놓진 않았다. 아지랑이를 피워 올리기 시작하는 사막 어디에도 왕족발의 모습은 없었다.

"회오리에 휩쓸리지만 않았으면 좋겠군."

그것이 최소한의 바램이었다. 그들처럼 모래바람만 훑고 지나갔다면 살아 있을 가능성이 충분했다. 하지만 회오리에 말려 올라갔다면… 결과는 너무도 자명했다. 다른 사람도 아니고 왕족발이라면 살아 있을 가능성은 거의 없었다.

"후—!"

주적자는 근심을 토해내듯 한숨을 쉬곤 바닥에 앉았다. 어느새 달궈진 모래가 따뜻함을 전해줬다. 사위를 둘러보는 그의 곁에 화백이 팔짱을 끼고 앉았다. 둘은 그렇게 한참 동안 나타나는 사람이 없나를 살폈다.

뜨거운 태양을 머리 위에 얹고 있으니 절로 입이 타 들어가는 것 같았다. 목마름이 찾아올 리 없음에도 사막은 그에게 그런 느낌을 강요했다.

"주 가가."

"응?"

그녀는 그를 부른 후 잠시 망설이다 입을 열었다.

"정말 흡혈야황을 만나서 사람이 되고 싶어요?"

새삼스런 질문에 주적자는 그녀의 정수리를 보았다.

"무슨 소리야?"

화백도 고개를 들어 그와 시선을 마주쳤다.

"왜 그렇게 영생을 포기하려고 하는 거죠?"

"그건……."

주적자는 말을 하다 말고 화백이 이런 물음을 던진 이유를 깨달았다. 화백 또한 소멸이 멀고 먼 정괴인 것이다. 영원히 사는지는 알 수 없지만 인간보다 수십 수백 배 오래 살 것은 자명했다. 화백은 다시 그의 어깨에 머리를 기대며 말했다.

"전 흡혈야황의 마음을 조금은 이해할 수 있을 것 같아요. 제가 그녀 입장이라면 아마 똑같이 행동했을 거예요."

어떨 때는 일곱 살 먹은 어린아이 같은데 이럴 때는 성숙한 처녀의 모습 그대로였다.

"사랑은… 강요할 수 없는 거야."

주적자는 그 말로 화백의 다음 얘기를 막았다. 한참 침묵을 지키고 있던 그녀가 뒤로 돌아가 그의 목을 껴안았다.

"흡혈야황과의 일이 마무리되면 우리 사막의 녹원에서 살아요. 아무도 간섭하지 않는 곳에서 둘만 살았으면 좋겠어요."

주적자는 '사람이 되면'이라고 가정하지 않는 화백의 심정을 읽고 씁쓸한 웃음을 지었다.

"그래."

대답을 한 그는 또다시 실소를 머금었다. 당과나 화백, 모두 사람이 아니었다. 물론 그도 지금은 흡혈귀지만 전에는 분명 사람이었다.

'난 정괴에게만 인기가 있는 것일까?'

그는 쓸데없는 생각을 떨치고 전면과 좌우를 번갈아가며 살폈다. 여전히 지평선과 간간이 솟은 모래언덕만이 시야를 채웠다. 움직이는 것은 가끔 부는 바람에 지면을 구르는 모래가 전부였다.

이각 정도 앉아 있던 주적자는 몸을 일으켰다. 팔을 푼 화백이 물었다.

"움직이게요?"

"아무래도 소소자를 찾아보는 것이 좋겠어."

북쪽으로 가면 거리를 좁힐 수 있을 것이다.

"왕 공자님은요?"

주적자의 미간에 깊은 주름이 잡혔다.

"지금으로써는 어쩔 수 없지. 녀석이 우리를 찾을 수도, 우리가 녀석을 찾을 상황도 아니니 제발 살아 있기를 바라는 수밖에."

말을 하고 막 걸음을 뗄 때였다. 하늘하늘 피어 오르는 지평선의 아지랑이 사이로 개미만큼 작은 무언가가 나타났다. 처음 하나였던 그것은 이내 둘이 되어 느리게 위로 솟아올랐다. 소리를 쳐도 들리지 않을 정도로 먼 거리였지만 누군지는 충분히 알 수 있었다.

"소소자!"

화백도 소소자와 체르샤의 모습을 발견했는지 먼저 모래를 박찼다. 백 장쯤 뛰어가자 소소자와 체르샤도 그들을 발견하고 빠르게 가까워졌다. 서둘러 만나지 않으면 다시 헤어지기라도 한다는 듯 그들은 서로를 향해 혼신의 힘을 다해 뛰었다.

오 장 가까이 다가온 소소자가 날듯이 주적자의 품으로 뛰어들었다. 서로를 와락 껴안은 그들은 한참 동안 서로의 등을 두드렸다.

"무사해서 다행이다. 다행이야, 다행이야."

소소자는 같은 말을 여러 번 반복한 후 팔에 힘을 풀었다. 주적자의 무사함을 확인한 그의 관심은 당연히 왕족발에게 향했다.

"족발이는?"

"흔적조차 찾지 못했다."

"뭐야? 그럼 녀석이 모래폭풍에 휩쓸려 죽었다는 거냐?"

"죽었다고는 단정할 수 없어. 물론……"

주적자는 '그럴 가능성이 크지만' 이란 말을 삼켰다. 소소자도 알고 있을 것이다. 그래서 저처럼 낙담한 표정을 지을 테고.

"족발이를 찾을 방법이 전혀 없는 거냐?"

"그건 너도 알잖아. 수정구가 아니었으면 네가 날 찾을 수 있었겠냐?"

소소자는 고개를 끄덕였다.

"빌어먹을! 따로 보내는 것이 아니었는데! 왜 내가 하는 일은 항상 이 모양이지? 이런 좆같은 경우가 어디 있냐구!"

주적자는 소소자의 어깨를 감싸 안으로 당겼다.

"네 잘못이 아니야. 운이 없었을 뿐이지. 그리고 왕족발의 죽음이 확실한 것도 아니잖아."

그의 말이 위로가 된 것 같지 않았다.

"어머! 부쿠브 카키슈를 찾았네요?"

유난히 높은 화백의 목소리에 주적자는 고개를 돌렸다. 부쿠브 카키슈를 담은 상자가 체르샤의 등에서 금빛을 토해내고 있었다.

"반누크는?"

주적자의 물음에 소소자가 뱉듯이 말했다.

"폭풍에 휩쓸려 죽었다. 그때는 불쌍했는데… 차라리 내 손으로 죽여 버릴걸."

소소자는 왕족발의 실종을 오랫동안 떨쳐 버리지 못할 것 같았다.

"일단 여관으로 가는 길을 찾아보자."

"족발이를 두고?"

주적자는 소소자의 어깨에 손을 얹었다.

"다시 말하지만 족발이가 실종된 것은 네 탓이 아니야. 그리고 우리에게는 족발이를 찾을 방법이 하나도 없어. 이 넓은 사막을 모두 뒤질 수는 없잖아."

"하지만……."

"내 말 들어. 지금 가장 시급한 문제는 여관으로 돌아가는 거야. 어쩌면 우리도 길 잃은 미아 신세가 될 공산이 커. 족발이를 찾아 헤매다가는 모두 죽을 수도 있어."

너무 냉정한 말인지 모르지만 지금은 현실을 직시해야 할 때였다. 소소자는 잠시 눈을 감고 심호흡을 하다가 몸을 돌렸다.

"가자."

동쪽이었다.

"여관은 찾을 수 있는 거냐?"

"넌?"

소소자는 앞을 보다가 고개를 저었다.

"자신없다. 이런 사막에서는 조금만 길이 틀어져도 전혀 엉뚱한 방향이 되어버리니까."

"나도 너와 다르지 않아."

"떠그랄! 그럼 결국 우리도 길을 잃은 거잖아."

"아직은 아니야. 일단 여관을 찾는 데 최선을 다해보자구."

"좋아, 서두르자!"

소소자가 먼저 몸을 날렸다. 그들은 소소자의 속도에 맞춰 사막을 달렸다. 가끔 보이는 전갈 외에 살아 있는 생물은 그들뿐이었다.

"한낱 금 상자 때문에 이런 일이 일어나다니."

주적자의 중얼거림에 소소자가 대꾸했다.

"금 상자 때문이 아니었어. 반누크는 그 안에 있는 부쿠브 카키슈를 탐냈던 거야."

"그럼 반누크가 부쿠브 카키슈의 정체를 알고 있었다는 거야?"

"아니, 그 씨부랄 새끼의 말로는 부쿠브 카키슈가 골동품으로서 엄청난 가치를 지닌다는군. 제대로 된 골동품상만 만나면 금 상자의 열 배 이상 돈을 받을 수 있다는 거야. 어휴~ 죽은 놈한테 심한 욕은 할 수 없고, 정말 좆같은 경우지."

소소자는 더 이상 말하지 않고 부지런히 몸을 날렸다. 그들의 침묵은 근 이각 동안 이어졌다. 모두들 입을 다물고 사방을 살필 뿐이었다. 녹원 근처에 자라고 있는 나무라도 발견하기를 기대했지만 사위는 여전히 모래로 덮여 있었다.

"아무래도 방향을 잘못 잡은 것 같은데."

반 시진하고도 일각을 더 달린 후 소소자가 한 말이었다. 주적자의 생각도 비슷했다. 방향을 제대로 잡았다면 벌써 녹원이 보였을 터였다. 주적자가 속도를 늦추자 나머지 일행도 그와 보조를 맞췄다.

"이쯤에서 다른 곳을 찾아보는 것이 좋겠다. 나와 화백은 남쪽으로 갈 테니까, 너와 체르샤는 북쪽을 찾아봐라."

소소자가 동의하자 주적자와 화백은 남쪽으로 향했다. 하지만 그들은 한 시진 후 헤어졌던 곳에서 아무 소득도 없이 다시 만났다. 결국 길을 잃은 것이다. 모두 서로를 보지도 못한 채 가없이 펼쳐진 사막만 응시했다.

누구도 선뜻 앞으로의 일을 얘기하지 못했다. 말하기가 겁나는 것이리라. 그들이 선택할 길은 사막을 도보로 횡단하는 것 하나뿐이니까.

그 과정에서 벌어질 불행은 너무도 명확했다. 그들은 피가 없으면 움직일 수 없고 물이 없으면 죽어버릴 흡혈귀와 목의 정괴였기 때문에……

＊　　　＊　　　＊

드라칸의 등에서 내린 토이틀은 토르틱과 칠레이반이란 이름의 수정구를 꺼냈다.

"이쯤에서 다시 방향을 알아봐야 해요."

그는 칠레이반 위에 뾰족한 부분의 토르틱을 얹었다. 그러자 토르틱이 이리저리 움직이더니 어느 순간 우뚝 멈췄다.

"서쪽이군요."

당과는 토르틱이 가리키는 곳으로 시선을 돌렸다. 우거진 나무 사이로 성벽에 둘러싸인 도시가 보였다. 산 중턱에서 본 도시는 접시만큼 작았다.

"방향을 알았으면 빨리 가자."

당과가 드라칸의 등에 타려 할 때 토이틀이 말렸다.

"안 됩니다. 이제부터는 걸어가야 해요."

"왜?"

"칠레이반 위에 얹어진 토르틱이 이처럼 빨리 움직임을 멈췄다는 것은 마법사가 가까이 있다는 것을 뜻하죠. 걸어가면서 수시로 알아봐야 합니다."

그 말을 가장 반긴 이는 드라칸이었다.

"그럼 난 더 이상 날아가지 않아도 되겠네?"

"그렇죠."

안도의 한숨을 쉰 드라칸은 이내 본래의 모습으로 돌아왔다. 왕족쌍이 건넨 옷을 입은 드라칸이 목을 문지르며 말했다.

"요기를 해야겠어요. 며칠째 굶었더니 힘이 빠져서 걷기도 힘들다구요."

당과는 성을 가리켰다.

"저곳에 가면 널린 게 사람이니 조금만 참아."

그녀의 몸도 슬슬 피를 요구하고 있으니 어차피 성에 들어가야 했다. 그들은 우거진 숲을 헤치며 산을 내려갔다. 기슭에 다다르자 손바닥만큼이나 작은 밭에서 일하는 사람들이 심심치 않게 보였다.

농부들은 밭 사이를 지나는 그들을 힐끔거렸다. 신성로마제국에 맞는 복장을 하고는 있었지만 당과와 나인현, 왕족쌍의 생김새는 저들과 확연히 구분되었다. 불꽃처럼 붉거나 칠흑 같은 검은 머리칼, 진갈색의 눈동자, 황색 피부는 저들에게 낯설 수밖에 없었다.

"사람들의 눈총을 많이 받겠는데요? 차라리 도시를 우회할까요?"

"상관없어."

무언가를 피한다는 것은 당과의 자존심을 건드리는 일이었다. 주적자 외에 그녀가 껄끄러워하는 존재는 없었다. 작은 마을을 지나자 외길 저쪽에 성문이 보였다. 길 양쪽에는 익지 않은 밀이 흐드러지게 핀 들판이 펼쳐져 있었다.

이곳의 지명이 어떻게 되는지 알아보겠다고 갔던 토이틀이 뛰어왔다.

"저 도시 이름은 밤베르크라고 합니다. 그런데 농부들이 되도록 가지 말라고 하던데요."

"왜?"

"자세한 얘기는 못 들었는데, 죄를 지은 서출 장남이 감옥에서 탈옥을 했다고 하더군요. 그래서 경비가 심하대요. 괜히 없는 죄 뒤집어써서 봉변을 당할 수도……."

당과는 토이틀의 말을 끊었다.

"됐어. 내가 인간 따위를 무서워한다는 게 말이 되나?"

토이틀은 어깨를 으쓱했다.

"알아서 하십시오."

그렇게 말한 토이틀이 길 중간쯤을 지나자 다시 말을 걸었다.

"하지만 되도록 말썽을 일으키지 않는 것이 좋을 것 같군요. 만약 마법사가 저 도시에 있다면 괜히 놀래킬 필요는 없잖아요."

토이틀이 걱정하는 것이 무엇이건 틀린 소리는 아니었다.

"걱정 마, 나서서 난장판을 만들 생각은 없으니까."

성 주위를 둘러서 파인 구덩이 위로 성문이 내려져 다리 역할을 하고 있었다. 병사들이 사람들을 다리 위에 일렬로 늘어놓고 무언가를 검사하고 있는 모습이 보였다.

"성문으로 들어갈 수는 없겠는데요."

"왜?"

"시민증이 없으면 당장 잡혀갈 겁니다. 물론 병사들이 다치겠지만."

"걱정 마."

당과는 열두 명이 늘어선 줄 뒤에 섰다. '다음'이라는 소리가 사람 숫자만큼 들린 후 당과 차례가 왔다. 그녀들을 본 병사 세 명의 얼굴에 놀람이 떠올랐다. 당과는 그들의 눈을 똑바로 쳐다보았다.

반짝이던 병사들 눈이 탁해지더니 가운데 병사가 힘없이 말했다.

"다음."

그들은 아무 일 없이 성안으로 들어섰다.

"뭡니까? 최면술인가요?"

토이틀이 황급히 따라붙으며 물었다.

"알 필요 없어."

그녀는 차갑게 말하고 양쪽에 집이 빼곡이 들어찬 길을 걸어갔다. 넓이가 일 장 정도 되는 길은 지저분하기 그지없었다. 쓰레기가 여기 저기 널려 있고 악취까지 진동했다.

"이곳 도시는 원래 이렇게 더러운가요?"

왕족쌍이 코를 막고 물었다.

"다 이렇지는 않아요. 대부분이 그럴 뿐이죠."

그들은 사람들의 따가운 눈총을 받으며 도시를 가로질렀다. 드라칸의 시선은 가슴을 반이나 드러낸 여인들을 탐욕스럽게 훑고 있었다. 목까지 단추를 채운 옷을 입은 여인은 그들뿐이었다.

"여자들이 부끄러움도 모르는군."

왕족쌍의 말에 토이틀이 웃음을 지었다.

"유럽이란 곳에 사는 여자들에게는 신체 한 부분을 노출시켜야 살수 있는 본능이 있나 봐요. 백 년 전쯤 교회에서 가슴을 노출시키는 것을 금지하는 법이 만들어졌죠. 그러자 여자들은 가슴을 가리는 대신 다리를 무릎 위까지 내놓고 다니는 현상이 일어났어요. 교회는 아래보다 위가 그나마 보기 좋다고 느꼈는지 결국 그 법을 폐지했죠."

철컹!

무심코 길을 걷던 당과의 발에 쇠사슬이 걸렸다. 네 자 높이의 쇠기둥에 둘둘 말린 사슬은 그것뿐이 아니었다. 길 양쪽에 늘어선 집의 벽에 딱 붙어서 이 장 간격으로 박혀 있었다.

"이건 뭐야?"

"범죄자를 잡기 위한 장애물입니다. 날이 저물어 소등 시간이 되면 모든 집들이 불을 꺼야 합니다. 아마 이곳 밤베르크도 그것이 법으로 정해져 있을 겁니다. 소등과 함께 양쪽에 있는 쇠기둥에 사슬을 가로질러 길을 막죠. 살인이나 강간, 절도 같은 범죄를 저지른 자들이 용이하게 도망치지 못하도록 하는 겁니다. 쇠사슬을 걸고 치우는 일은 각 자치구의 유지들이 해야 합니다."

"정말 이상한 곳이군."

물론 중원도 밤에는 통행이 금지되어 있었다. 하지만 강제로 소등을 한다거나 길 중앙에 이따위 쇠사슬을 채우는 일은 결코 없었다.

"어쩔 수 없죠. 이곳뿐 아니라 영국이나 프랑스도 범죄 때문에 골머리를 앓고 있으니까요. 특히 절도는 전염병처럼 퍼져 있어요. 그만큼 먹고 살기 힘들다는 뜻이겠죠."

토이틀은 배를 문지르며 말을 이었다.

"그러고 보니 저도 배가 고프군요. 며칠 동안 산짐승만 잡아먹었더니 신선한 빵이 그립네요."

조용히 따라오던 드라칸이 입을 열었다.

"야황님과 내 허기를 면하는 것이 우선이야."

그는 당과에게 말을 돌렸다.

"이런 지저분한 곳 말고 깨끗한 구역으로 옮기죠."

"여기도 깨끗한 곳이 있나?"

"그럼요. 어딜 가나 평민과 특권층이 사는 곳은 다르기 마련이죠. 귀족과 부유층이 사는 구역은 저쪽입니다."

드라칸은 이곳 지리에 훤한 듯 오른쪽을 가리켰다.

"당신은 이곳에 살지도 않으면서 어떻게 알죠?"

토이틀의 물음에 드라칸은 다른 지붕보다 유난히 높이 솟은 삼각형의 뾰족한 지붕을 가리켰다.

"빈민층과 부유층의 경계에는 언제나 교회가 있다는 것도 모르냐?"

"하긴 그렇군요."

그들은 교회 지붕을 이정표 삼아 미로처럼 얽힌 골목을 빠져나갔다. 사람들이 손가락질을 하며 뭐라고 소곤거렸지만 신경 쓸 가치도 없었다.

둘이 나란히 걷지도 못할 정도의 골목을 벗어나자 이백 평 정도 되는 광장이 나타났다. 여기저기에 좌판이 널렸고 사람들이 바글바글 모여있었다.

그들은 사방에 난 길 중에서 가장 넓은 곳으로 들어섰다. 교회의 담을 따라 조금 걷고 있는데 앞쪽에서 작은 술렁거림이 느껴졌다. 분명 그들 때문은 아니었다. 술렁거림은 차츰 그들을 향해 다가왔다.

길을 가득 메우다시피 한 사람들이 갑자기 반으로 갈라지며 사내 한 명이 나타났다. 길가에 선 사람들은 모두 그 사내를 보고 있었는데, 여자들의 눈빛은 약에 취한 듯 흐리멍덩해져 있었다.

"어쩜 저리 잘생겼을까?"

"그러게. 저 사람 품에 한 번만 안겨봤으면 소원이 없겠다."

"난 손이라도 잡아봤으면 좋겠다."

이런 종류의 대화가 대부분이었다. 당과가 보기에도 사내는 여자들의 시선을 잡기에 충분했다. 눈부시게 빛나는 은발에 특이하면서 매혹적인 눈, 뾰족한 코와 부드러운 입술 선은 갸름한 턱과 너무 잘 어울렸다.

여성스런 얼굴은 육 척이 넘는 키와 잘빠진 체격에 보태져 묘한 조화로움을 이뤘다.

"세상에, 저처럼 완벽하게 생긴 사내가 있다니……."

왕족쌍의 중얼거림에 뒤를 돌아본 당과는 깜짝 놀랐다. 그녀에게 영혼의 포로가 된 나인현조차 멍한 눈길로 사내를 보고 있었다. 당과는 새삼스럽게 사내를 보았다. 확실히 잘생겼다. 왕족쌍의 말대로 외모는 완벽 그 자체였다. 하지만 그뿐 당과는 아무 감흥도 느낄 수 없었다.

그녀가 흡혈야황이기 때문만은 아니었다. 세상 어떤 남자도 그녀 마음속에 자리 잡은 주적자를 밀어낼 수는 없었다.

"그만 가자."

그녀의 말에 토이틀과 드라칸도 화들짝 놀라 정신을 차렸다.

'같은 남자들까지 넋을 잃을 정도의 외모라니.'

당과는 고개를 젓고 걸음을 옮겼다. 사내 때문에 만들어진 인의 통로에 그들이 들어섰다. 그리고 그들 사이는 점점 가까워졌다.

프로켈은 사람들의 시선을 받으며 천천히 걸었다. 경탄 어린 인간들의 시선은 언제나 그를 유쾌하게 했다. 비록 개미만큼이나 하찮게 여기는 인간들이었지만 이처럼 그를 주목할 때면 강아지만큼이라도 귀여워해 주고 싶었다.

여유롭게 걸음을 옮기던 프로켈은 뒤늦게 자신을 향해 다가오는 사람들을 발견했다. 정신없이 그를 보는 다른 사람들과 달리 이남삼녀는 움직이고 있었다. 그는 다섯 사람 중 가장 앞에 선 여인을 주목했다.

나머지 넷은 어찌 되었든 황홀한 표정을 지으며 그에게 시선을 두고 있었는데 붉은 머리칼의 여인은 그를 쳐다보지도 않았다. 우연처럼 힐끔 본 시선조차 차갑게 느껴졌다. 순간 프로켈은 당황했다. 그를 보는 인간들 중 저런 무감정한 얼굴을 보인 사람은 단 하나도 없었다.

마신들조차 눈부셔 하는 외모를 가진 그를 어찌 인간이 못 본 척 지나칠 수 있단 말인가? 도저히 용납할 수 없는 일이었다.

프로켈은 곁을 지나치려는 여인의 앞을 가로막았다.

"안녕하시오."

걸음을 멈춘 여인의 얼굴에 짜증스러움이 떠올랐다. 그것이 그를 더욱 당황스럽게 했다. 그리고 이어지는 말.

"뭐야?"

여인은 귀찮게 하지 말라는 마음이 역력히 드러난 어투로 반말을 내뱉었다. 전혀 예상치 못한 상황에 우물쭈물하는 그의 곁을 여인이 지나쳤다. 황당함을 겨우 추스른 프로켈은 여인을 따라붙었다.

"잠깐 시간 좀 내줄 수 있겠소?"

여인은 그를 완전히 무시하고 제 갈 길만 갔다. 광장으로 이어진 길을 벗어나 부호들의 저택이 있는 구역으로 들어서자 사람들이 눈에 띄게 줄었다. 프로켈은 치근대는 불량배처럼 여인을 따라가면서도 왠지 불쾌하지 않았다.

오히려 이런 이색적인 일이 즐겁기까지 했다. 저 붉은 머리칼의 여인이 특별하게 느껴져서인지도 모른다. 인간에게 이런 감정을 느낀다는 것 자체가 이상했지만 그는 자신에게 충실하기로 했다.

"그냥 이대로 가면 당신이나 나 모두 후회하게 될 것이오."

그 말 때문이었을까? 여인은 돌로 만들어진 길 위에서 멈췄다. 약간 경사가 진 그곳은 마차를 타고 다니기 위해 만들어놓은 길답게 상당히 넓었다.

"왜 날 귀찮게 하는 거지?"

프로켈은 최대한 멋있는 표정으로 웃음을 지었다.

"당신의 붉은 머리칼과 냉랭한 얼굴이 마음에 들어서지요."

이런 말을 하면 실소라도 터뜨릴 줄 알았다. 그런데 여인은 여전히 차가운 표정으로 응수했다.

"죽고 싶지 않으면 꺼져."

여인은 나직한 목소리로 협박을 하고 그를 지나쳤다.

"이것 참, 이럴 때는 어떻게 해야 하나?"

한 번도 겪어보지 않은 상황이라 선뜻 답이 나오지 않았지만 이런 꼴까지 당하고 포기할 수는 없었다. 그는 십 야드 저쪽까지 멀어진 여인을 향해 몸을 날렸다. 허공을 훌훌 난 프로켈은 그들의 머리를 넘어 여인 앞에 내려섰다. 인간이 도저히 할 수 없는 엄청난 능력을 보여준 셈이었다.

여인이 놀라기를 바랐고 그 감정의 변화 사이를 파고들려 했는데 여인은 딱딱하게 표정을 굳히고 있을 뿐이었다. 프로켈은 그것이 그녀가 놀라는 방식이라고 판단하며 씨익 웃음을 지었다.

표정의 변화 없이 한참 동안 프로켈을 쳐다보던 여인의 동공이 축소되었다.

"너… 인간이 아니군."

프로켈은 웃음을 거뒀다. 그가 단순히 십 야드나 날아서 앞을 가로막았기에 한 소리는 아니었다. 그런 것쯤은 본능적으로 느낄 수 있었다. 그리고 비로소 수많은 사람들의 기운에 가려 있던 여인의 실체가 피부로 느껴졌다.

"너 역시 인간이 아니군."

그는 여인에게서 시선을 떼고 뒤의 네 명을 보았다. 그의 외모에 넋이 나가 있던 그들도 심상치 않음을 느꼈는지 얼굴에 긴장하는 빛이 역력했다. 프로켈은 오래지 않아 망토를 두른 사내가 사람이 아닌 홉혈귀라는 것을 느꼈다. 흡혈귀가 낮에 돌아다니는 것이 이상하기는 했지만 녀석은 분명 흡혈귀였다.

'세월 때문에 많이 무뎌졌군, 흡혈귀 따위를 못 알아채다니.'

그는 다시 붉은 머리칼 여인에게 시선을 돌렸다. 그가 사람이 아닌 것을 알아서인지 그녀 눈에 호기심이 떠올랐다.

"넌 뭐지?"

여인의 물음에 프로켈은 물음으로 답했다.

"그러는 넌?"

흡혈귀의 냄새가 희미하게 나는데 그 외 무언가가 섞여 있었다. 마족이든, 정령이든, 마신이든 반드시 뚜렷한 냄새를 풍기기 마련이었다. 그런데 여인에게서는 흡혈귀 외에 풍겨 나오는 독특함이 무언지 구분할 수 없었다. 얼마나 살았는지 모를 정도로 오랜 세월을 보냈고 그만큼 많은 경험을 했는데 도무지 알 수 없었다.

"신경 쓰지 말고 넌 네 갈 길이나 가."

차갑게 말을 뱉고 지나치려는 여인의 앞을 다시 가로막았다. 그녀의 눈썹 끝이 곤두섰다.

"정녕 죽고 싶은 것이냐?"

프로켈은 여유를 찾고 싱긋 웃음을 지었다.

"네가 누군지 너무 궁금해서 말이야."

그가 남들보다 특별히 호기심이 많은 것은 아니었다. 하지만 이 여인에 대해서만은 꼭 알고 싶었다. 프로켈은 그것이 호감 때문이라는 것을 굳이 부인하지 않았다. 하지만 여인은 그와 다른 것 같았다.

"되도록 소란없이 지나가려고 했는데 네가 화를 자초하는구나."

여인은 말이 끝남과 동시에 왼발을 앞으로 내밀었다. 그저 어깨가 움찔한 것만 느꼈는데 손바닥은 어느새 그의 가슴에 닿아 있었다.

퍼억!

채 사 피트도 떨어져 있지 않았던 프로켈은 둔중한 통증을 느끼며 뒤로 훌훌 날아갔다. 파란 하늘이 빠르게 눈앞을 스쳐 갔다. 그는 몸을 뒤집어 벽을 차고 땅에 내려섰다. 얼얼한 아픔은 있었지만 그리 큰 타격은 입지 않았다. 여인은 성질이 급할 뿐 아니라 힘도 어지간히 셌다.

"휘유~ 대단한데. 날 이렇게 날려 버리다니."

장난기 섞인 말처럼 그의 마음도 불쾌하다거나 하는 기분은 없었다. 여인은 미간에 주름을 만들었다. 그가 쓰러지지 않은 것이 못내 기분 나쁜 모양이다.

"보통 괴는 아니로군. 그럼 그에 걸맞는 대접을 해줘야지."

여인이 팔을 좌우로 벌렸다. 머리칼이 위로 서서히 솟구치며 칼날 같은 살기가 뻗쳐졌다. 정말 본격적으로 할 모양이다. 그는 황급히 양손을 저었다.

"이봐, 난 너와 별로 싸우고 싶지 않다구."

"흥!"

여인은 코웃음과 함께 팔을 앞으로 쭉 뻗었다.

우웅—!

그와 그녀 사이의 공기가 엄청난 진동을 일으키며 밀려들었다.

'뭐지? 싸이클릭 종류의 마력인가?'

프로켈은 팔을 쭉 뻗어 압축된 공기가 손바닥에 닿자마자 안으로 끌어당기며 몸을 회전시켰다. 밀려든 공기는 빠르게 도는 그의 몸을 휘감고 흔적도 없이 사라졌다. 쳐내면 여인에게 고스란히 타격이 가기 때문에 한 행동이었다. 생각보다 커다란 압력 때문에 약간의 고통을 느꼈지만 무시할 수 있을 정도의 수준이었다.

그가 회전을 멈추고 본 여인의 얼굴에는 확실한 놀람이 서려 있었다. 프로켈은 특유의 웃음을 지으며 말했다.

"넌 내 상대가 안 돼. 너뿐 아니라 누구도 날 이길 수 없으니 자존심 상해할 필요는 없고."

"헛소리하지 마라!"

앙칼지게 소리친 그녀의 머리칼이 갑자기 그에게 쏘아져 왔다. 엄청나게 빠른 속도로 길어진 머리칼은 금세 코앞에 다다랐다. 프로켈은 반사적으로 팔을 들어 머리칼을 쳐냈다. 팔뚝에 날카로운 느낌이 전해지는 순간 붉은 머리칼이 팔에 친친 감겼다.

예리한 통증은 이어서 화끈한 고통으로 이어졌다. 머리칼이 풀리며 일으킨 마찰은 소매 부분의 옷을 허공으로 흩어놓았다. 운골리안트의 거미줄로 만든 옷이 이처럼 쉽게 찢어질 줄은 상상조차 하지 못했다.

프로켈은 금방이라도 피가 솟구칠 것처럼 붉게 물든 팔을 보다가 여인에게 시선을 돌렸다. 그의 생각보다 훨씬 강한 여인이었다. 여인도 자신과 똑같은 판단을 내린 것 같았다.

"정말 본격적으로 싸워야 할 모양이군."

여인은 길어진 머리칼을 사방으로 퍼뜨리며 말했다. 그 모습이 프로켈에게는 상당히 매력적으로 보였다. 칠십이 마신 중 넷이 여성성을 지녔지만 누구도 눈앞의 여인만큼 그의 마음을 끌지 못했다.

두두두두—!

갑자기 그들 사이로 이질적인 소리가 파고들었다. 여인의 뒤쪽에서 마차가 나타난 것이다.

"우리 싸움은 여기서 그치기로 하지. 널 다치게 하고 싶지 않으니까."

그는 말을 하고 땅을 박찼다. 여인은 다행히 그를 막지 않았다. 담 위에 올라선 그는 가려던 발길을 돌렸다.

"이름이 뭐지?"

"알 필요 없어."

여인이 매몰차게 말했는데 곁에 있는 다른 여인이 대답을 해줬다.

"흡혈야황이요. 하지만 당과라고 불리는 것을 더 좋아해요. 내 이름은 왕족쌍이에요. 당신은 누구죠?"

"당과라… 난 프로켈이다. 다시 만나게 될 거야."

프로켈은 훌쩍 뛰어올라 등에서 비둘기의 그것 같은 날개를 꺼냈다. 재미 삼아 성안을 걸었는데 의외의 보물을 건져 기분이 좋았다. 시간이 많았다면 여인에 대해 좀 더 알아봤을 텐데 지금은 잠든 부하들을 깨우는 것이 급했다.

그는 팔목에 묶인 여인의 머리칼을 풀어 가슴에 넣었다. 여인의 신체 일부가 있으니 다시 찾는 것은 어렵지 않았다.

"재밌어, 아주 재미있어. 하하하……!"

그는 마음껏 웃음을 터뜨리며 창공을 날았다.

당과는 입가에 묻은 피를 손등으로 닦으며 저택 밖으로 나왔다. 입안에 느껴지는 끈적한 느낌은 언제나 그녀를 불쾌하게 만들었다. 아무리 많은 사람의 피를 빨아도 채워지지 않는 허기 때문에 더욱 그랬다.

그녀는 프로켈이 날아갔던 하늘을 보았다. 육각형의 태양 잔상에 그의 모습이 겹쳐졌다.

'그는 정말 나보다 강했던 것일까?'

그녀는 고갯짓으로 자신의 생각을 부정했다.

"난 지금 극도로 힘이 빠진 상태야. 제 능력의 육 할 정도만을 발휘할 수 있을 뿐이지. 거기다 전력을 다한 것도 아니었어."

자위를 하기 위한 독백이 아니라 사실이었다. 그래서 일정 부분 마음이 풀어지기는 했지만 '설사 능력의 십 할을 모두 써도 프로켈을 제압할 수 있었을까?' 라는 부분 때문에 여전히 마음 한구석은 무거웠다.

물론 프로켈에게 집착할 이유가 없었다. 그는 그저 왔다가 사라진 유럽인들의 용어로 마족일 뿐이었다. 당과가 걱정하는 건 그런 강한 마족이 얼마나 되느냐 하는 것이었다. 그녀가 엘릭서를 차지하기 위해서는 분명 싸움을 해야 할 것이다. 그런데 싸워야 할 적이 프로켈 같은 능력을 가졌다면 심각한 문제가 아닐 수 없었다.

"빨리 원래의 힘을 되찾아야겠군."

중얼거리던 그녀는 저택에 불을 지르고 나오는 드라칸을 봤다. 포만감 때문에 썩 기분이 좋아 보였다.

"드라칸."

"예."

그가 대답을 하며 잽싸게 뛰어왔다.

"이 근처에 정괴가 사는 곳이 있나?"

"정괴라니오?"

"그러니까 너희들 말로 마족이나 뭐 그런 것 말이야."

잠시 생각하던 드라칸은 고개를 크게 끄덕였다.

"네에! 정괴가 뭔지 모르겠지만 인간이 아닌 다른 존재를 말씀하시는 거라면 물론 있지요. 정령이나 마수(魔獸) 같은 것은 의외로 쉽게 찾을 수 있습니다. 그런데 그건 왜요?"

"그것들이 있는 곳으로 날 안내해 줘."

그녀는 말을 하고 저택을 벗어났다. 오랜 세월 자연의 기를 축적한 정괴는 단숨에 기운을 회복할 수 있는 좋은 재료였다. 인간의 피 외에는 그리 필요하지 않았고 자칫 상대 정괴의 기운이 자신의 것과 섞여 예상할 수 없는 부작용을 낳을 수도 있었다.

그래서 정괴를 이용한 힘의 회복을 꺼렸었는데, 이제는 위험을 감수할 수밖에 없었다. 이곳에 사는 정령이나 마수가 어떤 형태일지 모르지만 외형만 다를 뿐 본질은 비슷하리라는 것이 당과의 생각이었다.

"설마 그들과 싸울 생각은 아니겠지요?"

"왜? 그러면 안 되는 이유라도 있느냐?"

"이 근처에 있는 녀석들은 상당히 난폭하고 강합니다. 잘못하다가는 되려 당할 수도 있다구요. 녀석들을 만나려는 이유가 뭔지 모르지만 만약 싸우려는 것이라면……."

당과는 드라칸의 말을 끊었다.

"그건 네가 걱정할 일이 아니다. 넌 그냥 안내만 해주면 돼."

어쩔 수 없이 승낙한 드라칸에게 당과가 말했다.

"되도록 강한 녀석에게 안내해라."

"가까운 곳에 최강의 녀석이 있죠."

그들이 저택에서 이십 장 정도 떨어졌을 때 커다란 외침이 들렸다.

"불이야!"

창문에서 붉은 혓바닥을 날름거리던 화마는 집 외벽까지 야금야금 삼켜 들어갔다.

"빨리 가자."

당과는 빠른 걸음으로 시 외곽까지 다다랐다. 멀리 보이는 동쪽 문으로 방향을 잡으려 하는데 드라칸이 그녀를 불렀다.

"그쪽이 아닙니다."

"그럼?"

드라칸은 당과를 허름한 집들이 다닥다닥 붙은 골목으로 안내했다. 미로 같은 길을 한참 동안 헤맨 끝에 그들이 당도한 곳은 시 외곽에 있는 공동묘지였다. 쇠창살로 빙 둘러진 공동묘지는 한눈에 들어오지 않을 정도로 넓었다.

자물쇠가 걸려 있는 녹슨 문은 열린 지가 꽤 오래된 것 같았다.

"이곳입니다. 분위기부터가 꽤 으스스하죠?"

드라칸이 하기에는 어울리지 않는 말이었지만 풍경이 을씨년스러운 것은 사실이었다. 갈색으로 변해 죽어 있는 나무들 하며 쪼개진 비석들과 파인 흔적이 뚜렷한 무덤들. 무릎 어름까지 자란 잡초들조차 회색에 가까운 빛깔을 띠고 있었다.

드라칸은 석양이 드리우기 시작한 서산을 보며 말했다.

"날이 어두워지면 녀석들이 나타날 겁니다."

당과 대신 왕족쌍이 물었다.

"어떤 종류인데요? 정령인가요?"

"아니, 마수야. 아주 무서운 녀석이지."

토이틀이 그들의 대화에 끼어들었다.

"공동묘지가 주무대라면… 혹시 헬 하운드가 아닌가요?"

"정확히 알고 있군."

토이틀의 얼굴이 딱딱하게 굳었다.

"정말 이곳에 헬 하운드가 살고 있다는 말입니까?"

예상한 그가 더 놀라는 것 같았다.

"그래. 녀석들의 무력은 두렵지 않지만 갖가지 저주 때문에 나조차 별로 만나고 싶지 않은 녀석이지. 밤의 정령들이 전해주는 갖가지 소식 중에 헬 하운드에 대한 것도 들어 있었어."

드라칸은 등 뒤의 공동묘지를 엄지로 가리키며 말했다.

"이곳에 녀석이 살고 있는 건 틀림없는 사실이야."

토이틀은 당과에게 바짝 다가섰다.

"다른 정령이나 마수를 찾아보는 것이 좋겠습니다."

"헬 하운드란 녀석이 그렇게 무섭냐?"

"무서운 정도가 아닙니다. 녀석을 보기만 해도 시름시름 앓다가 죽을 뿐 아니라 접촉하면 금세 쭈글쭈글 늙어버립니다."

토이틀의 쭈글쭈글 늙는다는 표현이 그녀 입가에 웃음을 만들었다. 자신이 노파가 되는 모습은 상상조차 할 수 없었다.

"거기다 입에서 불을 품는데, 그건 지옥의 불길보다 끔찍합니다."

그는 마치 지옥을 갔다 온 사람처럼 말했다. 당과는 건성으로 고개를 끄덕이고 쇠사슬을 친친 감고 있는 자물쇠를 비틀어 끊었다.

끼이익—

문을 당기자 어금니를 물게 하는 날카로운 소리가 들리더니 부식된 경첩이 떨어져 나가 버렸다. 아예 문을 떼고 들어가던 당과는 '그럼 되겠군' 이란 중얼거림을 뱉고 나인현을 보았다.

"헬 하운드란 녀석은 네가 상대해라. 그동안 술법이 얼마나 늘었는지 보자."

나인현은 표정의 변화 없이 대답했다.

"네."

토이틀이 펄쩍 뛰었다.

"저 아가씨가 녀석과 싸울 거라구요? 그건 절대 안 됩니다! 인간이 당할 수 있는 마수가 아니에요!"

"너희들이 말하는 마법사도?"

"마족이나 마수를 전문적으로 사냥하는 마법사도 헬 하운드는 되도록 피합니다. 녀석들이 잡혔다는 기록이 없는 것을 보면 알 수 있죠."

"그래? 그러면 이번에 기록을 세우겠군."

토이틀은 무슨 말인가를 하려다 이내 한숨을 쉬고 고개를 저었다. 어떤 말로도 말릴 수 없다는 것을 깨달은 모양이다. 당과는 품에서 부적 다발을 꺼내는 나인현을 보았다. 흥분이나 두려움 같은 표정은 보이지 않았다. 그녀가 싸움을 준비하는 모습은 담담함 그 자체였다.

'하긴 두려움을 느낄 수조차 없으니까.'

공동묘지는 스무 개 정도의 묘가 사각형 안에서 하나의 구역을 이루고 있었다. 구역과 구역 사이의 돌을 깐 길은 두 자 정도 되었다. 당과가 십자형(十字形)의 길 중앙에 서자 토이틀이 말했다.

"그 자리는 되도록 피하는 게 좋을 겁니다."

"왜?"

"헬 하운드는 교차되는 길을 무척 좋아합니다. 보이지 않게 모습을 감출 수도 있기 때문에 피하지도 못하고 접촉을 할 수 있습니다. 그러면 아까 말했다시피……."

"쭈글쭈글 늙을 거라고?"

토이틀은 크게 고개를 끄덕였다.

"네. 당신같이 아름다운 여인이 그렇게 변하는 것은 보고 싶지 않습니다."

"훗! 난 한번 보고 싶군."

그녀는 대꾸를 하고 드라칸을 불렀다.

"헬 하운드는 언제 나타나지?"

드라칸은 붉은 석양을 드리운 해를 보며 말했다.

"해가 완전히 진 후 이 프앵 정도 후부터 활동을 시작합니다. 밤새 공동묘지를 어슬렁거리며 귀기를 먹은 후 새벽에 사라지죠. 감쪽같이."

"사람들은 이곳에만 들어오지 않으면 녀석에게 해를 입을 염려는 없겠군."

"그렇지도 않습니다. 가끔 들판을 무리 지어 뛰어다니며 사람들의 영혼을 사냥하기도 하니까요. 재수없이 그때 걸리면……."

드라칸은 검지로 목을 긋는 시늉을 했다. 당과는 나인현에게 시선을 돌렸다.

"헬 하운드는 밤에 활동하면서도 불을 뿜는다고 하니 음과 양을 동시에 가지고 있는 것 같다. 상대할 수 있겠느냐?"

"네."

짧게 대답만 하는 나인현을 보고 있자니 왠지 모르게 서글픈 느낌이 들었다. 묵룡을 죽이고 자신에게 악을 쓰며 달려들던 나인현이 훨씬 보기 좋았었다.

'쓸데없는 감상이야.'

당과는 반쯤 무너진 묘비에 엉덩이를 걸치고 시간이 가기를 기다렸다. 여름의 밤은 유난히 더디게 왔다. 기다림의 시간이라 특히 그랬다. 그녀는 발 밑의 긴 그림자를 물끄러미 쳐다보았다.

'주적자는 어느 만큼 왔을까?'

불현듯 떠오른 생각은 답답함과 함께 아쉬움을 가져왔다. '사막에서 주적자를 만나서 얘기라도 했으면 좋았을걸. 그냥 가까이서 얼굴이라도 봤으면 이렇게 아쉽지는 않을 텐데' 라는 생각이 그녀 입에서 한숨을 나오게 만들었다.

주적자와 함께했던 짧은 시간이 주마등처럼 뇌리를 스쳐 갔다. 행복했던 시간은 언제나 지나간 후에 '추억' 이라는 이름으로 변해서 다가오기 마련이었다.

상념에 잠긴 사이 어느새 그림자는 많이 옅어져 있었다. 그만큼 밤이 깊었다는 뜻이었다. 멀리서 하루 일과를 마친다는 신호인 교회 종소리가 울려 퍼졌다.

'이곳은 모든 것이 교회로부터 시작해 교회에서 끝나는군.'

그녀는 행여 헬 하운드가 나타날까 봐 여기저기를 둘러보는 토이틀에게 말했다.

"마법사를 찾아봐. 의외로 가까이 있을지도 모르잖아."

"그러죠."

대답을 한 토이틀은 칠레이반과 토르틱을 꺼내 조합을 했다. 서너 번 이리저리 움직이던 토르틱이 가리킨 방향은 여전히 서쪽이었다.

"아까보다 움직임이 많이 줄었습니다."

"정확한 거리는?"

"그것까지는 알 수 없지만 내일 새벽 안에는 찾을 수 있을 겁니다. 이곳에서 죽지만 않으면요."

토이틀은 불안이 가시지 않는 모양이다.

"누구도 죽는 일은 없을 거다."

그녀는 말을 하고 서쪽을 보았다. 해는 완전히 자취를 감춰 희미한 잔광조차 뿌리지 못했다. 바야흐로 사위는 어둠의 지배 하에 놓인 것이다.

"나타날 때가 됐는데……."

드라칸의 중얼거림을 기다렸다는 듯 나인현이 말했다.

"뭔가 나타났습니다."

그녀의 손에 들린 귀수부(鬼搜符)가 잘게 떨리고 있었다. 나인현은 귀수부를 좌측으로 이동시키다 왼쪽 길에서 멈췄다. 아무것도 보이지 않는데 귀수부는 계속 그쪽을 향해 끄덕끄덕 움직였다.

"눈에는 보이지 않는다고 하더니 그 말이 맞는 것 같군."

말을 한 당과는 나인현의 손에 쥐어진 귀수부가 또 엉뚱한 방향으로 움직이는 것을 보았다. 그것은 계속 좌측으로 흔들렸다. 나인현이 몸을 돌리자 어느 순간 또 앞으로 끄덕였다. 그쪽도 역시 무덤의 구역을 나누는 길이었다.

'두 마리인가?' 라고 생각했는데 아니었다. 귀수부는 멈추지 않고 쉴 없이 보이지 않는 마수를 찾아냈다. 그렇게 네 곳을 가리킨 귀수부는 더 이상 나인현을 재촉하지 않았다.

"네 마리나 되는데?"

당과는 드라칸에게 어떻게 된 거냐는 물음을 던졌다. 드라칸도 의아한 얼굴이었다.

"들판에서 영혼 사냥을 하지 않을 때는 한 마리씩 움직이는데 이상하군요."

"어쩌면 오늘이 그날인지도 모르지. 오히려 잘됐군. 한 마리로는 부족할지도 모른다는 생각을 했는데."

"대체 왜 헬 하운드를 잡으려고 하는 겁니까?"

"넌 구경이나 해."

그녀는 어느새 무덤 뒤로 숨어 고개만 내민 토이틀을 가리켰다.

"저 녀석처럼 말이야."

드라칸은 어깨를 으쓱한 후 길에서 벗어났다. 이제 길 위에 있는 사람은 나인현과 왕족쌍뿐이었다.

"왕족쌍, 너도 싸우고 싶은 거냐?"

당과의 물음에 그녀가 품속에서 부적을 꺼내며 말했다.

"제가 그동안 얼마나 강해졌는지 시험해 보고 싶어요."

"그것도 좋겠지. 하지만 조심해. 쭈글쭈글해진 네 모습을 보고 싶지는 않으니까."

그녀가 왕족쌍을 걱정하는 것은 진심이었다. 개인적인 호감 때문이기도 했고, 왕족쌍으로 인해 주적자에게 원망을 듣기는 싫었다.

나인현과 왕족쌍은 등을 기대고 네 방향의 길을 번갈아 살폈다.

크르르르—!

처음으로 보이지 않는 존재가 기척을 냈다. 소리는 상당히 가까워서 이 장 안쪽인 것 같았다. 웬만한 정괴는 모두 감지할 수 있는 당과조차 헬 하운드의 정확한 위치를 파악할 수 없었다. 중원과는 너무도 다른 환경에 속한 마수이기 때문이리라.

'부적이 통할지 모르겠군.'

그녀는 걱정스러워서 그녀들에게 충고했다.

"되도록 물리적인 타격을 줄 수 있는 부적을 사용해. 우리가 있던 곳의 정괴와는 다르니 말이야. 그렇다고 죽이지는 말아. 움직이지 못하게만 하면 되니까."

"네."

나인현은 짧게 대답한 후 귀수부를 버리고 다른 네 장의 부적을 꺼냈다. 보이지 않는 존재를 드러나게 하는 견현부(見現符)였다.

"천즉령(天則靈) 지즉령(地則靈), 좌수지칠성(左手指七星) 우수지북두
(右手指北斗), 천상이십팔숙(天上二十八宿) 시오소관(是吾所管)……."

주문과 함께 견현부가 사방으로 빠르게 날아갔다. 견현부를 날린 나
인현이 새로운 부적을 꺼내며 주문을 외울 때, 갑자기 허공에서 붉은
불길이 뿜어져 나와 부적을 태워 버렸다.

퍼엉!

파란 섬광을 동반한 지독한 유황 냄새가 풍기더니 네 마리의 헬 하
운드가 모습을 드러냈다. 송아지만큼 큰 개의 형상을 한 녀석들은 공
간의 벽을 뚫고 나온 듯 느닷없이 튀어나와 나인현과 왕족쌍을 덮쳤다.
채 일 장도 떨어지지 않은 거리였다.

"조심해!"

당과가 벌떡 일어나며 소리쳤지만 경고성만으로 주의를 주기에는
헬 하운드와의 거리가 너무 가까웠다.

떡갈나무 숲의 결투

제62장 떡갈나무 숲의 결투

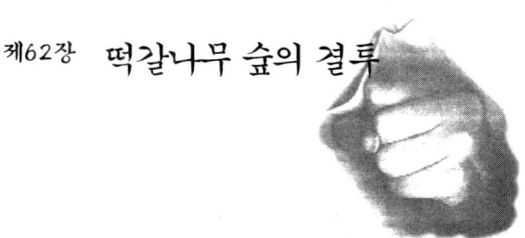

토이틀은 반사적으로 어금니를 물었다. 그녀들이 노파로 변하거나 목을 물어뜯겨 피를 쏟을 것에 대비한 반사적인 행동이었다. 그런데 나인현이 양팔을 쫙 뻗자 갑자기 헬 하운드들이 '캐앵!' 하는 비명과 함께 뒤로 퉁겨져 나갔다.

나인현의 입에서는 쉴 새 없이 주문이 쏟아졌다. 알아듣기 힘든 그 소리는 왕족쌍의 입을 통해서도 나왔다. 둘은 경쟁하듯 주문을 외우더니 이제 막 일어나려는 헬 하운드를 향해 부적을 날렸다.

나인현의 손에서 세 장이 떠났고 왕족쌍은 정면의 하나만을 상대했다. 빛살처럼 허공을 가른 부적 네 장이 동시에 헬 하운드에게 적중했다. 콧등과 이마에 부적을 붙인 네 마리의 헬 하운드는 사나운 표정으로 잔뜩 움츠렸다. 그녀들을 덮쳐서 기어코 목을 물어뜯고 말겠다는 의지가 뚜렷했다.

그런데 왠지 녀석들은 그저 그르릉거리고만 있을 뿐 위협을 실천할 어떤 움직임도 보이지 않았다.

"부적이 효과가 있어서 다행이야. 이렇게 단숨에 제압하다니, 그동안 많이 늘었군."

묘비에서 엉덩이를 떼는 당과의 말이었다.

토이틀은 놀란 시선으로 헬 하운드와 그녀들을 보았다. 그가 아는 어떤 마법사도 저처럼 간단하게 헬 하운드를 제압할 수 없었다. 아니, 헬 하운드보다 훨씬 하찮은 마수를 상대한다 할지라도 마법진과 마법도구를 준비하는 데 며칠을 보내기 마련이었다.

완벽한 준비를 하고도 제압하는 데 온밤을 꼬박 세워야 가능했다. 그런데 저 두 여인은 단지 부적 몇 장으로 헬 하운드를 꼼짝 못하게 잡은 것이다. 유럽의 마법사로서는 도저히 생각할 수도 없는 일이었다.

'정말 불가사의하군.'

토이틀은 무덤 뒤에서 나와 주춤주춤 헬 하운드에게 다가갔다. 녀석들은 여전히 눈에서 붉은 빛을 뿜어내며 위협적인 목소리를 토해냈다. 금방이라도 그를 향해 덮칠 것 같은 사나운 기세였다.

당과는 그런 헬 하운드에게 성큼성큼 다가가 망설임없이 손을 가져갔다.

"만지지 말아요! 노파로 변해 버린……!"

그의 외침이 끝나기도 전에 당과의 손이 헬 하운드의 목젖에 닿아버렸다. 그는 당과가 쭈글쭈글하게 변하리라는 것을 의심하지 않았다. 용케 헬 하운드를 제압하기는 했지만 녀석들의 저주는 벗어날 수 없을 것이었다.

"역시 음과 양이 공존하는 마수로군. 오랫동안 귀의 음기와 땅 깊은 곳의 양기를 받아들여 기운도 충만하고."

당과는 여전히 으르렁거리는 헬 하운드의 머리를 마치 애완견 다루 듯이 쓰다듬고 허리를 폈다. 턱에 손등을 얹은 그녀는 물끄러미 헬 하 운드를 보았다. 무슨 생각을 하는지 가끔 고개를 갸우뚱한 그녀는 한 참 후에 긴 한숨을 내쉬었다.

"조절하기 쉽지 않겠지만 지금으로써는 다른 방법이 없으니 녀석들 을 이용하는 수밖에."

중얼거린 당과는 나인현에게 말했다.

"이곳에서 가장 음기가 강한 곳을 찾아봐라."

"네."

언제나처럼 짧게 대답한 나인현은 새로운 부적을 꺼내 주문과 함께 날렸다. 한 구역의 무덤을 지나쳐 부적이 빨려 들어간 곳은 납골당이 었다. 붉은 벽돌로 만들어진 그 건물은 지하에 있었기 때문에 지붕 높 이는 오 피트도 되지 않았다.

토이틀은 다시 당과에게 시선을 돌렸다. 심호흡을 하고 입을 벌리는 당과는 여전히 탱탱한 젊음을 유지하고 있었다. 그토록 막강한 헬 하 운드의 저주도 그녀를 어쩌지 못했다.

당과의 이빨이 점점 안쪽으로 밀려 들어가면서 위아래 송곳니만 길 게 튀어나왔다. 동공도 더욱 작게 수축되었다.

"설마, 헬 하운드의 피를 빨려고……!"

설마는 곧 현실로 드러났다. 그녀의 긴 송곳니가 탐스러운 털로 덮 인 헬 하운드의 목을 파고들었다. 녀석은 움직이지도 못하고 고통스러 운 비명만 내질렀다.

당과의 목젖이 위아래로 움직일 때마다 헬 하운드의 모습이 변해갔다. 마치 방광에서 오줌이 빠지듯 점점 작게 쪼그라들던 헬 하운드는 일 모망(90초)이 지나지 않아 뼈와 가죽만 남아버렸다.

땅에 눕지도 못한 헬 하운드는 당과가 입을 떼자 등부터 먼지로 부서져 허공으로 날아갔다. 대기의 정령으로 변해 버린 것이다.

당과는 파란색 피가 묻은 입술을 핥은 후 다음 헬 하운드에게로 갔다. 마치 탐욕스런 포식자처럼 당과는 세 마리의 헬 하운드 피를 한 방울도 남김없이 빨아버렸다. 그 모습은 사악한 주술을 펼칠 때 느껴지는 오싹함을 갖게 했다.

긴 한숨을 토해낸 당과는 드라칸을 보고 말했다.

"여기서 기다려라."

그녀는 부적이 날아갔던 납골당으로 걸음을 옮겼다. 무덤 사이를 지나가던 그녀가 갑자기 허리를 꺾었다.

"우욱!"

억누른 신음을 토한 그녀는 바닥에 털썩 주저앉았다.

"야황님!"

어느새 충성스런 부하가 되어버린 드라칸이 가장 먼저 뛰어갔다. 당과가 손을 들어 드라칸의 걸음을 멈추게 했다.

"됐어. 괜찮아."

여전히 무릎과 손을 땅에 대고 엎드린 당과는 전혀 괜찮아 보이지 않았다. 얼굴이 머리칼만큼 붉어지더니 이내 눈도 같은 색으로 물들어 갔다. 어깨까지 들썩이며 내쉬는 호흡은 금방이라도 멈출 것처럼 거칠었다.

엉거주춤 일어서서 두 걸음을 내딛던 그녀는 다시 앞으로 무너졌다. 그녀 신체에 무슨 변화가 일어나는지 종잡을 수 없었다. 당과는 힘겹게 일어섰다 다시 넘어지기를 반복하며 일 프앵 동안 겨우 십 야드를 전진했다.

부축이라도 해주고 싶은 마음에 걸음을 내딛던 토이틀은 우뚝 걸음을 멈췄다. 그녀의 목, 너무 하얗게 탈색되어 눈부시기까지 한 목에 까만 털이 솟아나기 시작했다. 쓰다듬고 싶은 마음이 절로 들 정도로 윤기 흐르는 털은 분명 헬 하운드의 그것이었다.

'혹시 헬 하운드의 피가 우월한 성질을 띠면서 그쪽으로 변하는 것이 아닐까?'

전혀 터무니없는 예상은 아니었다. 그 증거로 털은 목뿐 아니라 팔과 얼굴에도 돋아나고 있었다. 등 부분의 옷이 들썩이는 것으로 보아 그곳에도 털이 나고 있는 것 같았다. 금세 털투성이가 된 당과는 무릎과 팔을 이용해 땅을 기었다.

서서 걷기를 포기한 그녀는 납골당과의 거리를 이전보다 훨씬 빨리 좁힐 수 있었다. 기어가다가 두어 번 넘어지기는 했지만 당과는 무사히 납골당 안으로 들어갔다. 그 뒤를 드라칸과 왕족발, 나인현 순으로 사라졌다.

'당과가 갑자기 헬 하운드로 변해서 공격하면 어떡하지?'

충분히 실현 가능한 걱정이었다. 둘의 성질이 섞이는 과정에서 헬 하운드의 성질이 더 우세하게 나타난다면 그쪽으로 변이(變異)할 수도 있었다.

토이틀은 두려운 마음을 품고 납골당으로 천천히 걸어갔다. 이미 들어간 셋의 기척은 밖으로 새어 나오지 않았다. 문짝이 떨어진 납골당은 칠흑처럼 어두웠다. 빛 한 점 없는 안으로 들어가려니 두려움은 더욱 커졌다.

이제껏 겁이 없다고 생각했는데 당과를 만난 뒤 부쩍 겁쟁이가 되어 버린 것 같았다. 잠시 망설이던 그는 두 주먹을 불끈 쥐었다. 이처럼 희귀한 광경을 그냥 놓칠 수는 없었다. 이것을 보고 기록하는 것은 마법사의 의무였다.

그는 고개를 숙여 낮은 문을 통과한 후 주위를 둘러보았다. 앞과 우측은 막혀 있었고 왼쪽에 계단이 보였다. 아래로 쪽 뻗어 있는 것 같은데 이 야드 앞도 제대로 보이지 않아 전체를 확인할 수는 없었다. 어둠을 밝히는 리튜닝카랄루를 잃어버린 것이 못내 아쉬웠다.

도이틀은 조심조심 계단을 밟아 내려갔다. 등 뒤에 있던 희미한 달빛까지 사라져 유난히 짙은 어둠은 그의 걸음을 더디게 만들었다. 계단을 열 개쯤 내려가자 우측으로 꺾이는 부분이 나왔다.

그렇게 또 스무 개 정도를 내려가자 비로소 지하실 바닥을 밟을 수 있었다. 그리 깊지 않은데 지하 오백 피트는 내려온 듯한 기분이 들었다.

축축한 습기와 곰팡이 냄새가 스멀스멀 전신을 감싸고 돌았다. 모두들 어디로 갔는지 모습을 보이지도, 기척을 내지도 않았다.

"이봐요! 어디 있어요?"

토이틀은 장님처럼 벽을 더듬으며 억누른 소리로 외쳤지만 대답은 들려오지 않았다. 그만 남겨두고 다른 통로를 이용해 나가 버린 것이 아닐까 하는 어처구니없는 의심까지 들었다.

딸그락!

손끝에 차가운 유골 단지가 걸렸다. 그는 유골을 보관해 둔 벽장을 더듬으며 천천히 앞으로 전진했다. 이곳에 들어온 지 근 이 프앵이 지났지만 어둠은 쉽게 눈에 익지 않았다.

다시 사람들을 부르기 위해 숨을 들이쉴 때 손끝의 감촉이 사라졌다. 얼굴을 가까이 가져가 더듬은 후에야 다른 곳으로 통하는 문이라는 것을 알 수 있었다.

높이가 사 피트 정도밖에 안 돼 잔뜩 허리를 구부려야 했다. 문을 통과하자 양쪽으로 난 복도가 나타났다. 그는 잠시 망설이다 우측으로 방향을 잡았다.

더욱 심해진 곰팡이 냄새는 콧속에 먼지를 잔뜩 집어넣은 것 같은 느낌을 갖게 만들었다. 발끝에 걸린 먼지가 실제로 코를 막는 것인지도 모른다.

십이 야드 정도를 전진하자 통로는 다시 왼쪽으로 꺾였다. 안대를 씌워놓은 것 같은 어둠도 이제는 많이 희석된 상태였다. 조심스레 모퉁이를 돌자 파란색의 희미한 빛이 우측으로 꺾인 통로에서 새어 나오는 것이 보였다. 너무나 옅어 마치 벨벳이 흐느적거리는 것 같은 빛은 끊임없이 율동을 하고 있었다.

그는 애써 기척을 죽이며 그곳으로 다가갔다. 너울거리는 빛은 이상하리만치 차갑게 느껴졌다. 토이틀은 손으로 빛을 살짝 더듬은 후 이상이 없다는 것을 확인하고 우측으로 들어갔다. 넓은 지하실로 연결된 그곳에서 일행들을 모두 발견할 수 있었다.

드라칸과 나인현, 왕족쌍 모두 벽에 바짝 붙어 서서 지하실 중앙을 보고 있었다.

그곳!

파란 빛을 뿜어내는 것은 당과이면서 또한 당과가 아니었다. 털이 수북하게 난 피부는 이미 봐서 알고 있었지만 헬 하운드처럼 튀어나온 주둥이는 상상조차 하지 못한 모습이었다.

당과는 납골당에 들어올 때 같은 엎드린 자세로 거친 숨을 내뿜고 있었다. 토이틀은 당과에게 시선을 떼지 않고 드라칸에게 다가갔다.

"어, 어떻게 된 겁니까?"

"내가 어떻게 알아?"

하긴 무식한 드라칸 따위가 이 현상을 설명할 수 있을 리 없었다.

"아무래도 헬 하운드의 성질이 더 크게 나타나는 모양입니다."

"그럼 어떻게 되는데?"

토이틀은 괴로워하는 당과를 보다가 대답했다.

"어쩌면 헬 하운드로 변해 버릴지 모릅니다."

"뭐야?"

드라칸의 놀란 음성이 지하실 안에 크게 울려 퍼졌다. 마지막 메아리보다 작은 목소리로 토이틀이 말했다.

"피를 너무 많이 마셨거나 헬 하운드의 형질이 본래 자신의 형질보다 더 우세하게 되면 그럴 수도 있죠. 둘 다일 수도 있고요."

"막을 방법이 없겠냐?"

토이틀은 고개를 저었다.

"들은 적도 없는데 어떻게 막겠습니까?"

지금으로써는 추이를 지켜보며 대책을 세우는 방법밖에 없었다. 행여 헬 하운드의 모습으로 변해 성격까지 그쪽을 따라간다면…….

'도망쳐야지.'

토이틀은 들어왔던 문 가까이로 슬금슬금 이동했다. 엘릭서를 찾다가 죽는다면 그나마 덜 억울하겠지만 헬 하운드로 변이된 당과에게 목숨을 빼앗기면 눈도 감지 못할 것이다.

'정말 당과가 헬 하운드로 변해 버리는 것일까?'

　　　　　*　　　　*　　　　*

　그들은 쉬지 않고 걸음을 옮겼다. 겨우 하루밖에 지나지 않았는데 벌써 피곤이 엄습했다. 피로는 육체가 아니라 정신을 야금야금 좀먹고 있었다. 끝없이 이어진 모래바다는 그들을 너무도 쉽게 절망으로 빠뜨렸다.

　"얼마쯤 온 것 같냐?"

　터벅터벅 걷던 소소자가 물었다. 주적자는 의미없이 뒤를 힐끔 돌아보았다.

　"글쎄, 어제 새벽부터 꼬박 하루를 걸었으니 백 리 이상은 왔겠지."

　뛰지는 않았지만 빠른 걸음이니 그 이상을 이동했을지도 모른다. 소소자는 폭염의 하루를 준비하는 여명을 보며 말했다.

　"차라리 뛰어가는 것이 낫지 않을까?"

　"체력 안배를 해야 해."

　"하지만 우리에게는 체력보다 더 급한 문제가 있잖아."

　옆에서 잔뜩 인상을 구긴 체르샤가 소소자를 거들었다.

　"맞아요. 앞으로 삼 일 안에 피를 구하지 못하면 큰일 난다구요."

　주적자는 둘의 말이 더 타당하다는 것을 인정했다. 다음 녹원이 어디인지도 모르는 상황이니 어쨌든 서두르는 것이 좋았다.

　"그래, 최대한 속력을 내기로 하자."

　그는 화백을 보았다.

　"괜찮겠지?"

　그녀는 싱긋 웃어 보였다.

"제 걱정은 마세요."

"가자!"

그들은 일제히 모래를 박찼다. 뺨에 스치는 차가운 바람이 점점 뜨겁게 변해갔다. 태양은 오늘도 어김없이 떠올라 그들의 그림자를 길게 늘어놓았다. 주적자는 달리면서도 걱정스럽게 화백을 보았다.

그들이야 태양 빛에 별 영향을 받지 않지만 화백은 달랐다. 카라반들과 사막을 횡단할 때는 많은 양이 아니라도 끊임없이 물을 공급받을 수 있었다. 그런데 물 한 방울 마실 수 없는 지금 햇빛은 그녀에게 치명적인 재해였다.

'사막이 아무리 넓다 해도 이미 온 거리도 있으니 삼 일 안에 벗어날 수 있을 거야.'

주적자는 애써 희망적으로 생각했다. 그들은 해가 머리 꼭대기에 걸릴 때까지 쉬지 않고 달렸다. 주적자와 화백은 괜찮았지만 소소자나 체르샤의 얼굴은 힘든 기색이 역력했다. 아무리 그들이 흡혈귀라고는 하지만 전력으로 세 시진 이상을 달렸으니 지치는 것은 당연했다.

"그늘에서 조금 쉬자."

주적자의 제안에 체르샤가 제일 먼저 모래언덕의 어두운 부분으로 몸을 날렸다. 정오의 태양이기에 큰 그늘은 아니었지만 들어가 쉴 만한 크기는 되었다.

주적자는 체르샤에게 수정구를 받아 방향을 가늠했다. 지리를 모르는 상황이니 지금으로써는 당과가 있는 곳을 향해 직선으로 가는 수밖에 없었다. 그렇게 열심히 달렸는데도 수정구상의 거리는 전혀 좁혀져 있지 않았다.

'사막을 무사히 벗어날 수 있을까?'

불안한 생각을 떨치려 했지만 결국 그는 잘못될 가능성이 크다는 것을 인정했다.

"제기랄! 드라칸이라는 녀석이 부럽기는 처음이군."

소소자가 숨을 가다듬으며 투덜거렸다.

"우린 무사히 사막을 벗어날 수 있을까요?"

체르샤가 별로 얘기하고 싶지 않은 문제를 꺼냈다.

"당연하지! 내가 이런 지랄맞은 땅에서 죽을 것 같아!"

소소자도 자신의 말이 억지인 줄은 알 것이다. 하지만 그렇게라도 우기지 않으면 어찌 이 사막에서 버틸 수 있겠는가?

"그만 가자."

"조금만 더 쉬었다 가면 안 될까요?"

체르샤의 엄살에 소소자가 뒤통수를 때리며 말했다.

"일각이나 쉬었으면 됐어! 빨리 일어나!"

주적자는 투덜거리며 몸을 일으키는 체르샤 등에서 부쿠브 카키슈를 벗겨냈다.

"이건 내가 짊어지고 가지."

그들은 짧은 휴식을 끝내고 사막 횡단을 시작했다. 해가 그들의 앞으로 넘어가 그림자가 뒤쪽으로 세 배쯤 길어질 때까지 그들의 걸음은 멈추지 않았다. 엄청난 강행군에 체르샤는 금방이라도 쓰러질 것 같았다.

"너만 힘든 게… 아니야! 죽고 싶지 않으면… 쉬지 않고 가야 한다구!"

소소자 또한 힘겨운 듯 말이 토막토막 끊어졌다.

"더 이상은… 못 가겠어요."

체르샤는 달리는 속도 그대로 바닥에 고꾸라졌다.

"그래, 엎어진 김에 쉬어가자."

주적자는 바닥에 주저앉아 사막 저편을 물끄러미 쳐다보았다. 그것은 이겨내기에는 너무도 힘든 적으로 다가왔다. 절망이 뇌를 점령하려 하자 주적자는 고개를 흔들었다. 절대 여기서 무너질 수는 없었다.

그는 사막에서 애써 시선을 돌린 후 부쿠브 카키슈를 앞에 두었다. 꼼지락거림이라도 만들어 쓸데없는 생각을 떨쳐야 했다. 화백이 옆에 앉으며 물었다.

"괜찮으세요?"

주적자는 화백의 얼굴에 묻은 먼지를 털어주며 대답했다.

"내 걱정은 하지 말아라. 너야말로 견딜 수 있겠냐?"

"전 끄떡없어요."

그녀의 장담대로 아직은 괜찮은 것 같았지만 앞으로가 문제였다. 주적자는 긴 한숨을 내쉬고 땅속으로 가라앉는 태양을 물끄러미 보았다.

"지금은 조금이라도 짐을 줄여야 하니 그건 버리는 것이 좋지 않겠어요?"

화백이 부쿠브 카키슈를 가리키며 한 말이었다.

"글쎄."

주적자는 상자를 쓰다듬었다. 버린다고 크게 문제될 것은 없었다. 어차피 어디에 쓰는 물건인지도 모르고 짐만 되는 물건을 가지고 다닌다는 것은 멍청한 짓이었다. 페리의 부탁이 있기는 했지만 약속을 한 것도 아니니 굳이 지킬 이유도 없었다.

그는 끈을 풀고 상자에서 부쿠브 카키슈를 꺼내 살폈다. 아무리 봐도 특별하게 눈에 띄는 것은 보이지 않았다.

'대체 이게 뭔데 페리들이 몰살을 당하면서까지 지키려고 했던 것일까?'

주적자는 목 부위의 다물어진 부분을 양쪽으로 벌렸다.

딸깍!

경쾌한 소리와 함께 머리를 집어넣을 수 있을 만큼의 공간이 벌어졌다. 부쿠브 카키슈를 쓰자 금속 특유의 시원한 느낌이 전해졌다. 그뿐, 더 이상의 다른 것은 나타나지 않았다.

'소소자가 크게 반대하지 않으면 버리는 것이 좋겠군.'

그가 막 부쿠브 카키슈를 벗으려 하는데 무슨 소리가 들렸다. 처음에는 단지 웅웅거리던 소음이 차츰 알아들을 수 있는 언어로 변해갔다.

[나를 영접하라! 나를 영접하라! 나를…….]

머리 속을 반복적으로 파고드는 그 소리는 체르사에게 배운 신성로마제국이란 곳의 말이었다. 여러 사람이 동시에 뱉은 것처럼 들리는 그 소리가 왠지 마음을 편하게 했다. 듣고 있으면 그냥 스르르 잠이 들 것 같았다. 그의 정신이 차츰 육체와 분리되기 시작했다.

"주 가가! 주 가가!"

날카로운 화백의 목소리에 주적자는 화들짝 놀라 정신을 차리고 부쿠브 카키슈를 벗었다. 눅눅한 공기가 비로소 사막의 현실을 일깨워 주었다.

"주 가가, 괜찮으세요?"

주적자는 대답없이 부쿠브 카키슈를 물끄러미 보았다. 예상했던 대로 이건 보통 투구가 아니었다.

"왜 그래?"

"이상한 소리가 들려."

주적자는 투구를 체르샤에게 건넸다.

"이거 한번 써봐라."

체르샤가 어리둥절한 얼굴로 물었다.

"왜요?"

"말소리가 들리는데 네가 내게 가르쳐 준 신성로마제국이라는 곳의 언어 같아서."

체르샤는 뭔가 꺼림칙한 듯 선뜻 손을 내밀지 않았다.

"꼭 써봐야 해요?"

"괜찮아. 소리만 듣고 바로 벗어버리면 돼."

그래도 안심이 안 되는 듯 체르샤는 한참 망설이다 부쿠브 카키슈를 건네받았다.

"써봐."

"정말 괜찮은 거죠?"

"이 자식아! 빨리 둘러써!"

소소자가 고함을 지르자 체르샤는 울며 겨자 먹기로 부쿠브 카키슈를 뒤집어썼다. 투구 사이로 보이는 체르샤의 눈은 잔뜩 겁에 질려 있었다. 한참 동안 눈동자를 이리저리 굴리던 체르샤가 주적자를 보았다.

"무슨 소리가 들린다는 거예요?"

"아무 소리도 안 들리냐?"

"네. 그냥 시원하고 좋기만 한데요."

"조금 더 있어봐."

하지만 반각이 지나도록 체르샤는 눈만 멀뚱멀뚱 뜨고 있을 뿐이었다.

"이상하군. 왜 나에게만 들렸던 것일까?"

"너, 혹시 너무 피곤해서 환청을 들었던 건 아니냐?"

"그럴 리가 없잖아."

체르샤에게서 부쿠브 카키슈를 건네받은 주적자는 다시 썼다. 그러자 잠시 후 예의 그 목소리가 들렸다. 나를 영접하라는 그 소리는 이전보다 더 달콤하게 그를 유혹했다. 스스로 그것을 거부하고 투구를 벗는 데는 적지 않은 노력이 필요했다.

그의 안색을 보고 이상함을 느낀 소소자가 물었다.

"그 소리가 또 들렸냐?"

"환청은 아니야."

"이리 줘봐."

이번에는 소소자가 부쿠브 카키슈를 썼다. 하지만 체르샤처럼 아무 반응도 보이지 않았다. 화백까지 나섰지만 결과는 마찬가지였다. 결국 소리를 들을 수 있는 사람은 주적자뿐이었다.

"왜지? 왜 내게만 소리가 들리는 것일까?"

*   *   *

"크하하하—! 하하하하—!"

튜리핀은 지하 광장의 중앙에 서 있다가 단탈리안의 웃음소리에 깜짝 놀라 돌아보았다. 그가 들어갈 수 없는 두 개의 방 중 하나에서 들려온 웃음이었다.

"느껴진다는 말이지? 확실히 느껴진다는 말이지?"

커다랗게 외친 단탈리안은 잠시 후 다시 그 웃음을 터뜨렸다. 그의 주인이 저렇게 격한 감정을 드러낸 적은 한 번도 없었다.

'대체 무슨 일이 일어나고 있는 거야?'

튜리펀은 세 쌍의 날개를 가진 마신상을 물끄러미 올려다보았다.

*　　　　*　　　　*

당과의 변화는 이틀 동안이나 계속되었다. 털이 수북하게 났다가도 어느 순간 몸 안으로 스며들거나 입이 튀어나왔다 다시 들어가기를 반복했다. 그들은 물 한 모금 먹지 않고 그 모습을 내내 지켜보았다.

반듯하게 누워서 숨을 몰아쉬고 있는 당과는 그녀의 모습 그대로였다.

'잠시 후면 또 변화가 시작되겠지. 대체 언제까지 반복되는 것일까?'

토이틀은 심해진 허기와 목마름 때문에 당과의 변화가 빨리 끝나기를 바랐다. 처음 '헬 하운드로 변하면 안 되는데' 라는 생각은 그의 바람대로 될 가능성이 전혀 없기 때문에 접은 지 오래였다.

그녀의 피부에 다시 털이 나기 시작했다. 고릴라처럼 변해가는 당과의 모습은 보기에도 안쓰러웠다. 털이 일 인치 정도 길어졌을까?

빠르게 솟아오르던 털의 움직임이 멎었다. 그리고 잠시 후 까만 윤기가 흐르는 털은 다시 안으로 사라져 갔다. 이런 현상은 처음이었다.

토이틀은 '혹시' 하는 마음을 품고 당과에게로 가까이 다가갔다. 그녀의 피부는 갓난아이의 그것처럼 매끄럽고 윤기가 흘렀다.

"후—!"

갑자기 튀어나온 당과의 한숨 때문에 토이틀은 화들짝 놀라 뒤로 물러섰다. 그녀의 긴 속눈썹이 파르르 떨리더니 눈꺼풀이 밀어 올려졌다. 눈동자는 숯처럼 검은색이었다. 어둠 때문에 그렇게 보이는 건지도 몰랐다.

"끝났군."

당과는 몸을 일으키며 중얼거렸다.

"괜찮으십니까?"

드라칸의 물음에 완전히 일어선 당과가 대답했다.

"걱정할 것 없어. 약간의 부작용이 있었을 뿐이니까. 이곳에 들어온 지 얼마나 된 거지?"

"이틀이 지났습니다."

"벌써 시간이 그렇게 됐군."

그녀는 나인현에게 시선을 돌렸다.

"이 건물을 빙 둘러서 회빙진(回氷陳)을 둘러라. 아무래도 며칠 더 몸을 추슬러야 할 것 같으니."

"네."

나인현의 대답 뒤로 드라칸의 물음이 따랐다.

"아직 완전한 상태가 안 된 겁니까?"

"헬 하운드의 기운이 생각보다 강해. 너희들은 나가서 기다려라."

그들은 군말없이 납골당을 빠져나왔다. 달이 산 쪽으로 많이 기울어진 것으로 보아 곧 새벽이 올 것이다. 나인현이 납골당 벽에 부적을 붙이는 것을 일별한 토이틀은 시내 쪽으로 시선을 돌렸다.

오랜 긴장이 몸을 떠나자 허기가 밀려들었다. 왕족쌍이 곁으로 다가

오며 물었다.

"이 시간에 먹을 걸 구할 곳이 있을까요?"

"어떻게든 구해봐야죠."

"너희들은 여기서 기다려라."

토이틀은 말을 한 드라칸을 보았다. 그의 얼굴에는 피를 갈구하는 표정이 뚜렷하게 나타나 있었다. 드라칸은 부적을 붙이고 있는 나인현을 힐끔 보고 말했다.

"내가 가는 길에 먹을 것을 구해오지."

드라칸은 대답도 기다리지 않고 걸음을 옮겼다.

"물도 가져와야 합니다."

토이틀의 말에 드라칸은 손을 들어 대답을 대신했다. 멀어지는 드라칸을 보고 있던 토이틀은 곁에 있는 무덤의 묘비에 기대앉았다. 목이 갈라지고 내장이 모두 없어진 것 같은 갈증과 허기가 밀려들었다.

'차라리 내가 갈걸' 하는 후회가 반복적으로 찾아왔다. 마치 굶어 죽기를 기다리는 것 같았다. 동녘이 훤히 밝아올 때쯤 그는 참지 못하고 일어섰다. 그가 움직이자 왕족쌍이 따라 일어서며 물었다.

"어디 가는 거예요?"

그녀의 목소리에는 힘이 한 줌도 없었다.

"직접 먹을 걸 구하러 가야겠소. 드라칸이 오기 전에 굶어 죽을 것 같소이다."

"저도 같이 가요."

왕족쌍이 납골당에서 시선을 떼지 않고 있는 나인현에게 말했다.

"언니, 같이 가지 않을래요?"

"……."

"언니, 여기서 굶어 죽을 거예요?"

"주인님이 기다리라고 했다."

목이 갈라져 쉬쉬 소리가 섞여 나오는데도 나인현은 움직일 생각을 하지 않았다.

"안 가겠다면 어쩔 수 없죠. 우리가 가서 구해주는 수밖에."

그들이 막 움직이려고 할 때 시커먼 그림자가 드리우더니 드라칸이 떨어져 내렸다. 그는 양쪽 옆구리에 두 사람을 끼고 있었는데 정신을 잃은 것처럼 보였다.

"우리 식량은요?"

토이틀이 서둘러 묻자 드라칸은 등에서 보자기를 꺼내 그에게 던졌다. 보자기 안에는 물과 빵, 삶은 고기 등이 가득 들어 있었다. 토이틀과 왕족쌍은 허겁지겁 음식을 입에 넣었다.

"쯧쯧쯧, 꼭 거지새끼들 같군."

드라칸은 핀잔을 주고 빵과 물을 챙겨 나인현에게 갔다. 정신없이 한 식사 뒤의 포만감은 잠을 불러왔다. 드라칸이 두 사람을 끌고 납골당 안으로 들어가는 것이 보였다. 아마도 당과의 식사일 것이다.

토이틀은 무덤 사이로 기어가서 몸을 뉘었다. 수마는 금세 그의 몸을 지배해 버렸다.

얼마나 잤을까? 눈을 떠서 시야를 밝히려 해도 어둠은 좀처럼 물러나지 않았다. 눈을 비비고 일어선 후에야 세상이 어둠에 잠겼다는 것을 알 수 있었다. 새벽에 자서 밤중에 깼으니 꽤 오래 잔 셈이었다.

토이틀은 납골당 출입구 앞에 있는 일행들을 발견하고는 걸음을 옮겼다. 힐끔 본 달의 위치로 보아 한밤중이 아닌 새벽녘이라는 것을 알았다.

"당과님은 아직 안 나오셨나 보군요."

그의 물음에 왕족쌍이 대답했다.

"네, 아무 기척이 없어요."

"들어가 봐야 하지 않을까요?"

좀처럼 말을 하지 않는 나인현이 입을 열었다.

"방해하지 마."

토이틀은 고개를 끄덕이는 것으로 대답을 대신했다. 그들은 그렇게 하염없이 당과를 기다렸다.

당과가 나온 것은 그 후로도 이틀이 더 지난 후였다. 더러워진 옷과는 반대로 피부는 기름을 칠한 듯 윤기가 흘렀다. 당과는 나오자마자 서쪽으로 몸을 돌렸다.

"가자."

*   *   *

이제 그들은 달리지 못했다. 소소자와 체르샤는 느린 걸음을 옮기는 것조차 힘들어 보였다. 주적자는 더 이상 그들에게 힘을 내라는 소리를 할 수가 없었다. 그조차 누군가의 격려가 필요할 정도로 힘들었다.

화백의 피부는 하루 전보다 훨씬 거칠어져 있었다. 금방이라도 쩍쩍 갈라져서 속살을 드러낼 것 같았다. 소소자나 체르샤보다도 더 빨리 쓰러질지 몰랐다.

주적자는 그들의 상태를 일일이 확인한 후 전면을 보았다.

지긋지긋한 모래바다.

삶의 희망을 조각내 버리는 날카로운 햇살과 피를 빨아들이는 것 같은 모래는 정신의 공황을 가져왔다.

벅! 벅!

뒤쪽에서 들린 소리에 주적자는 화들짝 놀라 고개를 돌렸다. 소소자가 옷 앞자락을 헤치고 가슴을 긁고 있었다.

"너……!"

소소자는 붉게 충혈된 눈으로 주적자를 보았다.

"가려워. 점점 가려워."

그도 소소자도 이 현상이 무엇을 의미하는지 너무도 잘 알고 있었다. 주적자는 소소자의 어깨를 잡고 마구 흔들었다.

"참아! 여기서 무너지면 끝장이야!"

소소자가 그의 손을 사납게 떨쳤다.

"나도 알아! 하지만 참을 수 없다는 것을 너도 알잖아!"

그랬다. 가려움과 갈증의 고통을 누구보다 잘 알았다. 그래서 절망감은 몇 배나 더 크게 가슴을 파고들었다.

'어떡하지? 어떻게 해야 하지?'

같은 물음만이 뇌리를 빙빙 맴돌았다. 그가 안절부절못하고 있는 사이 소소자의 손은 가슴을 타고 배로 내려가며 더욱 큰 소리를 만들었다.

"이런 젠장! 더 이상 못 참겠어!"

소소자의 붉은 눈이 주적자에게 고정되었다. 그 눈빛은 점점 탐욕으로 물들어갔다.

"그만둬. 제발 그만둬!"

주적자의 외침은 피에 굶주린 소소자를 말리지 못했다.

"내게 피를 줘."

아주 낮은 소리로 말하는 소소자의 이빨이 점점 안으로 밀려 들어가는 것이 보였다. 더 이상 소소자에게 이성을 강요하는 것은 무리였다. 흡혈귀의 본성은 소소자를 빠르게 잠식해 버렸다.

"크엉!"

소소자가 갑자기 괴성을 지르며 주적자를 덮쳤다. 화들짝 놀라 물러나는 그를 소소자가 끈질기게 따라붙었다.

"멈춰! 정신 차리란 말이야!"

절규하듯 지른 소리는 어쩌면 자신을 일깨우기 위한 것인지도 모른다. 그의 지친 정신이 소소자에 대한 살의를 불러올 수도 있었다. 완전히 이성을 상실한 소소자는 무작정 주적자를 향해 달려들었다.

금방이라도 쓰러질 것 같던 때와는 비교할 수 없을 정도로 빠른 몸놀림이었지만 주적자를 잡기에는 한참 모자랐다. 그렇다고 마냥 이처럼 도망 다닐 수도 없는 노릇이었다. 어떻게든 제압을 해야 하는데 혈도도 짚이지 않으니 방법이 없었다.

주적자를 더욱 초조하게 하는 것은 슬슬 화가 치밀어 오르기 시작한다는 것이었다. 자칫 그마저 이성을 잃는다면 소소자를 죽여 버릴 수도 있었다.

'정신 차려야 해! 정신 차려야 해! 정신… 젠장!'

그는 온몸으로 덮쳐 오는 소소자의 가슴을 향해 주먹을 내질렀다.

퍽!

둔탁한 소리와 손끝에서 느껴지는 감촉에 주적자는 화들짝 놀라 저만치 뒹구는 소소자를 향해 다가갔다. 모래에 반쯤 파묻힌 소소자는 꼼짝도 하지 않았다.

"소소자……."

주적자는 죽은 듯 움직임이 없는 소소자의 앞에 무릎을 꿇었다. 심장도 맥박도 뛰지 않으니 어디를 어떻게 만져서 무사함을 확인해야 할지 난감했다.

"크엉!"

특유의 괴성과 함께 소소자가 갑자기 덮쳤다. 앉은 자세로 황급히 물러섰지만 소소자의 그림자는 이미 그에게 드리워져 있었다.

"빌어먹을!"

그는 욕설을 뱉으며 팔을 휘둘렀다. 인정을 두지 않은 주먹이 막 뺨을 때리려 할 때, 갑자기 소소자가 뒤로 훌훌 날아갔다. 깜짝 놀라 일어선 주적자는 화백과 소소자 사이에 놓인 가는 줄을 발견할 수 있었다.

주적자에게 가려고 안간힘을 쓰던 소소자의 목표가 화백으로 바뀌었다. 하지만 땅에서 발이 떨어지기도 전에 화백은 소소자를 실로 친친 감아버렸다. 괴성을 지르며 버둥거리는 소소자의 모습은 너무도 처절했다. 주적자 자신의 피라도 나눠주고 싶었지만 그것은 곧 완벽한 절망을 의미하는 것이나 마찬가지였다.

한숨을 내쉬고 돌아서는데 시커먼 무언가가 그를 덮쳤다. 반사적으로 물러서며 본 그것은 체르샤였다. 녀석도 어느새 본능만이 남은 흡혈귀로 변해 그의 피를 요구했다.

이번에도 화백의 실이 체르샤를 묶어버렸다. 어깨 아래부터 실에 묶인 둘은 손가락 하나 움직일 수 없었다. 주적자는 끊임없이 고통스런 비명을 지르는 소소자와 체르샤에게서 눈길을 피했다. 자신 또한 머지 않아 저처럼 변할 것이 분명했다.

"주 가가……."

화백이 힘없는 목소리로 그를 불렀다. 주적자는 '그래, 가야지'라는 중얼거림을 뱉고 그들 몸에 묶인 실을 자신의 허리에 연결했다. 지금으로써는 끌고 가는 것이 가장 좋은 방법이었다.

그가 막 발을 내디디려 할 때였다.

털썩!

곁에 있던 화백이 모래 위로 힘없이 쓰러졌다.

"화백!"

주적자는 화백의 목 뒤로 손을 넣어 일으키려 했다.

"같이 가지… 못할 것 같아요. 미안……."

화백은 말조차 끝내지 못하고 정신을 잃었다. 쩍쩍 갈라지기 시작하는 피부가 그녀의 현 상태를 말해 주고 있었다.

"화백! 화백! 정신 차려!"

아무리 어깨를 흔들어도 화백의 의식은 돌아오지 않았다. 그녀의 생사를 어떤 식으로 확인해야 할지 모르니 더욱 답답했다.

'죽은 것은 아닐 거야. 이처럼 허무하게 죽을 리가 없어!'

그것은 자신에 대한 위로였다. 주적자는 화백을 어떻게 옮겨야 할지 잠시 망설이다 등에 업고 허리띠로 서로의 몸을 묶었다.

어지러운 발자국으로 얼룩진 모래를 힐끔 본 주적자는 걸음을 옮겼다. 이각이 지나기 전에 그토록 사납게 발버둥치던 소소자와 체르샤의 움직임이 멎었다. 주적자는 굳이 그들의 생사를 확인하지 않았다.

쓰러지기 전까지 가고 또 가는 것밖에 선택할 길이 없기 때문이다. 그는 현재 자신이 낼 수 있는 최고의 속도로 달리기 시작했다. 어쩌면 절망에서 도망치려는 마지막 몸부림인지도 모른다.

내장이 곤두서고 근육이 파열될 것 같은 고통이 절망의 그림자를 덮어버렸으면 하는 간절한 바램이었다.

*   *   *

　그들은 거대한 떡갈나무 숲 앞에서 걸음을 멈췄다. 토르틱이 움찔한 후에 멈춘 것은 마법사가 지척에 있다는 걸 의미했다.

　토이틀은 떡갈나무 숲 안으로 천천히 걸음을 옮겼다. 처음 완만하던 경사는 갈수록 급격히 가팔라졌다. 무릎까지 빠지는 낙엽 때문에 걸음을 내딛기조차 힘들었다.

　"얼마나 남은 거냐?"

　바로 뒤에 따라오는 드라칸의 물음에 토이틀은 앞을 보았다. 빽빽이 들어찬 나무 때문에 십 야드 앞도 제대로 확인할 수 없었다.

　"가까운 것은 확실한데 정확한 위치는 아직 모르겠습니다."

　정오의 햇살조차 파고들지 못하는 숲은 어스름한 저녁처럼 느껴졌다. 버석거리는 그들의 발자국 소리와 토이틀의 거친 숨소리 외에는 아무것도 들리지 않았다. 그 흔한 산새와 벌레의 울음조차 없었다.

　"기분 나쁜 곳이군."

　드라칸의 중얼거림이 토이틀의 마음과 똑같았다. 속옷까지 땀에 흠뻑 젖어서 쉬어 가고 싶은 마음이 간절했지만 아무래도 당과가 용납할 것 같지 않았다.

　힘겹게 올라가던 토이틀은 결국 걸음을 멈출 수밖에 없었다. 앞에 십 피트 높이의 절벽이 가로막힌 것이다. 커튼처럼 앞을 가로막은 절벽의 길이는 이백 야드가 훨씬 넘어 보였다. 돌아가려고 방향을 트는데 당과의 목소리가 들렸다.

"그냥 올라서 가자."

"나보고 이 절벽을 오르라는 말입니까?"

당과가 드라칸에게 말했다.

"넌 왕족쌍을 안고 올라와라."

말을 한 당과는 나인현을 옆구리에 끼더니 토이틀의 허리띠를 잡았다.

"자, 잠깐만요!"

그의 외침은 당과에게 아무 효력도 발휘하지 못했다. 몸이 앞으로 휘청 꺾이더니 붕 떠올랐다. 그는 비명이 나오는 것을 가까스로 참았다. 회색 암벽이 눈앞을 휘익 지나가더니 거대한 떡갈나무가 나타났다.

당과는 던지듯 그를 땅에 내려놓았다.

"앞장서라."

토이틀은 놀란 가슴을 진정시킬 새도 없이 앞을 향해 전진했다. 숲속으로 들어갈수록 떡갈나무 크기가 커졌다. 어른 셋이 둘러야 겨우 손을 맞닿을 수 있는 나무가 그중 작은 축에 속할 정도였다.

땅 위로 드러난 나무뿌리를 피하며 걸음을 옮기던 토이틀은 우뚝 멈췄다. 토르틱이 제자리에서 맹렬하게 회전을 시작한 것이다.

"뭐냐?"

당과의 물음에 토이틀은 주위를 둘러보며 대답했다.

"여기입니다. 여기에 마법사가 있어요."

바로 앞에 그가 지금까지 본 어떤 나무보다 큰 떡갈나무가 서 있었고, 그 주위에는 사방 십 야드 정도의 공지가 자리한 형태였다. 토이틀은 행여 건물이 있나 구석구석을 살폈지만 그런 흔적은 찾을 수 없었다.

"비켜봐라."

당과는 토이틀이 서 있던 자리를 향해 손을 쭉 뻗었다.

콰앙!

엄청난 폭음과 함께 검은색에 가까운 흙이 마구 튀어 올랐다. 십 피트를 넘게 팠는데도 여전히 물기 머금은 흙밖에 보이지 않았다.

"지하는 아닌가 보군."

토이틀은 머리에 얹어진 흙을 털어내며 걸음을 옮겼다. 거대한 떡갈나무를 지나 몇 걸음 옮기기 전에 맹렬하게 돌던 토르틱이 거짓말처럼 멈췄다. 막대의 끝 부분이 그를 가리키고 있다는 것은 곧 지나쳤음을 의미했다.

그는 돌아서 걸음을 옮겼다. 이번에도 거대한 떡갈나무를 지나치고 얼마 후 토르틱이 그를 가리켰다. 토이틀은 떡갈나무로 다가갔다.

"왜 그래?"

당과의 물음에 그는 떡갈나무에 손을 대고 말했다.

"이 나무를 중심으로 토르틱이 회전을 하고 있습니다. 아무래도 여기가 중심인 것 같아요. 하지만……."

그는 말끝을 흐리고 떡갈나무를 더듬었다. 혹시나 해서 빈틈을 찾아보았지만 나무 특유의 주름만 여기저기 나 있을 뿐 이상한 것은 발견할 수 없었다. 나무에 손바닥을 댄 당과는 잠시 심호흡을 하더니 어깨를 움찔 떨었다.

터엉!

몸을 떨게 하는 울림과 함께 나무가 부르르 흔들리며 잎이 눈처럼 떨어졌다. 당과는 어깨에 얹힌 나뭇잎을 털어내며 말했다.

"안이 비었어. 이 정도 크기의 나무면 안에 뭐가 있다고 이상할 것 없지."

"그럼 어딘가에 출입구가 있겠군요."

토이틀이 나무를 살피려 하자 당과가 말렸다.

"굳이 문으로 들어갈 필요는 없어."

그녀는 뒤로 물러서 팔을 앞으로 뻗었다. 나무를 부숴 버리려는 것 같았다. 토이틀은 황급히 뒤로 물러서 가장 가까이 있는 떡갈나무 뒤로 숨었다.

"여어! 뜻밖인데, 여기서 만나다니 말이야."

갑자기 들린 소리에 토이틀은 시선을 돌렸다. 성에서 봤던 아름다운 사내였다.

'이름이 프로켈이라고 했던가? 그런데 왜 이곳에 나타난 거지?'

왠지 우연 같지는 않았다. 프로켈의 뒤에는 눈만 휑하니 뚫린 하얀 탈을 쓴 사람 셋이 따르고 있었다. 키가 팔 피트에 이르는 그들은 덩치까지 우람해 마치 곰에게 탈을 씌워놓은 것 같았다.

당과는 팔을 내리고 프로켈을 향해 돌아섰다.

"여긴 무슨 일로 왔지?"

"그건 내가 묻고 싶은 말인데? 여기서 뭐 하고 있는 거야?"

프로켈의 시선이 옆으로 움직이더니 토이틀에게 멎었다. 정확히 토이틀의 손에 있는 토르틱이었다.

"어? 그건 단탈리안이 가지고 있던 마법 막대잖아?"

당과가 프로켈에게 다가서며 물었다.

"그 마법사를 알고 있나?"

그녀를 물끄러미 쳐다보던 프로켈이 입을 열었다.

"너, 혹시 단탈리안을 찾아온 거냐?"

"이름은 모르겠고……."

당과는 토르틱을 가리키며 말했다.

"저 막대의 주인을 찾고 있는 것은 확실해. 자, 말해 봐. 그 마법사가 저 떡갈나무 안에 있는 것이 맞지?"

"무슨 일인지 말해 주는 게 순서잖아."

"너, 혹시 그 마법사와 한편이냐?"

프로켈은 어깨를 으쓱했다.

"뭐, 지금은 그렇다고도 볼 수 있지."

당과는 심호흡을 한 후 다시 물었다.

"엘릭서가 그 마법사 손에 있나?"

프로켈의 얼굴에 처음으로 놀람이 떠올랐다.

"엘릭서를 노리고 이곳에 온 것이냐?"

"엘릭서가 마법사에게 있냐고 물었잖아."

프로켈은 얼굴을 굳히고 있다가 익살스런 표정으로 뒤통수를 긁적였다.

"이거 곤란하군. 처음으로 마음에 드는 여자를 만났는데 하필이면 이런 관계가 되어버리다니."

그는 당과를 향해 손을 휘휘 저었다.

"엘릭서는 포기하고 그냥 돌아가. 널 다치게 하고 싶지 않으니까. 오늘 일은 없던 것으로 해주지."

프로켈의 말은 엘릭서가 있다는 것을 인정한 것이니 당과가 물러날 리 없었다. 그녀는 커대한 떡갈나무를 보고 말했다.

"그럼 저곳에 엘릭서가 있겠군."

"이봐, 엘릭서는 너희가 탐낼 만한 물건이 아니야. 왜 그것이 필요한

지 모르겠지만 이미 주인이 있으니 포기하라구. 죽고 싶지 않으면."

마지막 말을 뱉는 프로켈의 얼굴은 한 겹 얼음이 덮인 것처럼 서늘하게 느껴졌다.

"너야말로 죽고 싶지 않다면 순순히 엘릭서를 넘겨."

당과는 '물론 내놓을 리가 없겠지만'이란 중얼거림을 속으로 이으며 프로켈에게 다가갔다. 프로켈은 다가오는 당과를 물끄러미 쳐다보다가 말했다.

"왜 엘릭서가 필요한 거지?"

"알 필요 없어."

"엘릭서만이 모든 일을 해결할 수 있는 것은 아니야."

"오호! 그럼 네가 내 소원을 들어주기라도 하겠다는 것이냐?"

"그래. 네 생각보다 난 훨씬 대단한 능력을 가졌으니까. 자, 네 소원을 말해 봐."

당과는 여전히 프로켈에게 다가가며 물었다.

"날 사람으로 만들어줄 수 있나?"

"뭐?"

"네가 날 사람으로 돌려놓을 능력이 있냐고 물었어."

프로켈은 어처구니없다는 표정을 지었다.

"왜 하찮은 사람이 되려는 것이냐? 그런 벌레 같은 것으로……."

당과의 낮은 목소리가 프로켈의 말을 끊었다.

"내 질문에 대답이나 해."

프로켈은 생각할 필요도 없다는 듯 고개를 저었다.

"안 돼. 그건 사람을 마신으로 만드는 것만큼이나 어려운 일이지. 네가 엘릭서를 필요로 하는 이유는 알겠지만 포기해."

당과가 우뚝 걸음을 멈췄다.

"엘릭서도 날 사람으로 돌려놓을 수 없단 말이냐?"

"엘릭서라면 가능할지도 모르지. 하지만 이미 말했다시피 그건 누구도 건드릴 수 없어. 그 누구도!"

"아니, 엘릭서가 어디 있는지 알아낸 이상 그건 내 거야."

그녀의 전의를 읽었는지 세 사내가 프로켈의 좌우에 서서 당과를 노려보았다. 나인현과 왕족쌍, 드라칸도 당과와 어깨를 나란히 했다. 토이틀은 그럴수록 더 멀리 떨어진 떡갈나무 뒤에 숨어서 사태의 추이를 지켜보았다.

당과의 능력이 대단하다는 것은 알지만 프로켈을 감당할 정도로는 보이지 않았다.

"싸우지 않고 말로 하면 안 될까요?"

왕족쌍이 뜬금없는 소리를 했다.

"무슨 소리냐?"

왕족쌍은 프로켈을 힐끔 보더니 얼굴을 붉혔다. 그녀가 무슨 생각을 하는지 훤히 알 수 있었다.

"정신 차려! 네 소망을 이룰 수 있는 방법은 엘릭서를 찾는 것뿐이다!"

당과는 단호하게 말하고 나인현을 툭 건드렸다.

"네 가진 능력을 모두 발휘해라."

프로켈을 보고 있다 흠칫 놀란 나인현이 크게 고개를 끄덕였다.

"네."

귀를 가볍게 후빈 프로켈은 양팔을 활짝 벌렸다.

"어쩔 수 없군. 한두 명 죽더라도 너무 서운해하지 말라구."

당과도 프로켈의 행동을 그대로 따라했다.

"내가 서운해할 일은 없을 것이다. 너희들 모두 죽을 테니까."

말이 끝남과 동시에 당과가 공중으로 뛰어오르며 팔을 앞으로 쭉 뻗었다.

콰르르릉—!

천둥 치는 듯한 소리와 함께 쌓여 있던 낙엽들이 일제히 허공으로 치솟았다.

"하앗!"

기합과 함께 당과가 다시 팔을 양쪽으로 벌렸다. 그러자 벽처럼 일어났던 낙엽이 프로켈을 향해 밀려갔다. 마치 땅이 뒤집어져 덮치는 것 같았다.

"제법이군!"

프로켈은 허리에 찬 얼음 칼을 빼서 횡으로 그었다. 입김을 얼려 버릴 것 같은 추위가 밀려들더니 허공으로 치솟은 낙엽의 벽이 하얗게 얼어버렸다.

"파(破)!"

당과가 외침을 터뜨리며 오른팔을 앞으로 쭉 뻗었다.

콰앙!

얼었던 낙엽벽이 산산조각으로 깨지며 프로켈을 향해 쇄도해 갔다. 수백 개의 얼음 화살은 프로켈에게 피할 시간을 주지 않았다. 얼음 화살이 부서지는 소리와 함께 하얀 가루가 사방으로 흩어졌다. 폭설이 휘날리는 듯한 얼음 먼지가 방원 이십 야드를 뒤덮었다.

토이틀은 손으로 얼음 가루를 흐트러뜨리며 시선을 모았다. 안개가 낀 것처럼 뿌연 주위가 차츰 옅어지며 프로켈과 세 사내의 모습이 드러났다. 넷 모두 잔뜩 웅크린 자세로 얼굴과 가슴을 가리고 있었다.

얼음 조각처럼 산산이 부서져 버렸을 줄 알았는데 피 한 방울 보이지 않았다. 옷 여기저기가 찢어진 것이 고작이었다. 사내 셋의 가면은 깨졌는데 두꺼운 팔로 가리고 있어서 용모를 확인할 수 없었다.

"며칠 전보다 몰라볼 정도로 강해졌군."

팔을 내리며 말하는 프로켈의 얼굴에 옅은 살기가 비춰졌다. 사내 셋도 프로켈을 따라 팔을 내렸다. 그들의 얼굴을 확인한 토이틀은 놀란 숨을 들이켰다.

윤이 나도록 하얀 그것은 살이 한 점도 붙어 있지 않은 해골이었다. 툭 튀어나온 핏발 선 눈, 두 개의 콧구멍 바로 아래 자리한 입은 톱날처럼 날카로운 이빨을 달고 있었다.

토이틀은 열심히 머리를 굴린 후에야 저들의 이름을 생각해 냈다.

"우투쿠!"

본래 유령이었던 우투쿠는 대지의 기를 받아들여 초자연적인 힘을 가진 정령이 되었다. 선한 것들과 악한 것들이 극단적으로 나뉘어 선한 우투쿠는 인간에게 축복을 주지만 그렇지 않은 녀석들은 죽음과 저주만을 선사한다.

선한 우투쿠들은 보통 인간이나 소 또는 새의 머리를 가지고 있었고 악한 우투쿠는 모두 저 모습이었다. 보기에도 끔찍한 해골바가지.

프로켈이 양쪽에 선 우투쿠들에게 말했다.

"빨간 머리 여인은 죽이지 말아라."

명령이 떨어지자 녀석들이 한 발자국 앞으로 나섰다. 그러자 드라칸이 의기양양한 표정으로 걸음을 내디뎠다.

"부하들은 부하들이 상대해야지."

카아—!

우투쿠가 입을 쩍 벌리고 괴성을 지르자 입에서 빨간 무언가가 번개처럼 튀어나왔다. 너무 갑작스러워 경고성조차 발하지 못했다.

푸욱!

그것은 드라칸의 가슴으로 사정없이 파고들었다. 길게 뻗은 채찍 같은 것은 우투쿠의 혀였다. 드라칸이 고통스런 표정으로 혀를 잡으려 하자 그것은 쏘아올 때처럼 빠르게 입속으로 들어가 버렸다.

주춤주춤 물러서는 드라칸을 보던 프로켈이 말했다.

"한 놈이 벌써 떨어져 나갔으니 싱거운 싸움이 되겠군."

"누가 떨어져 나갔다는 것이냐?"

드라칸이 숙였던 허리를 세우고 심호흡을 하자 가슴의 상처는 빠르게 아물었다. 프로켈의 얼굴에 놀라움이 스쳤다.

"호오! 흡혈귀의 회복 속도가 저 정도였나? 하지만 우투쿠의 체액은 적의 마력을 없애 버리는데 이상하군."

"흥! 날 그런 하찮은 흡혈귀와 같은 레벨로 보지 마라."

"뭐, 그래 봤자 흡혈귀일 뿐이지."

프로켈의 말 뒤로 당과의 음성이 따랐다.

"나인현, 왕족쌍을 데리고 저 둘을 상대해라. 이 대 이로 싸워야 한다. 무슨 뜻인지 알겠지?"

"네."

왕족쌍 혼자서 우투쿠를 상대할 수 없다는 것을 알기에 내린 명령이었다.

드라칸이 품에서 버팔레이우를 꺼내며 소리쳤다.

"내게 상처를 낸 대가를 치르게 해주마!"

어지간히도 말 많은 흡혈귀였다.

"추크라! 추크라! 아할바마! 추크라! 추크라! 이힐리히! 바라힘! 바라힘! 오호그람! 바라힘!"

버팔레이우를 쭉 뻗으며 주문을 외우자 수백 마리의 박쥐가 우투쿠를 향해 쏟아졌다.

'정신력을 물체에 전달해 쏘아 보내는 물건을 만들다니… 체르샤, 대단한데.'

박쥐 떼의 날갯짓 소리가 개전을 알렸다.

"강하도아(江河渡我) 풍우송아(風雨送我), 뇌정순아(雷霆順我) 팔괘준아(八卦遵我), 구궁둔아(九宮遁我) 음양종아(陰陽從我)……."

어느새 부적을 꺼낸 나인현과 왕족쌍이 똑같은 운율로 주문을 외웠다.

크왕!

두 마리 우투쿠가 약속이나 한 듯 그녀들을 덮쳤다.

"급급여율령(急急如律令)!"

그녀들 입에서 강한 목소리가 터짐과 동시에 부적이 허공을 갈랐다. 바닥에서 사 피트 이상이 떨어졌는데도 부적이 날아가는 힘 때문에 낙엽이 위로 솟구쳤다. 우투쿠는 날아오는 부적을 향해 입을 쩍 벌렸다. 긴 혀가 나올 줄 알았는데 입에서 쏟아진 것은 엄청난 수의 파리였다.

잉크를 칠해놓은 듯 새까만 파리 떼는 부적과 정면으로 부딪쳤다.

퍼버버벅!

부적에 충돌한 파리들이 산산조각으로 부서져 흩어졌다. 단숨에 수백 마리가 죽은 것 같은데 파리는 쉼없이 쏟아져 나왔다. 나인현과 왕족쌍의 손을 떠난 열여섯 장의 부적은 파리 떼와 부딪쳐 먼지 조각으로 변해갔다.

"내 뒤로 와!"

나인현이 새로운 부적을 꺼내 들며 왕족쌍에게 소리쳤다. 양쪽 손에 각각 다른 부적을 든 나인현은 그것들을 몸 앞에서 빙글빙글 돌리며 주문을 외웠다.

"천지영광(天之靈光) 지지정광(地之精光), 일월휘광(日月輝光) 원작위광(原作威光), 비부상주(飛符上奏) 급강아방(急降我傍)……."

우우우웅—!

나인현이 주문을 외우는 사이 부적에 막혀 주춤했던 파리 떼가 엄청난 속도로 덤벼들었다. 그것들이 그냥 파리가 아니라는 것은 누가 봐도 알 수 있었다.

토이틀은 두 주먹을 불끈 쥐고 소리쳤다.

"빨리! 빨리!"

파리가 지척에 이르렀는데도 그녀의 주문은 끝나지 않았다.

"오봉(吾奉) 태상노군(太上老君), 급급여율령칙(急急如律令勅) 화굉(火轟)!"

가장 앞선 파리가 부적에 닿는 순간 갑자기 파란 불꽃이 허공에 가득 뿌려졌다. 토이틀은 밀려오는 열기를 피해 떡갈나무 뒤로 몸을 숨겼다. 긴 한숨을 토하는데 코끝에 매캐한 연기 냄새가 걸렸다.

토이틀은 고개를 살짝 내밀어 장내를 보았다. 무릎 높이까지 쌓여 있던 나뭇잎에 불이 붙어 시뻘건 불길을 내뿜고 있었다. 하긴 이처럼 불에 탈 것이 많은 곳에서 화염을 만들었으니 불이 나는 것은 당연했다.

사방을 뒤덮은 연기 때문에 싸움이 어떻게 진행되는지 확인할 수가 없었다. 가끔 들리는 드라칸의 쓸데없는 외침으로 싸움이 계속되고 있다는 것을 알 뿐이었다.

"쿨룩! 쿨룩!"

그는 기침을 터뜨리며 자리를 피해야 할지 고민했다. 저들이야 초인(超人)들이니 불길에서 무사할 수 있겠지만, 그에게는 불 속에서 살아남을 재주 같은 건 없었다.

'어떻게 하지?'

그가 고민을 하고 있는데 자욱한 연기가 급속히 사라져 갔다. 회색의 장막을 없애는 것은 땅이었다. 어떻게 된 영문인지는 알 수 없지만 불꽃과 연기가 모두 땅속으로 스며들어 화재는 잔재만을 남기고 진화되었다.

"더러운 파리 떼에 내가 당할 것 같으냐!"

열심히 소리를 지르며 싸우는 드라칸 외에는 움직임을 멈추고 대치한 상태였다.

"이곳은 성스러운 지역이라 땅 스스로가 위험을 막지."

프로켈은 드라칸과 나인현, 왕족쌍을 차례로 보며 말을 이었다.

"네 부하들이 생각보다 강하군."

"엘릭서를 넘기라는 요구를 해도 들어주지 않겠지?"

"당연한 걸 묻는군."

"그럼 시간 끌 이유가 없지."

말이 끝남과 동시에 당과의 몸이 허공을 갈랐다. 나인현과 왕족쌍의 주문이 그녀 뒤를 급박하게 따라붙었다.

'프로켈을 이길 수 있을까?'

제63장

사로잡힌 당과

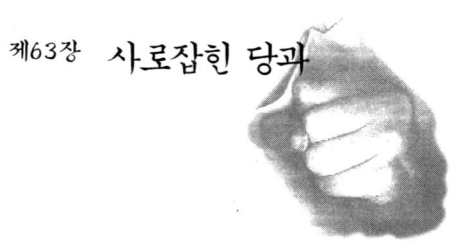

제63장 사로잡힌 당과

콰콰콰쾅!

당과의 몸에서 뿜어져 나온 파란 빛살이 프로켈이 서 있던 땅에 작렬하며 엄청난 굉음을 만들어냈다. 분분히 흩날리는 낙엽을 가르며 은빛 섬광이 당과를 향해 쏘아졌다. 프로켈의 공격에 대한 증거는 코끝을 얼리는 한기로 나타났다.

당과는 팔을 휘저어 무형의 벽을 만들었다. '쩌정!' 하는 소리와 함께 막에 금이 생겼다. 프로켈의 힘은 그녀 생각보다 훨씬 강했다. 그녀는 머리칼을 길게 뻗어 벽 뒤쪽을 얽어맸다.

쾅!

벽을 깨뜨린 은빛 섬광이 그녀의 머리칼을 꽁꽁 얼리며 타고 올라왔다. 하얀 서리가 스스로 생명을 가지고 움직이는 것 같았다. 당과는 길게 자라난 손톱으로 자신의 머리칼을 잘라 버렸다. 잘린 머리칼은 바닥에 떨어지자마자 얼음처럼 부서져 버렸다.

"예쁜 머리칼을 함부로 자르면 어떻게 하나?"

프로켈이 얼음 칼을 몸 옆으로 빙글빙글 돌리며 말했다.

"그 대가로 네 목을 잘라주마!"

당과는 빠르게 길어나는 머리칼을 휘날리며 프로켈을 향해 쇄도했다.

그녀나 프로켈 모두 음(陰)에 속하는 종족이었다. 음과 음이 부딪치면 강한 쪽이 승리하기 마련이다. 예외란 일 푼도 되지 않았다. 하지만 만약 한쪽이 양의 기운을 쓴다면 균형이 깨지는 것은 당연했다.

다행히 그녀는 헬 하운드 덕분에 양의 기운을 취할 수 있었다. 한 번도 써보지는 않았지만 전신에 퍼져 있는 뜨거운 기운을 끌어내는 것은 어렵지 않았다. 헬 하운드에게 받은 뜨거움이 프로켈을 제압할 수 있느냐가 관건이었다.

그녀는 대기에 흩어진 힘을 최대한 압축해서 자신에게로 끌어들였다. 그것은 곧 무형의 바늘이 되어 모공 속으로 흡수되었다. 피부 밑에서 일어나는 격렬한 소용돌이에 몸속의 화기를 압축시켰다.

"흐읍!"

숨을 크게 들이킨 당과는 모공에서 붉은 빛살을 토해냈다.

쫘르르르—!

그것은 마치 불을 머금은 화살처럼 프로켈을 향해 쏘아졌다. 뜨거운 기운은 삽시간에 주위를 불바다로 만들어 버렸다. 나인현이 펼친 술법과는 비교할 수 없을 정도로 강한 화기(火氣)였다.

놀란 눈을 부릅뜬 프로켈은 황급히 좌측으로 움직였다.

"흥! 피할 수 없다!"

당과는 기의 화살을 움직여 프로켈을 쫓았다. 허공에서 빙글 돈 프로켈은 나무를 차고 오른쪽으로 이동했다. '콰앙!' 하는 소리와 함께 프로켈이 디뎠던 나무가 박살나 불덩이를 토해냈다.

당과는 화기를 움직여 정신없이 프로켈을 밀어붙였다. 계속되는 그녀의 공격으로 주변 삼십 장은 금세 초토화되어 버렸다. 땅으로 불과 연기가 빨려 들어갔지만 그녀가 일으키는 화재가 더욱 위력적으로 사방을 덮었다.

횡으로 회전한 몸을 십 장 높이의 나뭇가지에 얹은 프로켈이 소리쳤다.

"그만둬! 널 죽이고 싶지 않으니까!"

"헛소리!"

그녀는 몸을 날리며 화기를 쏘아냈다. 허공에 불의 길을 내는 것 같은 화기는 걸리는 모든 것을 박살 내고 불태워 버렸다. 스치지도 않았는데 단지 기운만으로 나무가 부서지며 타올랐다.

당과가 일 장 높이로 타오르는 불길을 뛰어넘어 화기를 뿌릴 때 프로켈의 목소리가 들렸다.

"네가 자초한 일이니 날 원망하지는 마!"

프로켈은 얼음 칼을 몸 앞에서 빙글빙글 돌렸다. 점점 빨라진 칼은 몸을 모두 덮을 정도로 큰 방패가 되어 그녀의 화기를 튕겨냈다.

끼리리리ㅡ

기름 칠하지 않은 녹슨 톱니바퀴가 돌아가는 듯한 소리와 함께 차가운 기운이 전해졌다. 주변은 온통 불바다고 그녀는 화기를 계속 쏘아내고 있는데 한기가 느껴진다는 것은 분명 이상한 일이었다.

'왜?'

그녀의 의문을 부숴 버리겠다는 듯 프로켈이 회전시키던 칼을 머리 위로 올려 아래로 그었다. 허공에 융단처럼 펼쳐진 화기가 단숨에 반으로 갈라졌다. 하얀 번개 같은 것이 스친 화기는 연기를 피우며 식어 버렸다.

갑작스럽게 커진 한기는 피부에 소름을 돋게 만들었다. 더 이상 화기가 한기를 막을 수 없다는 것을 인정해야 했다. 당과는 화기를 뿜어내는 것을 중단하고 왼쪽으로 몸을 날렸다. 그런데 화기를 끊는 순간 몸에서 힘이 쭉 빠져나갔다. 마치 한 달은 피를 먹지 않은 것 같았다.

주춤하는 사이 프로켈의 한기가 옆구리를 훑고 지나갔다. 날카로운 고통은 곧 전신을 지배한 시려움에 묻혀 버렸다. 추위라는 감각을 알기는 하지만 그 때문에 고통을 느껴보기는 처음이었다. 아니, 사람이었을 때 느꼈었는지 모르지만 그것은 잊혀진 고통이었다.

그녀는 땅에 내려서 옆구리로 손을 가져갔다. 얼어붙어 피가 흐르지는 않았다.

"당과! 괜찮나?"

공격을 한 프로켈이 그녀를 걱정하며 다가왔다. 당과는 낙엽을 날려 프로켈의 접근을 막았다.

"꺼져!"

힘을 쓰자 고통이 더욱 크게 다가왔다.

"으음!"

그녀는 신음을 뱉으며 옆구리로 시선을 가져갔다. 하얀 서리가 상처를 중심으로 손바닥 정도 크기로 퍼져 있었다.

"얼음으로 변해 깨지기 싫으면 움직이지 마!"

프로켈의 경고는 전혀 위협이 되지 못했다. 당과는 팔을 양쪽으로 벌리며 허리를 쭉 펴 한기를 몰아냈다.

쩌적!

하얗게 서리가 내린 부분에 금이 가더니 자갈처럼 부서져 떨어졌다. 새로운 아픔과 함께 피가 터져 나왔다. 그녀는 신음을 삼키고 옆구리를 손바닥으로 덮었다. 오랜만에 느껴지는 차가운 피는 너무 낯선 감촉이었다.

"아악!"

뾰족한 비명에 당과는 황급히 고개를 돌렸다. 왕족쌍이 어깨에서 피를 흘리고 있었다. 검게 그슬린 나무를 짚은 그녀는 금방이라도 쓰러질 것처럼 힘들어 보였다. 나인현이 부적을 날리며 잘 싸우고는 있었지만, 결국 불리한 싸움일 수밖에 없었다. 가지고 있는 부적에는 한계가 있기 때문이다.

그녀는 공격할 기미가 보이지 않는 프로켈을 힐끔 보고 드라칸을 찾았다. 그는 산 아래쪽으로 이십 장 정도 떨어진 곳에서 연신 버팔레이우를 휘두르고 있었다. 쉽게 질 것 같지는 않았지만 드라칸이 이 싸움을 좌우할 수는 없었다. 그녀와 프로켈의 결투가 승패의 향방을 결정할 것이다.

그녀는 살이 차 오르는 느낌을 받으며 옆구리에서 손을 뗐다. 피는 더 이상 흐르지 않았다.

"대단한 회복력이군."

프로켈의 말속에는 숨길 수 없는 놀라움이 섞여 있었다.

"내가 얼음으로 부서질 줄 알았나?"

"틀림없이 그럴 줄 알았지. 하지만 그렇게 되지 않아 얼마나 다행인지 몰라."

당과가 물끄러미 쳐다보자 프로켈은 '진심으로'라는 말을 덧붙였다.

그녀는 그 후로도 한참 동안 프로켈을 보다가 입을 열었다.

"왜 내게 그처럼 호의적으로 보이려 애쓰지?"

"보이려는 것이 아니라 진심이야. 난 너와 싸우고 싶지 않아."

"좋아. 진심이라고 치고 그 이유를 말해 봐."

그녀는 얘기를 하며 몸 상태를 점검했다. 갑자기 빠졌던 힘이 돌아오고는 있었지만 완전해지려면 시간이 더 필요했다.

"네가 마음에 들어. 인간들의 말로 첫눈에 반한다고 하잖아? 뭐, 그런 것이라고 생각해. 나도 그 이상은 설명하기 곤란해. 처음 느끼는 감정이니까."

거짓말 같지는 않았는데 이상할 정도로 아무 감흥이 없었다. 드라칸이 '난 야황님이 존경스러워요'라고 말한 정도의 느낌이랄까?

"그래서?"

그녀의 말은 나인현이 하는 싸움 소리에 금세 묻혀 버렸다.

"너를 내 곁에 두고 싶어, 영원히."

당과는 피부에 소름이 돋는 것을 느꼈다.

영원히…….

이 이상 끔찍한 말이 어디 있겠는가?

"웃기는 마족이군."

"난 마족이 아니라 마신이야."

"그게 뭐가 다른지 모르겠지만 헛소리 그만 해. 네 유치한 감정에 끌릴 만큼 여유롭지 못하니까."

당과는 몸이 점점 정상을 찾아가는 것을 느꼈다. 조금만 더 시간을 끌면 완전해질 수 있었다.

"많이 회복했나?"

프로켈은 그녀의 심중을 훤히 꿰뚫고 있었다. 그녀 상태를 알면서도 보고 있다는 것은 그만큼 자신이 있다는 뜻이었다. 프로켈이 얼음 칼 끝을 바닥에 대고 말했다.

"이 싸움을 걸고 내기 하나 할까?"

"내기?"

"그래, 그냥 싸우기만 하면 왠지 삭막하잖아."

"어떤 내기를 원하지?"

프로켈은 얼음 칼을 빙글 돌려 어깨에 얹었다.

"승리하는 자의 조건을 하나 들어주는 것으로."

"어떤 것이든?"

"어떤 것이라도."

"내가 엘릭서를 내놓으라고 해도 들어줄 수 있다는 건가?"

"물론."

생각해 볼 것도 없다는 듯 바로 나온 대답이었다.

"네 요구 조건은?"

"싸움이 끝난 후에 말하지."

당과는 프로켈이 걸고 싶은 조건을 짐작할 수 있었다. 그녀와 걸 수 있는 내기가 한 가지 외에 뭐가 있겠는가?

"내가 지면 너와 결혼이라도 해야 하는 건가?"

프로켈은 씨익 웃음을 지었다.

"뭐, 인간들의 절차로는 그렇게 되겠지. 어때? 승낙할 테냐?"

당과는 선뜻 대답을 하지 못했다. '그래'라고 말한다고 해서 그녀에게 손해날 것은 없었다. 프로켈을 이긴다고 해서 엘릭서를 찾을 보장도 없을 뿐더러 지면 어차피 찾지 못할 테니 그녀로서는 손해나는 조건은 아니었다. 최악의 경우 약속을 어기면 그만이었다.

어차피 그녀야 이런 약속 따위는 안중에도 두지 않으니까. 그런데 조건을 쉽게 승낙할 수 없게 만드는 것은 프로켈의 눈이었다.

호박색의 그 눈은 프로켈의 진심을 고스란히 담고 있었다. 그것이 그녀의 마음을 흔들어놓았다. 당과가 대답을 망설이자 프로켈이 말했다.

"내가 약속을 어길지도 모른다는 의심은 할 필요 없어. 난 한 번 한 약속은 영혼조차 가루가 된다고 해도 지키는 마신이니까."

프로켈의 말은 왠지 믿음이 갔다. 그래서 더 망설여졌다.

'당과, 약해지고 있구나!'

그녀의 내면이 자신을 꾸짖었다. 프로켈과의 약속을 선뜻 승낙하지 못하는 것은 스스로 자신이 없다는 뜻이기도 했다.

"좋아, 승낙하지."

당과는 이길 자신이 있었다. 세상의 그 어떤 것도 그녀보다 강할 수는 없었다. 그녀를 이길 수 있는 것은 오직 자기 자신뿐이었다.

"후후후… 좋아. 제발 약속이 지켜졌으면 좋겠군."

"내가 하고 싶은 말이야."

당과는 머리에서 발끝까지의 상태를 점검했다. 몸 상태는 싸우기 전의 완벽한 상태로 돌아와 있었다. 이제 전략을 생각해야 할 때였다.

'화기로는 안 된다. 헬 하운드 따위에게 받은 힘에 의지하려는 것이 실수였어. 내 본신의 힘을 믿고 밀어붙여야 해.'

그녀는 심호흡을 하고 몸 안의 기를 천천히 끌어올렸다. 단전과 가슴으로 모아진 기는 날카로운 바늘이 되어 전신으로 퍼졌다.

"먼저 시작해."

여전히 얼음 칼을 어깨에 얹은 프로켈의 목소리에는 자신감이 가득했다.

"약속을 잊지 마!"

당과는 소리를 지르며 양팔을 위로 올렸다. 그러자 주위에 쌓인 낙엽들이 일제히 허공으로 치솟았다. 그녀는 팔을 안쪽으로 구부린 후 앞으로 힘껏 밀었다.

파라라라―!

수백 수천 장의 낙엽들이 무엇이든 파괴할 수 있는 비수가 되어 프로켈을 향해 날아갔다. 낙엽이 지척에 다다를 때까지 여유있는 표정을 짓고 있던 프로켈이 어깨에 얹어놓은 얼음 칼을 아래로 그었다.

정확히 프로켈의 몸뚱이 두께로 낙엽이 부서졌다. 그의 곁을 스친 낙엽들은 주위의 나무와 바위들을 산산조각으로 부숴 버렸다. 자욱한 먼지가 날리는 그 사이로 뚫고 프로켈이 쇄도했다.

"죽지는 않을 테니 마음껏 싸워도 되겠지!"

그는 소리를 지르며 얼음 칼을 횡으로 그었다. 싸늘한 한기가 갑작스럽게 증폭되어 당과를 덮쳤다. 한기는 머리에서 발끝까지를 모두 감쌀 정도로 폭이 넓었다. 그녀는 오른팔을 위로 들어 낙엽으로 방패를 만든 후 좌측 팔로 대기를 압축시켜 밀었다.

쩌엉!

굉음을 만들며 낙엽의 벽을 부순 한기는 당과가 만든 대기의 방패에 부딪쳤다. 엄청난 힘에 그녀는 옆으로 주르륵 밀려났다. 프로켈이 가진 얼음 칼은 무엇이든 부술 수 있는 마력을 가진 것 같았다.

'이대로는 곤란하겠군.'

그녀는 뒤로 홀쩍 물러섰다. 한기를 어디까지 쏘아보낼 수 있을지 알 수 없지만 분명 한계가 있을 것이다. 당과는 멀리서 주변 물체를 이용해 싸우는 방법을 택했다.

프로켈이 그녀를 쫓아 몸을 날리며 소리쳤다.

"도망치는 것은 반칙이야!"

"홍! 너 따위에게서 도망칠 생각은 없어!"

그녀는 프로켈의 왼쪽에 있는 나무를 향해 손을 쭉 뻗었다. 어른 네 명이 둘러야 겨우 손이 닿을 정도의 떡갈나무가 뿌리째 뽑혀 프로켈을 덮쳤다. 프로켈은 마치 예상이나 했다는 듯 얼음 칼을 휘둘러 나무를 산산조각으로 박살 내버렸다.

전혀 위협이 되지 못한 듯했지만 당과는 손을 멈추지 않았다. 이 싸움은 누구 체력이 더 강하느냐의 승부가 될 것이다.

우지직!

나무 두 그루가 동시에 뿌리를 드러내며 프로켈을 공격했다. 이번에도 역시 프로켈의 칼이 나무를 얼음 조각으로 만들어 버렸다. 그녀는 왼쪽의 나무를 딛고 몸을 날리며 팔을 마구 휘저었다. 그러자 여섯 그루의 나무가 동시에 프로켈을 공격했다.

"이런 걸로 날 이길 수는 없어!"

프로켈은 당과의 공격을 무위로 돌리고 둘 사이의 공간을 빠르게 좁혔다. 가로막는 것은 무엇이든 부숴 버릴 것 같은 기세였다.

"홍!"

냉소를 날린 당과가 팔을 앞으로 쭉 뻗자 낙엽이 일제히 떠올라 프로켈을 향해 날아갔다. 프로켈은 낙엽의 화살을 간단히 깨뜨려 버렸지만 그 덕분에 둘 사이의 간격은 더 벌어졌다.

"계속 이렇게 도망치기만 할 거냐!"

"우리가 싸우고 있는 것도 모르다니! 멍청한 놈!"

그녀는 소리를 지르며 연신 나무를 뽑아 프로켈에게 날렸다. 나무를 모두 얼음으로 만들어 조각 내버린 프로켈이 갑자기 우뚝 멈췄다. 당과도 나뭇가지 위로 올라가 그를 내려다보았다.

"아무래도 방법을 바꿔야겠군."

프로켈은 의미심장한 말을 뱉고 허리를 구부렸다. 뭔가 심상치 않은 기운을 느낀 당과는 잔뜩 긴장한 채 프로켈을 보았다.

취릭―

프로켈의 등에서 비둘기의 그것 같은 날개가 나오더니 그녀를 향해 날아왔다. 땅을 떠났다고 느꼈는데 십오 장 거리를 반이나 좁힐 정도로 빠른 속도였다. 그녀는 물러서지 않고 손톱을 길게 빼냈다.

이처럼 빠른 적을 상대하면서 어설프게 후퇴했다가는 회복할 수 없는 궁지에 몰릴 수 있었다. 그녀는 냉기와 함께 덮쳐 오는 프로켈을 향해 팔을 휘둘렀다.

쩌엉!

당과의 손톱과 얼음 칼이 부딪치며 쇠붙이 깨지는 소리를 만들어냈다. 당과는 피를 얼려 버릴 것 같은 한기를 참으며 공중에 뜬 프로켈을 향해 머리칼을 쏘아 보냈다. 하지만 너무도 견고한 얼음 칼의 방어막을 뚫지 못했다.

칼에 스친 머리칼은 이번에도 빠르게 얼음으로 변하며 다가왔다. 그녀는 머리칼을 자른 후 양손을 앞에 모아 둥글게 휘저었다.

우우웅―!

벌 떼가 날갯짓하는 듯한 소리는 당과가 팔을 뻗자 폭포의 굉음으로 변해 프로켈을 덮쳤다. 칼을 휘두를 시간도, 피할 여유도 없는 프로켈은 양팔로 얼굴과 가슴을 방어했다.

콰앙!

격탁음은 귀를 멍멍하게 만들 정도로 크게 울렸다. 막았다고 해도 상당한 충격을 받았을 것이라 생각했는데 아니었다. 프로켈은 그저 뒤로 일 장 정도 밀려났을 뿐 별 타격을 입지 않은 것처럼 보였다.

거리를 벌리기 위해 뒤로 물러서는 그녀를 프로켈이 따라붙었다. 그녀보다 세 배는 빠른 속도였다. 당과는 나뭇가지를 박차며 대기를 압축해서 양손으로 번갈아 쏘아댔다.

무형의 구는 정확히 프로켈에게 적중했지만 그들 사이의 거리를 벌리지 못했다. 더 이상 다가오지 못하게 하는 것이 고작이었다.

'이처럼 강한 족속이 있다니!'

시내에서 잠깐 부딪쳤을 때는 느끼지 못한 강함이었다.

"그만 싸움을 끝내야겠군!"

프로켈의 말이 끝남과 동시에 당과의 공격은 힘없이 허공을 갈랐다. 프로켈이 갑자기 사라진 것이다. 화들짝 놀라 주위를 둘러보는 당과의 시선이 아래로 떨어졌다.

바로 발 밑!

프로켈의 웃는 얼굴이 보였다. 황급히 몸을 솟구치는데 싸늘한 한기가 발바닥에 전해졌다. 이제껏 느꼈던 것과는 비교할 수 없을 정도로 강한 한기는 그녀를 단숨에 무력화시켰다. 위로 오르던 그녀는 의지와 상관없이 바닥으로 추락했다. 끔찍한 한기가 당과의 의식을 몸 바깥으로 밀어냈다.

'결국 내가 진 건가?

* * *

"으아아아아—!'

주적자는 심장을 토해낼 것 같은 고함을 질렀다. 하지만 그것으로 가려움과 목마름을 막을 수는 없었다. 태양의 파편이 점점 핏빛으로 물들기 시작했다.

그는 뛰고 또 뛰었다. 끌려오는 소소자와 체르샤가 어찌 되든 신경 쓰지 않았다. 그가 흡혈귀의 본성에 물들어 저들의 피를 빨지 않기만 을 바랄 뿐이었다.

"컥! 컥!"

주적자의 목에서 성대가 튀어나오는 듯한 소리가 울렸다. 인내의 한 계는 머지않아 올 것이다. 그에게 남은 것은 완벽한 절망을 몸으로 행 하는 일밖에 없었다. 누가 가장 먼저 그의 제물이 될지 알 수 없었다. 소소자가 먼저일지, 체르샤에게 그의 이빨 자국이 날지, 어쩌면 등에 업고 있는 화백이 처음일 수도 있었다.

그의 본능이 가장 맛있는 먹잇감을 찾아낼 것이다.

'누구를 죽이든 가장 불행한 일이 되겠지. 그리고 이번 여행의 목적 이 사람으로의 회귀가 아니라 복수로 변질될 테고.'

실낱같은 이성으로 가장 먼저 떠올린 상대는 당과였다. 중원을 떠나 올 때 그녀의 존재는 그와 소소자를 인간으로 되돌려놓을 사랑하는 이 였다. 하지만 만약 그가 셋의 피를 빤다고 가정하면—틀림없이 그렇게 되 겠지만—그녀는 복수의 대상이 되는 것이다. 일을 이렇게 만든 책임은

온전히 그녀의 몫이니까.

의식이 점점 그의 몸을 떠나갔다. 세상은 이제 완전한 붉은빛으로 물들었고, 느끼지 못한 사이 손은 가슴과 배를 마구 긁고 있었다. 지금 달리고 있는 것은 희망이 있어서가 아니라 오랜 시간 그렇게 해온 버릇 같은 것이었다.

모래를 박차고 있는 걸음이 멈추는 순간, 누군가 그의 이빨에 목숨을 잃게 되리라.

'제발 셋 모두가 아니기를…….'

차악(次惡)을 바랄 수밖에 없는 현실이 너무 원통했다. 속으로 끊임없이 '빌어먹을!' 이란 욕설을 뱉는 그의 귀로 이질적인 소리가 들려왔다.

드드드드—

귀로 무언가를 감지한 것이 얼마 만인지 알 수 없었다. 마치 평생을 귀머거리로 살다가 처음 무언가를 들은 것처럼 낯선 소리는 그의 전신으로 퍼져 나갔다.

주적자는 흐려지려는 의식을 애써 모아 소리의 진원지를 찾았다. 뒤쪽이라는 것을 인식하는 데도 한참의 시간이 걸렸다. 고개를 돌린 그는 소소자와 체르샤의 몸이 심하게 요동 치고 있는 것을 보았다. 그리고 비로소 자신이 딛고 선 땅이 모래뿐인 사막이 아닌 자갈에 가깝다는 걸 인식했다.

지형이 완전히 바뀐 것이다. 주적자는 멈춰 서 주위를 둘러보았다. 붉은 시야 때문에 인식하지 못했는데 사방에는 심심찮게 녹색의 식물이 보였다. 그의 허리 높이로 띄엄띄엄 자리한 그것은 분명 풀이었고 나무였다.

"사막을… 사막을 빠져나온 건가?"

중얼거린 그는 더 멀리 시선을 던졌다. 그러자 초록색의 지평선이 눈에 들어왔다. 그것은 풀. 드넓게 펼쳐진 초원이었고, 곧 물이 있다는 증거였다. 사막에 물이 있는 곳이면 어김없이 사람이 살기 마련이었다.

거기까지 생각한 주적자는 초록의 지평선을 향해 달렸다. 이성을 잃기 전에, 일행 중 누군가의 피를 빨기 전에 동물을 찾아야 했다.

초록색의 땅을 삼십 장 정도 남겨놓은 곳에서 물이 흐르는 소리를 들을 수 있었다. 작은 시내 소리가 아니라 도도히 흐르는 강물임에 틀림없었다.

검으로 허벅지에 상처를 내는 처방까지 내려가며 초원의 풀을 밟자 비로소 그가 간절히 원하는 것들이 보였다. 폭이 십여 장이나 되는 강과 그 강에서 물을 먹고 있는 동물들! 소나 사슴처럼 생긴 수백 마리의 동물들이 목을 축이고 있는 광경은 그에게 천국의 모습과 다를 바 없었다.

주적자는 힘껏 땅을 박찼다. 뒤늦게 기척을 알아차린 동물들이 놀라서 후닥닥 달아났지만 그의 손을 벗어날 수는 없었다. 그는 황소와 비슷하게 생긴 동물의 목을 잡아 넘어뜨렸다. 한계까지 온 흡혈귀의 본능은 촌각의 인내도 용납하지 않았다.

푸욱!

이빨이 녀석의 목에 박히는 소리가 너무도 또렷하게 들렸다. 주적자는 정신없이 동물의 피를 빨았다. 목이 통째로 식도로 변한 듯 피는 단숨에 넘어가고, 동물은 단지 쭈글쭈글한 가죽으로만 남았다.

갈증이 완전히 가시지는 않았어도 일단 위험은 넘긴 셈이었다. 그는 황급히 소소자와 체르샤를 연결한 끈을 풀고 강으로 달려가 화백을 물속으로 던졌다. 강가는 흙탕물이었지만 깨끗한 물을 찾기에는 너무 급했다.

주적자는 화백의 안위는 확인하지도 않고 이십 장 정도 떨어진 곳에 있는 사슴처럼 생긴 짐승 두 마리를 사냥했다. 짐승을 끌고 소소자와 체르샤가 있는 곳에 온 주적자는 잠시 망설이다가 짐승의 목에 상처를 냈다.

소소자와 체르샤를 어떻게 깨울지 방법을 몰랐기 때문에 피를 이용하기로 한 것이다. 그는 뭉클뭉클 쏟아지는 피를 양손으로 받아 둘의 얼굴에 끼얹었다. 그리고 막 두 번째 손짓을 하려 할 때 소소자가 눈을 부릅떴다.

붉게 변한 눈동자는 누가 가르쳐 주지도 않았는데 단번에 짐승을 찾아냈다. 땅을 두 바퀴 구른 소소자는 짐승의 목에 이빨을 박았다. 체르샤도 눈 세 번 깜빡일 시간이 지나지 않아 소소자와 같은 움직임을 보였다.

주적자는 그들을 잠시 내려다보다 강가로 갔다. 화백의 모습은 흙탕물 때문에 보이지 않았다. 그는 강으로 들어가 바닥을 더듬었다. 허벅지까지 물이 찼기 때문에 머리를 물속으로 집어넣어야 했다.

"푸우!"

주적자는 머리를 빼고 황급히 돌아섰다. 그곳에 화백이 있었다. 웃는 얼굴의 화백이…….

*   *   *

라라카슈는 양젖이 든 양동이를 들고 집으로 향했다. 그녀가 사는 카슈가르는 실크로드의 천산(天山) 남로(南路)와 북로(北路)가 만나는 지점이기도 했고 타클라마칸 사막의 종착지라는 상징적인 의미도 있었다. 거기에 넓은 초원과 수량이 많은 강이 있어 사람들로 북적이는 곳이 카슈가르였다.

자연히 풍부한 물자로 인해 부를 누리는 사람들이 많았지만 라라카슈의 집은 그런 혜택을 받지 못했다. 여관을 경영하는 그녀의 집은 카슈가르의 시내에서 한참 떨어진 외곽에 있을 뿐 아니라 건물도 허름해서 돈 없는 여행자나 오래전부터 드나드는 몇몇 단골 카라반이 손님의 전부였다.

그녀가 태어나 자란 십칠 년 동안 새로운 얼굴의 카라반이 단골로 등장한 적은 한 번도 없었다. 그제 그 얼마 되지 않는 단골 카라반 중 한 무리가 와서 여관이 제법 활기를 띠고 있었다.

그녀는 품속의 양젖이 든 자기병을 손으로 더듬어 확인한 후 황토색의 낡은 여관으로 들어갔다. 원래는 하얀 칠을 했었는데 세월과 모래바람이 깨끗하게 놔둘 리가 없었다. 사막에 접한 모든 건물들이 그렇듯 그녀의 집도 흙으로 지어져 있었다. 방이 모두 열 개밖에 없는 작은 여관은 열여섯 명의 카라반들이 모두 들어찬 상태였다.

그녀는 가족들이 사는 여관의 우측으로 향했다. 부엌에 들어서자 어머니 사라이나가 등을 보인 채 저녁 식사를 준비하고 있었다.

"엄마, 양젖 여기다 놔두고 가요."

라라카슈는 그 말만 하고 재빨리 부엌을 빠져나왔다. 뒤에서 사라이나가 식사 준비 하는 것을 도와달라고 소리쳤지만 그녀에게는 더 급한 볼일이 있었다.

방에 들러 옷을 갈아입은 그녀는 자기병을 들고 복도를 따라 손님들이 묵는 곳으로 향했다. 양쪽에 방을 둔 복도는 지은 지 오래된 건물이으레 그렇듯 상당히 넓었다. 라라카슈는 끝에서 두 번째 방 앞에서 걸음을 멈추고 옷매무새를 가다듬은 후 문을 두드렸다.

"열려 있소."

안에서 들린 소리에 그녀는 차가운 문고리를 살며시 밀었다. 침상에 앉아 허리를 숙이고 있는 사내의 머리 꼭대기가 보였다. 그의 다리에는 부목이 대어져 있었는데 지금 그것을 푸는 중이었다.

"괜찮으세요?"

그녀의 목소리에 왕족발이 화들짝 놀라며 고개를 들었다.

"네… 네, 꽤… 괜찮습니다."

그의 준수한 얼굴은 그녀를 보자 언제나처럼 붉게 물들었다. 카라반 중 가끔 티나이 인이 있기는 하지만 저처럼 잘생긴 사람은 처음이었다. 티나이 말을 배워두길 잘했다는 생각을 하는데 왕족발의 목소리가 들렸다.

"무, 무슨 일로 절……?"

그녀는 뒤에 숨겨두었던 자기병을 내밀었다.

"양젖이에요. 금방 짜서 따뜻하고 굉장히 고소해요."

왕족발은 그녀를 똑바로 쳐다보지도 못하고 손을 내밀었다. 자기병을 잡던 그의 손이 그녀의 손가락에 스쳤다. 그러자 불에 대인 것처럼 화들짝 놀라 손을 뺐다.

"왜 그러세요?"

"아, 아닙니다. 그냥……."

"훗!"

그녀는 참지 못하고 웃음을 터뜨렸다. 처음에는 왜 저러나 했는데 하루가 지나지 않아 그것이 수줍음이라는 것을 알 수 있었다. 라라카슈는 방을 가로질러 왕족발의 곁에 털썩 앉았다. 그러자 깜짝 놀란 그가 황급히 옆으로 비켜났다. 그녀는 장난기가 발동해서 왕족발이 움직인만큼 다가갔다. 왕족발은 또 물러나려 했지만 침대의 끝에 다다라 더 이상 갈 공간이 없었다.

그녀는 고개를 푹 떨구고 있는 왕족발에게 자기병을 내밀었다. 잠시 망설이던 그는 라라카슈의 손가락을 피해서 자기병을 잡았다.

"드세요."

"네. 고, 고맙……."

왕족발은 말끝을 흐리고 자기병을 입으로 가져갔다. 그의 턱을 타고 양젖 두 줄기가 흘러내렸다. 그녀는 아무 생각 없이 손수건을 꺼내 왕족발의 턱을 닦아주었다. 그런데…….

"푸우—!"

양젖을 벌컥벌컥 들이키던 왕족발의 입에서 뿜어져 나온 하얀 액체가 그녀의 얼굴에 쏟아졌다. 눈을 감고 있는데 거친 기침 소리가 들렸다. 그녀는 얼굴을 닦고 눈을 떴다. 왕족발은 얼굴을 붉게 물들인 채 연신 기침을 해대면서도 뭔가 말을 하려 애썼다.

"전 괜찮아요. 천천히, 깊이 숨을 쉬세요. 천천히…….

왕족발은 말 잘 듣는 아이처럼 숨을 들이켰다. 잠시 후 기침을 멈춘 그는 입만 뻐끔거리며 어쩔 줄을 몰라 했다. 집에 불을 지른 정도의 죄를 지은 사람처럼 보였다.

"미, 미안하오. 가, 갑자기… 사레가 들려서…….

한참 후에 나온 변명은 알아듣기조차 힘들었다. 그녀는 웃음을 머금고 물끄러미 왕족발을 보았다. 그럴수록 그의 고개는 아래쪽으로 내려갔다. 턱이 가슴을 뚫어버리지 않을까 염려스러울 정도였다.

"원래 그렇게 수줍음이 많으세요?"

"……."

그녀는 벽에 걸린 도를 힐끔 보고 말했다.

"무사세요?"

왕족발은 말없이 고개만 끄덕였다.

"멋지네요."

그녀를 힐끔 본 그의 시선이 다시 아래로 떨어졌다.

"당신의 나라 티나이에 대해 얘기 좀 해주세요."

"그게… 저… 그곳은 저……."

라라카슈는 손을 휘휘 저었다.

"아니, 됐어요."

왕족발에게 얘기를 들으려면 석 달 열흘은 기다려야 할 것 같았다. 그녀는 티나이 대신 왕족발의 다리로 관심을 돌렸다.

"정강이는 괜찮으세요?"

"네."

짧은 대답은 즉각 나왔다.

"돌풍에 휘말려서 투루파이 아저씨가 자고 있는 파오 위로 떨어졌다면서요?"

투루파이는 지금 묵고 있는 카라반의 수장이었다. 왕족발이 고개를 끄덕이자 다시 물었다.

"그런데 다리뼈에 금이 가는 부상밖에 안 당했다는 말이에요?"

"운이 좋았죠."

귀를 기울이고 있지 않으면 알아들을 수 없을 정도로 작은 목소리였다. 그녀는 왕족발의 다리를 가리켰다.

"그런데 왜 부목의 끈은 풀었어요?"

"그만 하려구요."

"왜요? 다 나았어요?"

"네."

왕족발은 대답을 하고 풀다 만 부목을 정강이에서 떼어냈다. 그 근처를 몇 차례 문지른 왕족발은 발을 한 번 구르더니 일어섰다. 이마에 주름이 잡히는 것으로 보아 아픈 것 같은데 다시 앉지 않고 걸음을 내디뎠다.

불안한 것은 처음 몇 자국뿐이었고 방 안을 한 바퀴 도는 동안 본래의 걸음걸이에 가까워졌다.

"정말 괜찮아요?"

왕족발은 그저 씨익 웃는 것으로 자신의 건재를 알렸다. 순진무구해 보이는 그 웃음이 너무 보기 좋았다.

땡! 땡! 땡!

밖에서 저녁 식사를 알리는 종소리가 울렸다. 그녀는 왕족발의 손을 덥석 잡고 끌었다.

"가요."

지금 왕족발의 얼굴이 어떠리라는 것은 안 봐도 훤히 알 수 있었다. 그의 손에 난 땀까지도 기분 좋은 감촉으로 다가왔다.

열일곱.

첫 사랑의 시작이었다.

　　　　　*　　　　　*　　　　　*

　"살려둬."

　프로켈의 말에 단탈리안은 고개를 저었다.

　"그럴 수 없어. 엘릭서를 탐내는 자는 누구를 막론하고 죽여 없애야
해."

　그는 지하실 한쪽에 마법력이 깃든 수갑과 족쇄를 찬 넷을 힐끔 보
고 말했다.

　"저들은 이미 잡혔으니 어떤 위험도 될 수 없어. 그러니 내 결정이
날 때까지 죽이면 안 돼."

　단탈리안은 프로켈의 눈을 물끄러미 쳐다보았다.

　"너, 대체 왜 저들을 살려두려는 거지? 이유가 뭐야?"

　"네게 내 감정까지 말할 필요는 없어."

　"아니! 엘릭서에 관한 것이라면 뭐든 내게 말해야 해!"

　프로켈은 단탈리안의 뒤통수에 손을 얹어 자신 쪽으로 끌어당겼다.

　"잘 들어. 내가 살려두라고 명령했으니 넌 시키는 대로만 하면 되는
거야. 더 이상의 어떤 말도 필요없어. 알았나?"

　단탈리안은 억지로 고개를 들었다.

　"혹시 저 여인을 좋아하는 것 아니냐?"

　이 녀석은 언제나 그렇듯 기분 나쁠 정도로 날카로웠다. 프로켈은
단탈리안의 가슴을 밀어 물러서게 한 후 손가락질을 했다.

　"네가 상관할 바가 아니야. 다시 한 번 말하지만 저들을 살려둬. 내
가 부쿠브 카키슈를 찾아올 동안 저들의 손가락 하나라도 상했다간 널
가만두지 않을 것이다. 알겠나?"

단탈리안은 한숨과 함께 고개를 저었다.

"너의 그 천방지축은 세월이 지나도 변함이 없군."

"알겠냐고 물었잖아!"

그의 외침이 지하실 안을 쩌렁하게 울렸다. 단탈리안의 대답은 그 여운이 사라지고 난 한참 후에 들렸다.

"그렇게 하지."

"좋아, 진작 그렇게 나왔어야지."

프로켈은 단탈리안의 볼을 가볍게 두드린 후 지하실을 나섰다. 그의 뒤통수에 대고 단탈리안이 말했다.

"방심하지 마. 부쿠브 카키슈를 가지고 있는 녀석은 파주주까지 없애 버릴 정도로 강한 놈이니까. 그리고 이십 일 안에 꼭 가져와야 해."

손을 어깨 너머로 보여 대답을 대신한 프로켈은 문을 나서려다가 당과에게 시선을 던졌다. 마침 그를 보고 있던 그녀의 눈길과 정면으로 부딪쳤다.

'오오크의 마력이 담긴 떡갈나무 숲이 아니었다면 저 여인을 이길 수 있었을까?'

솔직히 확신할 수 없었다. 마신이 아닌 존재가 마신보다 더 강하다는 것은 놀라움 그 자체였다.

프로켈은 나가려다 말고 당과에게로 발길을 돌렸다. 그녀가 깨어난 후 아직 한마디도 나누지 않은 상태였다.

"불편하더라도 조금만 참아. 일을 끝내면 풀어줄 테니까."

"……."

"나와 한 약속은 잊지 않았겠지?"

이번에도 대답이 없었다. 그가 다시 한 번 물었지만 돌아온 것은 침묵뿐이었다. 프로켈은 그저 싱긋 웃어 보인 후 지하실을 나섰다. 이 일은 부쿠브 카키슈를 찾은 후에 해결해도 늦지 않았다.

'타클라마칸 사막까지 갔다 오려면 서둘러야겠군.'

*　　　　*　　　　*

주적자 일행이 당도했던 곳은 호탄이란 도시였다. 호탄은 강과 초원이 있는 탓에 만 명에 이르는 사람들이 터를 잡고 있었다.

그들은 그곳에서 운 좋게 소그디아나로 가는 카라반을 만날 수 있었다. 중원을 떠날 때 준비해 온 금괴를 내밀자 카라반의 수장 나오야 샤두크는 주적자 일행의 동행을 선뜻 허락했다.

"휴— 또 지겨운 사막이군. 흡혈야황 때문에 이게 무슨 고생인지."

낙타 위에서 투덜거리는 체르샤에게 소소자가 물었다.

"편하게 가고 싶은 거냐?"

"당연하죠. 이 사막도 낙타 등도 지긋지긋하다구요."

사막에서 하마터면 죽지도 살지도 못하는 영원의 시간을 보낼 뻔했으니 저런 말이 나올 만했다.

"편하게 가고 싶으면 간단한 방법이 있지."

"어떻게요?"

"일단 낙타 등에서 내려. 그리고 걸어."

"그리고요?"

"걷고 또 걷는 거지."

"그게 편한 방법인가요?"

"그 다음에 낙타를 타봐. 그럼 얼마나 편하게 느껴지겠냐?"

체르샤는 소소자를 향해 손을 휘휘 저었다.

"관두죠."

주적자는 그들의 쓸데없는 대화를 듣고 있다가 샤두크에게 다가갔다.

"소그디아나까지는 얼마나 걸립니까?"

"글쎄요, 서둘러 가면 보름 정도 걸릴 겁니다."

고리눈에 뭉툭한 코, 두꺼운 입술을 덮은 거친 수염은 샤두크의 인상을 험악하게 보이도록 만들었는데, 실제로는 대단히 친절한 사람이었다.

"호탄이 비단길의 천산 남로 끝자락에 위치해 있다는데 그것이 맞습니까?"

"네."

주적자는 고개를 절레절레 저었다. 그들이 원래 갔던 곳은 천산 북로였다. 그런데 이곳이 천산 남로이니 결국 며칠을 달려서 타클라마칸 사막을 종단한 것이다.

'살아난 것이 기적이군.'

그는 생각을 하고 다시 물었다.

"혹시 소그디아나에 있는 무그 산까지 우리를 안내해 주실 수 있겠습니까?"

"무그 산을 왜 가려고 그러시오?"

"개인적인 용건입니다."

현명한 사람이 으레 그렇듯 샤두크는 깊이 파고들지 않았다.

"뭐, 어렵지는 않소이다. 내가 직접 안내하기는 뭐하고 사람을 소개시켜 주리다."

주적자는 고맙다는 인사를 하고 사막 저쪽을 보았다. 너무 힘든 시련을 딛고 일어선 탓인지 사막이 그리 힘들게 느껴지지 않았다.

"주 보표님!"

체르샤가 그를 부르며 급하게 다가왔다.

"무슨 일인데 그렇게 호들갑이야?"

소소자가 따라오며 물었다. 체르샤는 품에서 당과를 찾을 수 있는 수정구를 꺼내 주적자 앞에 내밀었다.

"수정구는 왜?"

주적자는 물음을 멈췄다. 수정구에 당연히 표시되어 있어야 할 당과의 점이 감쪽같이 사라져 버렸다. 오직 그가 있는 표시만이 홀로 자리할 뿐이었다.

"언제 사라진 거냐?"

"정신을 잃기 전에 보고 이번이 처음이니 정확한 시간은 알 수 없죠."

"왜, 왜 갑자기 사라진 거지?"

체르샤는 곰곰이 생각하다가 검지와 중지를 폈다.

"두 가지 이유를 생각할 수 있습니다. 흡혈야황이 죽은 것일 수도 있고 특별한 결계 안에 들어가 있을 수도 있습니다."

주적자는 당연히 후자일 것이라 확신했다. 그녀를 죽일 수 있는 것은 세상에 아무것도 없었다.

"그럼 당과를 찾을 방법이 없느냐?"

"사라진 지점이 어딘지는 대충 알 수 있지만 정확한 곳을 짚어낼 수는 없습니다."

생각지도 못한 암초였다.

"어쨌든 그곳까지는 가야지."

소소자의 말에 주적지는 고개를 끄덕였다. 일단 움직이면서 생각해 봐야 할 문제였다.

'대체 당과에게 무슨 일이 일어난 걸까?'

*　　　*　　　*

라라카슈는 왕족발의 입이 떨어지기를 기다렸다. 하지만 그는 좀체 입을 열지 않았다. 그러자 투루파이가 다시 물었다.

"우리와 갈 텐가, 아니면 여기 남을 텐가?"

왕족발의 시선이 투루파이에서 라라카슈로 다시 여관 뒤편에 펼쳐진 초원으로 옮겨졌다. 그의 눈빛은 뭔가를 찾는 듯한 빛을 띠고 있었다.

"어떻게 할 거예요?"

그녀가 참지 못하고 왕족발의 대답을 채근했다. 하지만 그의 고민은 쉽게 끝나지 않았다. 이유를 알 수 없어서 더욱 답답했다. 라라카슈는 '혹시 나 때문이 아닐까?' 하는 생각을 해봤지만 그것은 자아도취(自我陶醉)일 뿐이라는 것을 알고 있었다.

왕족발은 긴 한숨을 내쉬고 입을 열었다.

"이곳에 남겠소이다."

라라카슈는 하마터면 환호성을 지를 뻔했다. 이미 떠날 준비가 되어 있었기 때문에 투루파이는 간단한 인사로 작별을 고했다. 투루파이가 점으로 변할 때까지 그쪽을 보고 있던 왕족발은 축 처진 어깨를 하고 돌아섰다.

"어떻게 하실 거예요?"

그녀의 물음에 왕족발은 고개를 저었다.

"아직 모, 모르겠소."

사 일이나 같이 있었는데도 그는 여전히 그녀 앞에서 말을 더듬었다.

"그런데 나, 난 돈이 어, 없어서⋯⋯."

"괜찮아요. 대신 일은 하셔야 할 거예요. 부모님이 놀고 먹는 꼴은 못 보거든요."

왕족발은 고개를 끄덕였다.

"들어가죠."

그녀는 왕족발의 팔을 잡고 끌었다. 쩔쩔매는 왕족발과 막 여관 안으로 들어가려는데 초원 저쪽에서 오고 있는 카라반 한 무리가 보였다.

'어? 샤두크 아저씨인가? 그러고 보니 오실 때가 되었군.'

단골 카라반들은 오는 기간이 거의 일정하기 때문에 누군지 대충 짐작할 수 있었다. 라라카슈는 여관으로 들어가지 않고 문 앞에서 카라반을 기다렸다.

여관에 도착한 열두 명의 카라반은 그녀의 예상과는 달리 낯선 사람들이었다. 사막을 가로지른 사람들답게 지저분한 그들은 아랍인처럼 보였는데 등에 모두 반월도(半月刀)를 메고 있었다.

"어서 오세요!"

그녀의 환대에 유난히 검은 얼굴에 짧은 수염을 기른 삼십 대 중반의 사내가 낙타에서 내리며 물었다.

"방은 있겠지?"

첫 대면부터 반말로 나오는 것이 기분 나빴지만 그런 사람이 종종 있으니 신경 쓰고 싶지 않았다.

"네, 며칠이나 묵으실 건가요?"

얼굴이 심하게 얽은 사내가 대꾸했다.

"그건 네가 어떻게 해주느냐에 따라 다르지. 흐흐흐."

그 말에 카라반 일행 모두가 웃음을 터뜨렸다. 열다섯 살 이후 몇 번 받아본 이런 종류의 희롱은 언제나처럼 기분이 나빴다. 그녀는 '여기서 잠시 기다리세요'라는 말을 남기고 돌아섰다.

라라카슈는 여관 뒤쪽으로 돌아가는 왕족발을 일별하고 안으로 들어갔다.

'아무래도 피곤한 손님들인 것 같군.'

스무 마리 남짓한 양들이 풀을 뜯고 있는 초원의 풍경은 한가롭기 그지없었다. 멀리 보이는 산과 파란 하늘의 엷은 구름이 어울려 한 폭의 그림을 보는 듯했다.

"휴—!"

왕족발은 요즘 부쩍 한숨 쉬는 횟수가 잦아졌다. 고민이 많은 탓이었다. 폭풍에 휘말려서 살아난 것은 천행(天幸)이었지만 그 후의 일이 갑갑했다. 일행의 행방도 모른 채 혼자서 서쪽으로 갈 수는 없는 노릇이고 중원으로 돌아가는 길도 쉽지 않았다.

'카슈가르가 비단길의 북로와 남로가 만나는 지점이라고 했으니 잘하면 이곳에서 일행을 만날 수도 있지 않을까?'

물론 희망 사항이었다. 그 험한 모래폭풍 속에서 그들이 살아 있을지도 알 수 없는 일이고 말이다.

"정말 난감하군."

어쩌면 이곳에서 살아야 될지도 모른다는 생각이 들었다. 뭐, 그것이 딱히 나쁠 것 같지 않았다. 왜? 라는 스스로의 질문이 따랐고 반사적으로 라라카슈의 얼굴이 떠올랐다.

가무잡잡한 얼굴에 큰 눈과 마늘쪽 같은 오뚝한 코, 도톰한 붉은 입술은 그의 가슴을 설레이게 하기에 충분했다. 거기에 직선적으로 '당신에게 호감있어요' 라는 의사를 전달하는 그녀가 어찌 사랑스럽지 않겠는가?

라라카슈와 이곳에서 산다는 생각만으로도 가슴이 두근거리는 왕족발이었다. 하지만 그에게는 짊어지고 가야 할 짐이 있었다. 일행과 떨어지는 바람에 왕족쌍을 구하는 일은 물 건너갔다고 하더라도, 정무문은 여전히 그에게 짐이고 의무였다. 이곳에서 주적자와 만나지 못한다면 결국 중원으로 돌아가야 할 것이다.

떠난다는 생각을 하자 라라카슈가 더욱 크게 다가왔다.

"젠장!"

그는 욕설을 뱉고 벌렁 드러누웠다. 하늘에 떠 있는 구름까지 그녀의 얼굴로 보였다. 왕족쌍이고 정무문이고 다 잊어버리고 그녀와 이곳에 살고 싶다는 생각이 간절했다.

"안 될 것도 없잖아."

머물 것인가, 떠날 것인가

제64장　머물 것인가, 떠날 것인가

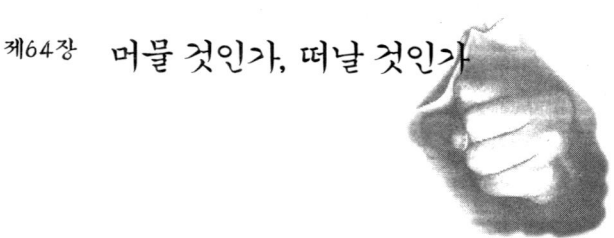

라라카슈는 밀가루가 든 양동이를 들고 여관문을 열었다. 갑자기 찾아든 손님들에게 때 아닌 식사를 준비하기 위해서 여관은 금세 분주해졌다.

"왕 공자가 도와주면 일이 좀 편해지겠지?"

그녀는 그 생각만으로도 입 언저리가 올라갔다. 안으로 들어가 문을 다시 닫고 돌아서던 그녀는 우뚝 멈췄다. 열 평 남짓한 현관에는 부모님이 꿇어앉아 계셨고 그 뒤로 여섯 명의 사내가 나란히 서서 그녀가 들어오는 것을 지켜보고 있었다.

"무슨……?"

라라카슈의 물음이 끝나기도 전에 뒤쪽 문이 쾅! 하고 닫혔다. 화들짝 놀라 고개를 돌린 그녀는 맨 처음 그녀에게 말을 건넸던 사내를 볼 수 있었다. 사내는 바로 코앞에서 느끼한 웃음을 지어 보였다.

"귀여운 아가씨, 며칠 동안 사이좋게 지내자구."

사내가 그녀의 머리칼을 건드리자 어머니가 소리쳤다.

"내 딸한테 손대지 마!"

사내의 시선이 어머니에게 향했다.

"이봐, 조급해하지 말라구. 너도 우리 중 누군가가 귀여워해 줄 테니까. 물론 내 취향은……."

그의 기분 나쁜 시선이 다시 그녀에게 돌아왔다.

"좀 더 젊고 싱싱한 쪽이니 내 관심을 받지는 못할 거야."

라라카슈는 사내의 팔을 치고 재빨리 어머니 곁으로 갔다.

"어머니, 괜찮으세요?"

"그래, 아직까지는……."

대답을 한 어머니는 아버지를 힐끔 보았다. 그는 잔뜩 겁먹은 얼굴로 바닥만 보고 있을 뿐이었다. 겁 많고 나약한 아버지는 이 사태를 해결하는 데 아무런 도움도 되지 못했다.

"당신들은 누구죠? 왜 카라반이 이런 짓을 하는 거예요?"

사내는 짐짓 어리둥절한 표정을 만들었다.

"누가 카라반이라는 것이냐?"

"그럼 당신들 정체가 뭐죠?"

씨익 웃음을 지은 사내가 자신의 이름을 밝혔다.

"콘드라 차 레이번. 이 이름은 들어봤겠지?"

라라카슈는 순간적으로 호흡이 멎는 것을 느꼈다.

콘드라 차 레이번!

이 이름을 어찌 들어보지 못했겠는가? 스물다섯 살 때부터 사막의 아수라라 불리우며 비단길을 지나는 카라반들에게 공포의 대상이 된 도적.

약탈은 물론 살인까지 서슴지 않는 레이번에게 죽은 사람만도 수백을 헤아렸다. 근 삼 년 동안 모습을 보이지 않아서 죽었다는 소문이 나돌았었는데 이곳에 나타나다니! 그녀 가족에게는 일생 최대의 불행이었다.

"그렇게 겁먹을 것 없어. 며칠 묵으면서 숙박하러 온 카라반이나 털고 너희가 내주는 약간의 재물만 가지고 떠날 테니까. 말만 잘 들으면 다치는 사람은 없을 거야."

"왜… 왜 하필 이곳이죠? 시내에 가면 우리보다 부유하고 카라반들이 많이 머무는 여관도 얼마든지 있는데."

"그곳은 좀 귀찮아서 말이야."

하긴 시내는 비교적 치안이 철저해서 레이번 같은 도적이 활동하기에는 껄끄러운 곳이었다.

"정말 며칠 지내다만 갈 건가요?"

어머니의 물음에 레이번은 이마에 주름을 만들며 고개를 끄덕였다.

"물론이지. 우리가 그 외에 뭘 하겠나? 아! 물론 너희들이 약간의 유희는 제공해 줘야지. 이런 외진 여관에서는 당연한 일 아니던가?"

"헛소리 집어치워요! 절대 당신들 뜻에 따르지는 않을 테니까!"

라라카슈가 강경하게 외치자 레이번이 천천히 다가왔다. 그의 발자국 소리가 심장을 찔러오는 칼끝처럼 느껴졌다. 바로 코앞까지 다가온 레이번이 갑자기 그녀의 머리칼을 움켜잡았다.

"악!"

비명을 지르는 그의 귀로 레이번의 숨결이 닿았다.

"너희들은 내가 시키는 대로 해야 한다. 먹으라면 먹고, 자라면 자

고, 벗으라면 벗어야 해. 너희들의 법은 바로 나야. 괜한 앙탈 부려서
날 피곤하게 하면 네 부모를 모두 죽여 버리겠어."

말을 끝낸 그의 혀가 귓불에 닿았다. 소름 끼치도록 끈적한 느낌은
온몸에 소름을 돋게 만들었다. 손끝 하나 까딱할 수 없는 압박감이 그
녀를 점령했다.

레이번의 혀는 볼을 타고 점점 입술 쪽으로 가까워졌다.

"그만둬!"

소리를 지르며 일어서려는 어머니를 뒤쪽에 있던 사내가 눌러 앉
혔다. 어머니가 반항해 보지만 우악스런 사내의 힘을 당할 수는 없었
다.

라라카슈는 용기를 모두 쥐어짜 레이번의 가슴을 밀어냈다. 하지만
그녀의 미약한 힘은 그를 한 발자국도 물러서게 하지 못했다. 머리칼
의 고통만 더 크게 만들 뿐이었다.

까칠한 혀가 볼을 타고 입술에 걸렸다. 그녀는 차라리 눈을 감아버
렸다. 그러자 혀의 감촉이 더욱 뚜렷하게 느껴졌다.

덜컹!

문이 열리는 소리에 그녀는 깜짝 놀라 눈을 떴다. 비로소 왕족발에
게 생각이 미친 것이다. 그가 이곳에 오면 죽임을 당할 것이 뻔했다.

다행히 문을 열고 들어온 사람은 레이번 일행이었다. 여전히 그녀
의 머리칼을 잡고 있던 레이번이 손에 반월도를 든 사내에게 물었다.

"찾았느냐?"

"아뇨, 찾을 수가 없습니다."

레이번은 그녀의 얼굴에 안면을 바짝 가져다 댔다.

"너하고 같이 있던 사내놈은 어디 있지?"

"몰라요."

"순순히 말하는 게 좋을 거야. 숨기면 그만큼 고통만 늘어날 뿐이니까."

"정말 몰라요."

그는 라라카슈의 눈을 노려보았다. 갈색 눈동자에 노란색이 또렷한 흰자위에는 거미줄 같은 핏발이 서 있었다. 전신을 찌릿찌릿하게 할 정도로 무서운 눈이었다.

"좋아. 일단은 믿어보기로 하지. 하지만……."

그의 말을 끊는 문 열리는 소리가 또 울렸다. 거실 안에 레이번 일행 여덟 명이 있으니 손님이 아니면 왕족발일 것이다. 그녀는 눈동자만 돌려 들어온 사람을 확인했다. 왕족발이었다.

라라카슈는 흠칫 놀라는 왕족발을 향해 소리쳤다.

"도망쳐요!"

그녀의 외침에도 불구하고 왕족발은 거실을 두리번거리고 있었다. 비로소 그녀는 왕족발이 알아들을 수 없는 언어로 소리친 것을 깨닫고 다시 타나이 말을 뱉으려 했다. 하지만 문 옆에 있던 사내의 움직임이 그녀를 앞질렀다.

사내는 반월도로 왕족발의 정수리를 내려쳤다.

"안 돼!"

그녀는 다음에 이어질 끔찍한 상황을 생각하고 눈을 감아버렸다.

퍼억!

"커억!"

칼이 머리를 가르는 소리도 이상했고 비명 또한 왕족발의 것이 아니었다. 그녀는 살며시 눈꺼풀을 밀어 올렸다. 그러자 목을 잡고 주춤주춤 물러서는 사내와 주먹을 내리는 왕족발이 한눈에 보였다.

왕족발은 앞으로 고꾸라지는 사내를 힐끔 보고 말했다.

"너희들은 뭐야?"

레이번 일행이 왕족발의 말을 알아들을 리 없었다. 라라카슈는 다가오려는 왕족발에게 소리쳤다.

"도망쳐요!"

한 명은 어떻게 해치웠지만 이 많은 수를 혼자 상대한다는 것은 불가능했다. 하지만 왕족발은 다가오는 것을 멈추지 않았다. 레이번을 보는 그의 눈에는 분노만 있을 뿐 두려움 따위는 없었다.

"없애 버려!"

레이번의 말이 떨어짐과 동시에 뒤에 서 있던 여섯 명이 동시에 움직였다. 그들은 왕족발을 반원으로 에워싸고 일제히 칼을 휘둘렀다. 머리와 허리, 다리로 동시에 날아드는 칼은 한 치도 피할 틈이 없었다. 무기도 없는 왕족발이 어떻게 저 공격을 막겠는가?

"버러지 같은 놈들."

왕족발의 중얼거림에서 어떤 힘이 느껴졌다.

쉬이익—

여섯 개의 칼 중 어느 하나도 왕족발을 베지 못하고 허공을 갈랐다. 어떻게 움직였는지 알 수 없는 왕족발은 어느새 사내들의 뒤쪽에 서 있었다. 당황한 사내들이 그를 찾아 돌아설 때 팔이 움직였다.

우두둑!

뼈가 어긋나는 소리와 함께 가장 가까이 있는 사내의 고개가 뒤쪽으로 돌아갔다. 자신의 등을 내려다보는 자세로 무너진 사내의 몸뚱이가 바닥에 닿기도 전에 왕족발의 손은 다른 표적을 때리고 있었다.

퍼억! 하는 둔탁한 소리와 함께 이마에 점이 있는 사내가 비명도 없이 주저앉았다.

"이얏!"

유난히 눈이 큰 사내가 용기를 북돋는 듯 고함을 지르며 달려들었다. 하지만 머리 위로 들어 올린 칼을 채 내려치기도 전에 왕족발의 주먹이 가슴을 파고들었다.

우직!

판자가 부서지는 듯한 소리와 함께 사내 가슴에 주먹이 반 넘게 파고들었다. 입에서 내뿜어지는 피를 피하며 왼쪽으로 빙글 돈 왕족발의 손이 어지럽게 움직였다.

쿵!

세 명이 바닥으로 나뒹구는 소리는 하나로 섞여서 울렸다. 널브러진 사내 일곱 명 중 누구도 움직이지 않았다. 등과 가슴이 움직이지 않은 것으로 보아 죽은 것 같았다.

'어떻게 주먹 한 방으로 사람을 죽일 수가 있지?'

라라카슈는 자신을 무사라고 한 왕족발을 보았다. 무려 일곱 명을 죽였음에도 표정에 변화가 없었다. 냉혹하게 보일 만도 한데 무서움이 아닌 든든함으로 다가왔다.

"넌 뭐냐?"

그녀의 머리칼을 잡고 있는 레이번의 목소리에서 두려움이 묻어 나왔다. 말을 알아들을 리 없는 왕족발이 대답없이 다가왔다. 몸을 흠칫 떤 레이번이 황급히 라라카슈의 목에 칼을 들이밀었다.

"다가오지 마!"

하지만 왕족발을 걸음을 멈추지 않았다. 레이번은 그제야 왕족발이 말을 못 알아듣는다는 것을 깨달았는지 그녀에게 소리쳤다.

"빨리 통역해! 다가오면 널 죽여 버리겠다고 말이야!"

말을 전해야 할지 망설이는 그녀의 눈에 왕족발이 칼의 손잡이를 툭 차는 것이 보였다. 별로 힘들어 찬 것 같지도 않은데 칼은 바닥에 깔려 쏜살처럼 날아왔다. 그녀의 시야가 칼을 쫓기도 전에 레이번의 비명이 들렸다.

날아온 도는 레이번 정강이에 박혀 흔들거리고 있었다.

"내게 위협 따위는 하지 마."

라라카슈는 바로 앞에서 들리는 소리에 화들짝 놀라 고개를 들었다. 어느새 다가온 왕족발이 칼을 쥔 레이번의 팔목을 잡고 있었다.

"비, 비켜요."

이 상황에서도 말을 더듬는 왕족발이었다. 그녀는 화들짝 놀라 레이번의 손을 빠져나왔다. 그녀가 유일한 생의 활로라고 느낀 레이번이 팔을 휘저어 잡으려 했지만 왕족발이 그것을 용납하지 않았다.

우둑!

뼈 부러지는 소리와 함께 레이번의 팔이 이상한 각도로 꺾였다. 요란스럽던 레이번의 비명이 어느 순간 뚝 끊겼다. 왕족발에게 목을 잡힌 채 혀를 길게 빼 문 레이번은 사자(死者)의 모습 바로 그것이었다.

레이번을 놓은 왕족발이 잔뜩 떨리는 목소리로 물었다.

"괘, 괜찮소?"

"네."

왕족발은 라라카슈의 시선을 피하며 시체들을 주섬주섬 한쪽으로 모았다. 여덟 구의 시체를 쌓은 그가 밖으로 내가기 위해 출입구로 향할 때였다.

덜컹!

갑자기 문이 열리며 시커먼 사내가 들어왔다. 깜짝 놀란 왕족발이 본능적으로 사내를 공격할 때 라라카슈가 소리쳤다.

"멈춰요!"

왕족발의 주먹은 간발의 차로 험악한 인상의 사내 코앞에서 멈췄다.

"샤두크 아저씨!"

막 들어온 사내는 여관의 단골인 나오야 샤두크였다.

"무슨 일이냐?"

시체를 발견한 샤두크가 깜짝 놀라 뒤로 물러섰다.

"괜찮아요. 다 끝났어요."

왕족발이 시체를 치우기 위해 몸을 돌리는데 샤두크의 일행들이 우루루 안으로 들어왔다. 모두들 라라카슈에게는 익숙한 얼굴들인데 낯선 인물 몇이 눈에 띄었다. 그들 모두 타나이 사람들 같았다. 그런데 그중 가장 키가 작은 사내가 깜짝 놀라는 표정을 지으며 소리쳤다.

"왕족발!"

시체 두 구를 손에 들던 왕족발이 깜짝 놀라 돌아섰다.

"소 의원!"

"너도 참 억세게 운 좋은 놈이다."

시체를 여관에서 멀리 떨어진 초원에 모두 묻은 후 소소자가 꺼낸 첫마디였다.

"쳇! 모래폭풍에 휘말려 다리가 부러진 내 운이 좋으면 정말 운 좋은 놈은 백 명의 미녀와 천 년 동안 살겠구려."

주적자가 시체가 묻힌 땅을 발로 눌러 다지며 말했다.

"어쨌든 이렇게 다시 만났으니 운이 좋다고 할 수 있지. 소그디아나까지 안내해 줄 카라반도 있고 말이야."

"하루만 여기서 쉰다고 했으니 빠르면 십 일 후쯤 도착할 수 있겠군."

왕족발은 어두운 안색을 하고 돌아섰다. 일행을 만나서 기쁘기는 했지만 라라카슈 때문에 떠나기가 망설여졌다. 그의 안색을 확인한 소소자가 물었다.

"물먹은 창호지처럼 왜 그렇게 축 처져 있냐?"

왕족발은 소소자를 힐끔 보고 여관으로 향했다. 이백 장 남짓 한 거리가 유난히 멀게 느껴졌다. 그는 여관 앞마당에서 왁자지껄 떠들고 있는 카라반을 지나 자신의 방으로 향했다.

막 문을 여는데 방 안에서 라라카슈의 목소리가 들렸다.

"오래 걸리셨네요."

왕족발은 화들짝 놀라 침상에 앉아 있는 라라카슈를 보았다. 그녀의 얼굴은 붉게 상기되어 있었다.

"내, 내 방에는 무, 무슨 일이오?"

그녀는 자신의 옆 자리를 두드렸다.

"앉으세요."

왕족발은 라라카슈 옆 대신 문 바로 옆에 있는 의자에 앉았다. 그녀는 한숨을 쉬더니 그의 옆에 있는 또 다른 의자로 자리를 옮겼다. 여자 특유의 풋풋한 내음이 후각을 간질였다.

"왕 공자님, 제 물음에 솔직히 대답해 주세요."

"무, 무슨 질문인데요?"

"절 좋아하세요?"

왕족발은 선뜻 대답하지 못했다. '물론이죠'라고 말하고 싶었지만 그의 여자에 대한 오랜 버릇은 쉽사리 고쳐지지 않았다. 왕족발의 대답이 없자 라라카슈가 말했다.

"전 당신을 좋아해요."

그의 심장이 족히 두 자는 아래로 내려앉았다. 모든 여자들이 자신을 좋아할 거라고 확신했지만 실제로 받는 고백은 예상보다 더욱 놀라웠다.

"무, 물론······."

한참 동안 말을 더듬던 왕족발은 긴 한숨과 함께 고개를 떨궜다. '물론 나도 당신을 좋아하오'라는 말을 뱉는다는 것은 불가능했다. 아무리 너그럽게 봐주려 해도 목을 매달고 싶을 정도로 한심하다는 생각이 들었다.

'역시 난 안 돼.'

자학하는 그에게 다시 그녀의 목소리가 들렸다.

"말씀하기 힘들면 고갯짓으로 대답하세요. 절 좋아하세요?"

왕족발은 자신이 낼 수 있는 최대한의 속도로 고개를 끄덕였다. 턱이 가슴을 때려 아프기까지 했다.

"다행이네요."

그녀는 살짝 얼굴을 붉힌 후 다시 물었다.

"그럼 여기를 떠나지 않겠네요?"

그는 선뜻 대답하지 못했다. 대답없음이 길어지자 라라카슈가 같은 내용의 질문을 던졌다.

"절 좋아하시니까 여기서 같이 살 거죠?"

이번에도 왕족발은 몸과 말 모두로 침묵을 지켰다. 아직 결정을 내리지 못한 상태에서 함부로 대답할 수가 없었다. 그녀는 내일 세상이 멸망하기라도 하는 것처럼 낙담한 표정을 지었다.

"결국 떠나시는군요."

"아, 아니오!"

왕족발은 최대한 큰 목소리로 말했다. 그러자 그녀의 얼굴이 금세 환해졌다.

"그럼 안 떠나시는 건가요?"

왕족발은 고개를 푹 수그리고 기어 들어가는 목소리로 말했다.

"아, 아직 잘 모, 모르겠소."

그녀의 표정이 다시 어두워졌다. 정말 천변만화(千變萬化)하는 얼굴이었다.

"그래요? 전 당신이 떠나지 않았으면 좋겠어요. 레이번 같은 도적이 또 쳐들어오면 누가 우리를 지켜주겠어요?"

라라카슈는 가슴 찡한 말을 던져 놓고 방을 나갔다. 왕족발은 그녀가 나간 방문을 물끄러미 쳐다보다가 침대로 몸을 던졌다. 머리가 복잡할 때는 한숨 자는 것이 최고였다.

하지만 잠은 쉽게 그를 찾아오지 않았다. 왕족쌍을 구하러 가야 할지 라라카슈를 선택할지에 대한 찬성과 반대가 끊임없이 부딪치며 그의 머리 속을 혼란스럽게 만들었다.

이리저리 뒤척이며 침대만 괴롭히는 그에게 소소자가 찾아와 '무슨 일이냐?'고 집요하게 파고들었지만 그의 침묵에 백기를 들고 물러났다. 그렇게 그날이 가고 떠나야 할 시간이 다가왔다.

카라반과 주적자 등은 모두 채비를 갖추기에 분주한 모습이었다. 그러나 왕족발은 여전히 벽에 붙은 침상에 앉아 고민을 계속하고 있었다.

소소자가 기척도 없이 문을 벌컥 열었다.

"떠날 준비 안 하고 뭐 해?"

자꾸 채근을 하는 소소자에게 벌컥 화가 치밀었다.

"손은 밑 닦을 때만 쓸 거요? 문 좀 두드려요! 예의라고는 병아리 눈물만큼도 없다니까!"

소소자는 어이없다는 표정으로 물끄러미 쳐다보더니 다가와서 그의 이마를 짚었다. 왕족발은 소소자의 손을 거칠게 밀어냈다.

"뭐 하는 거예요?"

소소자는 감 잡았다는 듯이 고개를 끄덕였다.

"역시 그렇군."

"뭐가요?"

"너, 아무래도 뭔가 잘못된 것 같다."

"뭐가 잘못됐다는 것이오?"

소소자는 특유의 장난스러운 얼굴을 하고 물었다.

"너, 지금 떠나야 할지 말아야 할지 고민하고 있는 것 아니냐? 이유는 물론 이 집 딸 때문일 테고."

왕족발은 속이 뜨끔했다. 역시 소소자는 의술보다 눈치가 백배는 뛰어난 인간이었다. 그가 대답이 없자 소소자는 짐짓 심각한 표정을 지어 보였다.

"이건 정말 너답지 않은 행동이야. 사람이 변하면 죽을 징조라는데……."

"또 뭔 소리를 하려고 그러시오?"

"네가 여자를 두고 고민을 하고 있으니 말이다. 네게 세상 어떤 일보다 우선하는 것이 여자잖아. 그런데 동생과 여자 사이에서 갈등하니 분명 정상은 아니지."

"그럼 내가 여자 때문에 동생은 아무렇게나 팽개치는 위인이라는 말이오?"

"아무렇게나 팽개친다는 표현이 좀 과격하기는 하지만 뜻은 과히 틀리지 않으니 그렇다고 할 수 있지."

배배 꼬인 말을 한참 동안 풀어 생각한 왕족발은 버럭 소리를 질렀다.

"이보시오! 내가 아무리 여자를 좋아해도 천륜을 버릴 만큼 막돼먹은 인간은 아니오!"

"쯧쯧쯧, 넌 어린것이 왜 그렇게 머리가 굳었냐? 좀 유연한 사고를 가져라. 네가 간다고 왕족쌍을 구하고 안 간다고 그 얘가 죽을 거라고 생각하냐? 넌 어차피 대세에 아무 영향도 못 미치는 쭉정이일 뿐이야."

왕족발은 뭐라고 반박하려 했지만 과히 틀린 말은 아니었다. 어쨌든 일행 중 그가 가장 약한 것은 틀림없으니 말이다. 그의 뒤틀린 심사를 소소자가 더 꼬이게 만들었다.

"사서 고생하지 말고 그냥 여기 자빠져 있어. 우리가 네 동생 구해 올 테니까."

소소자는 그 말을 남기고 휭하니 나가 버렸다. 속이 부글부글 끓었지만 마땅히 반박할 말이 없었다. 그래서 더 화가 났다.

'정말 난 쓸모없는 놈이란 말인가?'

"나도 갈 거요!"

왕족발은 그렇게 간단한 말로 막 떠나려는 주적자 일행을 따라나섰다. 라라카슈는 이미 얘기를 들었는지 눈물 젖은 손수건으로 왕족발을 배웅할 뿐 말리지 않았다.

소소자가 저 앞에서 체르샤와 어깨를 나란히 하고 가는 왕족발을 보며 소곤거렸다.

"어때? 내 말이 맞지?"

방에서 왕족발에게 했던 얘기를 전해 들었기 때문에 주적자는 실소를 머금고 물었다.

"왜 족발이를 데려가려고 하는 거냐? 이곳에 있는 것이 더 나을 수도 있잖아."

소소자는 왕족발을 보며 말했다.

"그래, 그게 안전한 방법이지. 하지만 먼 훗날 저 녀석은 후회하지 않을까?"

"후회라니?"

"만약 일이 잘못되어 족쌍이를 구하지 못한다면 그것이 한평생 그늘로 남겠지. 인생이란 거친 파도를 뚫고 가는 항해 같은 것이 아닐까? 피하려고 돌아가다가는 배 옆면에 파도를 맞고 뒤집힐 수도 있지. 죽든 살든 정면으로 뚫고 나가야만 하는 것이 인생 같아. 왕족발이 여기서 안주하는 게 좋을 수도 있겠지. 녀석 인생의 부두가 이곳이라면 말이야. 하지만 과연 그럴까?"

소소자의 말이 무슨 뜻인지 이해할 수 있었다. 후회로 점철된 인생은 결국 세상 밑으로 침몰해 버린 배일 수밖에 없었다.

'그렇게 싸워 나가는 것이 인생이겠지.'

주적자는 이런 생각을 하며 멀리 있는 산을 보았다. 산은 봉우리에 만년설(萬年雪)을 흰머리처럼 얹고 있었다. 타클라마칸 사막을 얼마 벗어나지도 않았는데 주위는 초원과 산으로 둘러싸인 지형으로 변했다.

그들은 천산산맥의 끝자락을 따라 서쪽으로 향했다. 꼬박 열흘이 걸려 도착한 소그디아나는 비단길의 어떤 녹원 마을보다 번화했다. 중원의 항주나 소주에 비할 바는 아니지만 그동안 지나온 곳에 비하면 화려의 극치라고 할 수 있었다.

이층이나 삼층 건물이 도시 여기저기에 세워져 있고 길가에는 상인과 손님들로 북적였다. 그들은 마을의 외곽에 위치한 카라반 전용 여관에 짐을 풀었다. 모든 시설을 카라반을 위해서 지어놓은 삼층 높이의 여관은 깨끗하고 안락하게 보였다.

"무그 산까지 안내해 줄 안내인을 데려오겠소."

그렇게 말하고 여관을 나선 샤두크는 한 시진 후에 이십 대 중반의 청년을 데리고 돌아왔다. 가무잡잡한 피부에 수염 한 가닥 안 기른 준수한 청년이었다. 자신의 이름을 토일루트라고 밝힌 청년은 무그 산에 대해 자신만큼 아는 사람이 없다고 자신했다.

수고비로 금 한 냥을 준 주적자 일행은 곧바로 무그 산으로 떠났다. 대낮이었고 딱히 피곤하지도 않았기 때문에 여관에서 쉴 이유가 없었다.

소그디아나 시내에서 북쪽으로 오십 리가량 떨어진 무그 산에 도착한 시각은 석양이 세상을 빨갛게 물들인 때였다. 높이가 칠백 장이 넘는 무그 산 우측으로는 넓은 초원이 펼쳐져 있었고 왼쪽은 그보다 작은 산들이 서쪽으로 길게 드리워진 형태였다.

날이 저물었으니 내일 가자는 토일루트를 금 한 냥에 꼬셔서(?) 산행을 시작했다. 산의 초입은 석회암과 자갈이 깔린 땅 때문에 나무가 띄엄띄엄 자라고 있었는데, 올라갈수록 잡목들이 걸음을 옮기기 힘들 정도로 빽빽했다.

"사람이 다니지 않는 곳으로 안내해 주게."

주적자는 가장 앞에 선 토일루트에게 말했다. 인적이 닿지 않는 곳에 페리가 말한 셰두가 살고 있을 것이란 생각 때문에 그렇게 안내를 부탁했다.

"무그 산 중턱을 넘어가면 사람이 닿지 않는 곳이 허다합니다. 함부로 올라갔다가 다시 내려오지 못한 사람이 비일비재(非一非再)하니까요."

토일루트는 반월도로 잡목들을 걷어내며 말을 이었다.

"전 산 중턱까지만 안내해 드리겠습니다. 더 이상 올라가지 않는 이유를 말씀드리지 않아도 아시겠죠?"

목숨이 아깝다는데 강요할 수는 없었다.

"사람이 가장 많이 실종된 곳 근처로 안내해야 하네."

"물론이죠."

토일루트는 왜 무그 산에 올라가려는지 캐묻지 않았다. 한번의 질문에 답을 받아내지 못하면 대답을 들으려 노력하지 않는다는 안내인의 수칙을 철저히 지키고 있었다.

사위는 이미 어둠에 잠겼고 잡목에 가린 달은 희미한 빛조차 안겨주지 않았다. 산의 토양은 중원의 갈색과는 다르게 옅은 황토색을 띠고 있었다. 나무도 대부분 활엽수여서 낙엽을 밟지 않고는 산을 오를 수 없었다.

그들은 거의 두 시진 가까이 산을 오르고서야 걸음을 멈췄다. 숲은 양팔을 벌려 돌면 걸리지 않는 곳이 없을 정도로 백양목(白楊木)이 꽉 들어차 있었다.

"여깁니다. 제가 아는 사람만도 이곳에서 세 명이나 실종되었죠. 갖가지 추측이 난무했지만 확실하지 않으니 얘기해 봤자 소용없겠죠."

주적자는 산 위쪽을 바라보며 물었다.

"이 위로 올라가면 된다는 건가?"

"네. 조금 더 위로 올라갔다가 내려온 사람도 있지만, 전 안내인이니 굳이 더 갈 필요가 없잖아요. 여기서 그냥 산 정상을 향해 쭉 올라가기만 하면 됩니다."

그는 금 한 냥을 줘서 토일루트를 보냈다. 화백이 그의 곁으로 다가와 주위를 둘러보며 말했다.

"왠지 이상한 곳이군요. 벌레나 산새 우는 소리도 들리지 않고 바람도 없어요."

"오십 장 정도 올라왔을 때부터 그랬어."

"가다 보면 뭐가 나와도 나오겠지."

소소자의 말에 주적자는 큰 보폭으로 걸음을 내디뎠다. 백양목 숲은 반 시진을 갔는데도 끝이 나지 않았다. 누군가 일부러 숲을 만들어놓은 것 같기도 했다.

그들은 말없이 산을 올랐다. 처음에는 약간 귀찮다는 생각만을 가지고 산행을 택했는데 이제는 알 수 없는 긴장감이 그 자리를 메우고 있었다.

산 정상에 가까워졌는데도 변화는 일어나지 않았다. 움직이는 생물은 오직 그들뿐이었다.

"정말 셰두라는 것이 이곳에 있기는 있는 걸까?"

소소자가 오랜 침묵을 깨고 의문을 제기했다. 하지만 누구도 그것에 대한 답을 낼 수 없었다. 이 산에서 더 헤맬 것인지 셰두 찾는 것을 포기하고 내려갈 것인지를 결정해야 했다.

주적자는 평평한 바위를 발견하고 그 위로 올라갔다. 사방 일 장 정도로 넓어서 다섯 명이 모두 자리하기에 충분했다. 그는 등에서 부쿠브 카키슈가 든 상자를 내려놓았다. 눈길을 끌지 않기 위해 싸놓은 천을 풀자 상자가 황금빛을 뿌렸다.

"그걸 왜 꺼내는 거냐?"

"여기에 세두가 사는 것이 확실하다면 우리가 굳이 이걸 가지고 갈 필요가 없잖아. 세두를 찾기 위해 계속 헤매지 않을 거면 그냥 이곳에 놔두고 가도 되지 않을까?"

"하지만 만약 다른 사람 손에 들어가면?"

"사람이 다니지 않는 곳이라고 했으니 그럴 가능성은 희박하지. 다른 것이라면 모르지만. 어쨌든 우리는 지금 이 자리에서 세두를 찾기 위해 계속 헤맬 것인지를 결정해야 해."

잠자코 있던 왕족발이 나섰다.

"있는지도 확실치 않은 그런 것을 찾아 시간을 허비할 필요가 있을까요?"

아무도 그 말에 이의를 달지 않았다. 모호한 것에 시간과 정력을 쏟을 만큼 한가한 그들이 아니었다.

"그렇다고 이곳에 놔두고 가기는 좀 그렇잖아."

소소자는 아쉬운 듯 '보통 물건도 아니고 말이야'라는 말을 덧붙였다. 주적자에게만 들린 소리와 현상을 생각하면 부쿠브 카키슈에 뭔가 있는 것은 확실했다. 하지만 그것이 서쪽으로 가는 이유보다 우선할 수는 없었다.

"어차피 우리 물건도 아니고 부쿠브 카키슈에 신경 쓸 여력도 없잖아. 세두가 물건을 취할 가능성이 가장 높은 곳에 놔두고 부담을 떨쳐 버리는 것이 좋을 것 같다."

주적자가 뚜렷하게 자신의 의견을 밝히자 소소자는 입맛만 다실 뿐 애써 반대하지 않았다.

"그럼 결정된 걸로 하지."

"쳇! 괜한 시간 낭비만 했군."

주적자는 투덜거리는 소소자를 향해 빙긋 웃어준 후 보자기를 다시 쌌다. 매듭을 묶던 그는 손을 멈췄다. 시야의 위쪽에 무언가 걸린 것이다. 워낙 순식간에 지나갔기 때문에 자세히 볼 수 없었지만 뭔가 나타난 것만은 분명했다.

이상한 낌새를 느낀 일행들 시선이 모두 주적자를 따라갔다. 아무것도 발견하지 못한 소소자가 물었다.

"왜 그러냐?"

주적자는 주위를 둘러보며 말했다.

"뭔가 있어."

"뭐가 있다고 그래요?"

소소자가 묻는 왕죽발에게 핀잔을 줬다.

"뭔지 알면 딱 짚어서 말을 하지 '뭔가' 라고 하겠냐?"

왼쪽으로 천천히 시선을 이동시키던 주적자는 괭이가 유난히 크게 박힌 백양목에 시선을 고정시켰다. 어른 둘이 둘러야 껴안을 수 있을 정도로 두꺼웠지만 정체 모를 방문객을 숨기기에는 조금 부족했다.

"누구냐?"

주적자의 물음에 일행의 시선이 그쪽으로 일제히 쏠렸다. 방문객은 그의 말에도 움직일 생각이 없는 것처럼 보였다. 주적자는 등에서 검을 빼며 다시 물었다.

"네가 세두냐?"

검은 그림자가 움찔 떨렸다. 그리고 목소리가 들렸는데 나무 뒤가 아닌 그들의 등 쪽이었다.

"너희들은 누구냐?"

마치 쥐가 사람 말을 하는 것처럼 날카로운 목소리였다. 황급히 돌아서는 주적자의 눈에 걸린 것은 새였다. 아니, 정확히 새의 머리에 사람의 몸통을 가진 마수였다. 마수의 등에는 위아래로 두 쌍의 독수리 날개가 달려 있었다.

주적자는 비로소 수십 마리의 마수가 그들을 포위하고 있다는 것을 눈치 챘다. 그는 부쿠브 카키슈가 든 상자를 발 밑에 놓고 말했다.

"우린 페리의 부탁을 받고 찾아온 사람들이다. 너희들의 정체를 밝혀라."

그의 말에도 불구하고 마수는 상자를 물끄러미 보고 있을 뿐이었다. 기다려도 대답이 나오지 않자 소소자가 입을 열었다.

"너희들이 세두가 아니라면 세두가 어디 있는지 알려줘."

"우리가 세두다. 그런데……."

세두는 상자를 가리키며 말을 이었다.

"그건 부쿠브 카키슈가 아니냐?"

"알고 있군."

새의 눈 사이에 주름이 잡히는 모습은 이상하게 보였다.

"결국 페리는 부쿠브 카키슈를 지키지 못했군. 그럴 것이라고 생각했지."

세두는 말을 끝내고 돌아섰다.

"부쿠브 카키슈는 우리가 맡을 수 없다. 그러니 가지고 돌아가라."

소소자가 발끈해서 소리쳤다.

"무슨 소리야! 부탁을 받고 고생해서 여기까지 가지고 왔는데 가지고 돌아가라니!"

"부쿠브 카키슈는 재앙을 부르는 물건이다. 우리는 그걸 지킬 힘도 없고. 그러니 너희들이 알아서 처리해라. 부쿠브 카키슈를 가지고 있으면 우리가 멸망한다."

주적자는 나서려는 소소자를 말리며 말했다.

"대체 부쿠브 카키슈가 뭐냐?"

"그건 말해 줄 수 없다."

"왜?"

"부쿠브 카키슈에 대해 언급하는 것은 율법으로 금지되어 있다. 당장 이곳을 떠나라."

세두를 만나서 전해주면 될 줄 알았던 일이 이상한 방향으로 흐르고 있었다.

"너희들이 이것을 받지 않을 거면 페리가 왜 우리에게 이런 부탁을 한 것이냐?"

"마지막 선택이었겠지. 우리 외에는 부쿠브 카키슈를 맡을 마족이 없으니까. 하지만 칠십이마신 중 하나가 봉인에서 풀려난 순간 우리의 의무도 사라졌다. 멸망의 길인 줄 알면서 갈 만큼 우리는 무모하지 않다. 그러니 부쿠브 카키슈를 가지고 어서 떠나라."

세두는 무슨 뜻인지 모를 소리만 내뱉고 있었다.

"너희들은 어떤 위험 속에서 부쿠브 카키슈를 지켜낼 능력이 없다는 말이군."

"그렇다."

"그게 뭔지 정확히 말해 줄 수는 없나?"

"이미 말했다시피 부쿠브 카키슈에 대해 언급하는 것은 금지되어 있다. 한 가지 충고를 한다면 너희들도 빨리 내려가 그것을 버리는 게 좋을 것이다. 살고 싶다면."

"이런 제기랄! 뭔지 모르지만 어차피 뒤집어진 판 같은데 말해 줘도 상관없잖아!"

소소자의 말은 어둠 속으로 스며든 세두와 함께 침묵으로 돌아왔다. 그들을 둘러싸고 있던 세두는 어느새 사라지고 보이지 않았다. 기척도 없이 떠난 모양이다.

"뭐가 어떻게 돌아가고 있는 겁니까?"

체르샤의 물음에 소소자가 버럭 소리를 질렀다.

"이제껏 같이 있었던 네가 모르는데 누가 그걸 알겠냐?"

"황당하군, 황당해. 어떻게 할 거예요?"

왕족발의 물음에 모든 시선이 주적자에게 쏠렸다. 그의 결정에 따르겠다는 암묵적인 합의가 이루어진 것이다.

"곤란하게 됐군."

세두가 책임을 회피하는 바람에 생각지 않은 짐을 떠맡아 버린 셈이었다.

"그냥 놔두고 가죠. 세두도 책임지지 않으려고 하는 물건을 우리가 떠안을 이유가 없잖아요? 안 그래요?"

왕족발의 말에도 일리가 있었다. 잠시 생각을 하던 주적자는 당과를 상대하는 데 전력을 기울여야 한다는 결론을 내렸다. 괜히 사서 번거로움을 만들 필요가 없었다.

주적자는 상자를 힐끔 본 후 말했다.

"그래, 놓고 가자."

결정이 내려지자 망설이는 사람은 없었다. 그들 모두 도망치듯 산을 내려왔다. 괜히 셰두와 마찰을 일으키고 싶지 않아서였다.

내려오는 길은 올라갈 때보다 훨씬 빨랐다. 한 시진도 못 돼서 그들은 산 초입까지 내려올 수 있었다. 나무가 자라지 않는 석회암 지대에 다다른 주적자는 걸음을 멈췄다.

그의 삼 장 앞. 그곳에 있는 낯익은 물건은 분명 놓고 왔던 부쿠브 카키슈가 담긴 상자였다. 뒤늦게 내려온 소소자가 어리둥절한 얼굴로 말했다.

"어떻게 된 거지? 왜 저게 여기에 있는 거야?"

주적자는 그들이 내려온 무그 산을 돌아보았다.

"셰두가 먼저 내려와서 우리가 갈 길에 놓아둔 것이겠지."

"정말 웃기는 놈들이군. 다시 갖다 놔야 할까?"

"밤새 같은 일을 반복할 생각이냐?"

왕족발이 끼어들었다.

"그냥 지나가죠. 저것 때문에 한 고생을 생각하면 끔찍하다구요."

주적자는 상자를 발 밑에 두고 그것을 물끄러미 보았다. 마치 부쿠브 카키슈와 그 사이에 보이지 않는 끈이 연결된 것 같은 기분이 들었다. 일행들 모두 주적자와 어깨를 나란히 하고 상자에 시선을 두었다.

"그래, 어차피 이것은 우리와 관계가 없던 것이었으니까 두고 가자."

"좀 꺼림칙하기는 하지만 귀찮은 일이 생길 수도……."

주적자는 소소자의 말을 끝까지 듣지 못했다. 갑자기 뒤통수를 향해 쏟아져 오는 무언가를 느꼈기 때문이다. 자신이 낼 수 있는 최고의 속도로 돌아서는 그의 눈앞으로 붉은 무언가가 쏟아져 왔다.

주적자는 황급히 뒤로 허리를 젖혔다. 코끝을 스친 채찍 같은 그것은 갑자기 아래로 뚝 떨어졌다. 그는 몸을 횡으로 틀어 공격을 피하며 검을 빼 들었다. 지독한 악취를 뿜어내는 채찍은 날아오던 것만큼이나 빠르게 후퇴했다.

자세를 바로잡은 주적자는 튀어나온 것이 비로소 혀라는 것을 알았다. 살이라고는 한 점 붙어 있지 않은 해골인간이 혀의 주인이었다.

"제법인데, 우투쿠의 공격을 피하다니."

말을 한 사내는 세 명의 해골인간 사이에서 웃음을 띠고 있었다. 지나치다 싶을 정도로 아름다운 외모를 가진 사내였다. 사내를 보는 왕족발이나 체르샤, 소소자조차 넋이 나간 표정이었다. 남자인 그들이 봐도 저런 표정을 지으니 여자가 보면 어떨까 하는 생각이 들었다.

"넌 누구지?"

"프로켈. 뭐, 내 이름이 중요한 것은 아니고."

프로켈의 시선이 주적자 다리 사이의 상자에 멎었다. 주적자는 상자를 힐끔 보고 물었다.

"이걸 원하나?"

"순순히 넘겨줄 테냐?"

"글쎄."

주적자는 상자를 보았다. 원래 놓고 가려 했으니 줘도 상관없는 일이었다. 하지만 먼저 공격을 받았고 강압적인 자세를 취하는 사내에게 선선히 내준다는 것도 썩 내키지 않았다. 솔직히 오기 때문에라도 그냥 주기 싫었다.

주적자는 프로켈과 우투쿠에게 시선을 던졌다.

"대체 이게 뭐지?"

"너희들한테는 필요없는 거야."

어느 결에 정신을 차린 소소자가 버럭 소리를 질렀다.

"기생오라비 같은 자식아! 물건을 받고 싶으면 예의 바르게 부탁을 해야 할 것 아니야!"

서투른 신성로마제국의 말이었지만 뜻은 충분히 전달되었을 것이다. 프로켈은 같잖다는 표정을 얼굴에 고스란히 드러냈다.

"파주주를 죽였다고 너희들이 대단한 줄 아나 본데 상대를 보고 덤벼야지."

프로켈이 허리에 찬 칼을 빼자 한기가 엄습했다. 반투명한 칼은 얼음으로 만든 것 같았다.

"나도 그냥 넘겨받고 싶은 마음은 없어. 너희들 같은 유희감을 만나기란 쉽지 않으니까 말이야."

프로켈이 적의를 드러내자 화백이 주적자의 곁에 섰다. 주적자는 발로 상자를 왕족발에게 밀었다.

"가지고 물러나 있어라."

"나도 싸울 거예요."

소소자가 버럭 소리를 질렀다.

"객기 부리지 말고 찌그러져 있어!"

왕족발은 투덜거리며 물러섰다. 싸움이 일어나면 언제나 그렇듯 체르샤도 나무 뒤로 숨었다. 주적자는 소소자에게 말했다.

"너도 피해 있어."

"둘이 싸우려고?"

"그 편이 나을 것 같다."

소소자는 녀석들을 힐끔 보고 돌아섰다.

"하긴 저놈들 생긴 것을 보아하니 침도 안 들어가게 생겼군."

물러나기는 했지만 언제든 싸움에 뛰어들 의향을 비추듯 오 장 이상 떨어지지 않았다. 주적자는 곁에 선 화백에게 말했다.

"네가 우투쿠를 맡아라. 조심해."

"걱정 마세요."

주적자는 프로켈에게 시선을 돌렸다.

"어차피 싸울 거면 시간 낭비 할 필요 없겠지."

프로켈은 갑자기 고개를 갸웃했다.

"이상한데. 왜 같은 기운이 느껴지는 거지?"

"무슨 소릴 하는 것이냐?"

"너, 당과와 아는 사이냐?"

갑자기 튀어나온 당과라는 이름은 그를 놀라게 하기에 충분했다.

"당과를 네가 어떻게 알지?"

"음, 확실히 아는 모양이군. 너와 당과 사이에 동질적인 기운이 느껴진다 싶더니."

"당과는 지금 어디 있나?"

"그렇게 흥분하지 마. 내가 잘 모셔놓고 있으니까."

주적자는 당과의 위치가 사라진 이유를 비로소 알 수 있었다.

"그곳이 어디냐?"

"날 이기면 알려주지."

말끝으로 씨익 웃는 프로켈에게는 자신감이 넘쳤다.

"그 말 잊지 마라."

주적자는 검끝을 바닥에 끌듯이 하고 땅을 박찼다.

취리리릭―

우투쿠들의 입에서 동시에 혀가 튀어나왔다.

"너희들 상대는 나야!"

화백은 날아오는 세 개의 혀를 향해 실을 쏘아냈다. 검보다 날카로운 은빛 실은 혀를 감아 끊어버렸다. 허공에 검은색 액체가 자욱하게 뿌려졌는데 그건 분명 우투쿠의 피였다.

주적자는 땅에 떨어져 펄떡거리는 혀를 밟고 프로켈과의 거리를 좁혔다.

우우웅―!

우투쿠들이 입을 쫙 벌리자 파리 떼가 쏟아져 나와 화백을 덮쳤다. 주적자는 그쪽을 힐끔 봤을 뿐 나아가는 것을 멈추지 않았다. 저들 정도는 화백이 충분히 상대할 수 있으리라는 믿음 때문이었다.

"꽤 강한 조력자를 뒀군!"

프로켈은 소리를 치며 마주 달려왔다.

쓰와앙―!

프로켈의 얼음 칼이 허공을 그었다. 그러자 대기의 물기가 얼어붙으며 그를 덮쳤다. 마치 하얀 눈길이 허공에 생기는 것 같았다.

주적자는 검을 횡으로 휘둘러 한기를 막았다. 쩌엉! 하는 소리가 가지고 온 여파는 그의 생각보다 훨씬 컸다. 몸을 뒤로 밀리게 했을 뿐 아니라 뼛속까지 추위가 파고들었다. 하얀 서리가 검을 타고 팔 쪽으로 번져 왔다.

그는 공력을 끌어올리며 검을 허공에 맹렬하게 휘둘렀다. 극양의 열기를 만들기 위한 것이었고 그것은 충분한 효과를 발휘해 검을 타고 오던 서리는 순식간에 증발해 버렸다.

"제법이군!"

주적자는 여유만만한 프로켈을 향해 푸른 검강이 세 자나 뻗친 검을 내리그었다. 무형의 기파가 프로켈의 머리로 떨어졌다. 옆에서 머리 쪽으로 반원을 그린 얼음 칼과 기파가 부딪치자 귀를 멍멍하게 하는 폭음이 터져 나왔다. 그들이 딛고 선 석회암이 깎여 먼지를 휘날릴 정도의 충격이었다.

얼음 칼과 부딪치거나 한기의 공격을 받지도 않았는데 추위가 엄습했다. 주적자는 주춤 멈춘 프로켈을 향해 내쳐 공격을 들어갔다.

횡과 종으로 연속 검을 휘두르자 십자(十字) 모양의 검파가 프로켈을 압박했다. 그러나 그 공격은 비스듬히 내리그어진 얼음 칼에 산산조각으로 부서져 버렸다. 주적자는 차가운 반탄력에도 불구하고 쇄도하는 것을 멈추지 않았다.

둘 사이는 순식간에 일곱 자로 좁혀졌다. 주적자는 서로 무기를 내밀면 닿을 정도로 가까운 거리에서 검을 위로 그어 올렸다. 무공을 익힌 그가 근접전에서는 유리할 것이라는 계산 때문이었다.

쩌엉!

검과 칼이 부딪친 여력으로 딛고 서 있는 석회암이 산산조각으로 터졌다. 주적자는 하얀 알갱이들이 피부를 때리는 것보다 먼저 한기를 느꼈다. 뼛속까지 얼려 버릴 것 같은 한기는 검신을 타고 팔 쪽으로 빠르게 올라왔다.

그것이 위험하다는 것은 직감으로 알 수 있었다. 하지만 주적자는 공격을 멈추지 않았다. 앞으로도 계속될 위험 때문에 몸을 사릴 수는 없었다.

그가 비스듬히 검을 휘두르자 칼이 길을 가로막았다. 주적자의 검은

절묘하게 검신을 타고 내려가 프로켈의 팔을 베었다. 턱! 하는 소리와 함께 전해진 감촉은 매끄럽게 잘리는 느낌이 아니었다. 몽둥이로 가죽 부대를 친 그런 감각이었다.

역시 프로켈의 팔은 잘리지 않았다. 옷과 살갗이 조금 벗겨져 붉은 피를 살짝 내비쳤을 뿐이다. 주적자는 곧바로 검을 앞으로 찔렀다. 검 끝이 막 프로켈의 목젖에 닿으려 할 때 검을 타고 올라오던 서리가 손에 닿았다.

마치 바늘로 찌르는 듯한 느낌은 곧 무감각으로 이어졌다. 하얀 서리는 피부에 닿자 검신을 타고 올라오는 것보다 배는 빠르게 그의 몸을 점령했다. 주적자는 그제야 자신이 멈추었다는 것을 깨달았다.

몸 안의 뼈마디가 모두 굳어버린 것 같았다. 서리가 목까지 덮이자 더 이상 고개를 돌려 몸 상태를 점검할 수도 없었다. 그는 그대로 동상이 되어버린 것이다.

"후— 상당히 사나운 공격이었어."

프로켈은 주적자의 검을 피해 코앞으로 다가왔다.

"아직 의식이 있는 것 같군. 하지만 금세 편안해질 거야. 바람만 조금 세게 불어도 산산조각으로 깨져 버릴 테니까."

프로켈은 칼등으로 주적자의 머리를 톡톡 두드렸다.

"지금 편안한 안식을 줄까? 하긴, 너 같은 흡혈귀에게는 사후의 세계가 더 고통스러울 테니 결코 편안하지는 않겠군."

퍼석!

정수리 부근에서 무언가 깨지는 소리가 나더니 하얀 가루가 눈앞으로 떨어졌다.

"이런이런, 머리가 많이 약해졌군."

말을 한 프로켈의 도가 갑자기 허공을 갈랐다.

카강!

여러 개의 날카로운 소리는 파란 불꽃을 만들어냈다.

"기생오라비 같은 놈아! 당장 물러서지 못해!"

우렁찬 소소자의 목소리였다.

"네 친구가 죽음을 재촉하는군."

프로켈은 주적자의 어깨를 툭툭 두드린 후 시야 밖으로 사라지며 말했다.

"조금만 기다리라구. 저 조그만 친구를 얼음 가루로 만들어준 후 다시 올 테니까."

주적자는 소소자에게 피하라 소리치고 싶었지만 입술이 움직이지 않았다. 그의 가죽을 점령한 얼음이 점점 안으로 파고드는 것을 느낄 수 있었다. 주적자는 손가락 하나라도 움직이기 위해 안간힘을 썼다. 그러나 신체 어느 곳도 그의 뜻에 따라주지 않았다.

"으윽!"

쇠가 부딪치는 소리 뒤로 들린 소소자의 신음은 그의 마음을 더욱 다급하게 만들었다.

"이 시러베 잡놈아! 너 따위 얼음괴물한테 내가 당할 성싶으냐!"

걸걸한 음성이 아직 살아 있음을 알려줬지만 얼마 가지 못하리라.

"이놈! 여기도 있다!"

왕족발까지 싸움에 가세하는 것 같았다.

"저놈 칼과 부딪치지 마!"

소소자의 경고는 그리 쓸모가 없을 것이다. 허공을 격하는 한기도 감당하지 못할 테니까.

"버러지 같은 놈들이 내게 감히 욕을 해대다니!"

프로켈의 음성에는 살기가 진득하게 배어 있었다. 녀석이 마음만 먹는다면 소소자와 왕족발을 죽이는 데 눈 깜짝할 사이도 걸리지 않을 터였다.

주적자는 뱃속 깊은 곳에서 둥근 형태의 기운을 뽑아 올렸다.

"크윽!"

두 번째 들린 소소자의 신음에 하마터면 모았던 기운이 흩어질 뻔했다. 신음 뒤로 더 이상 소소자의 목소리는 들리지 않았다.

'어떻게 된 거지? 설마……'

죽지는 않았을 것이라 생각했지만 그것은 단지 희망 사항일 뿐이었다. 프로켈의 특이한 능력을 감당하기는 소소자와 왕족발이 너무 약했다. 주적자는 몸속에 형성된 기운을 바깥쪽으로 팽창시켰다. 돼지 방광에 입김을 불어넣는 것처럼 그의 내부가 커져서 외부를 자극하기 시작했다.

쩌적!

균열이 가는 소리는 그의 피부가 갈라지고 있음을 의미했다. 그 소리가 계속될수록 차츰 감각이 찾아왔다. 칼로 전신을 난도질하는 듯 날카로운 고통이었다.

주적자는 이를 악물어 고통을 참으며 내부의 팽창을 계속했다. 어느 순간…

파아—!

똑똑히 느껴지는 살점 떨어지는 아픔과 함께 피가 사방으로 뿜어져 나갔다. 얼었던 전신 피부가 떨어져 나갔다는 것은 굳이 눈으로 확인하지 않아도 알 수 있었다. 힐끔 본 아랫도리는 온통 붉었다. 피가 흐른 때문이 아니라 살갗이 없어져서 내부가 고스란히 드러난 것이다.

걸음을 내딛자 고통이 밀려왔다. 그러나 움직이는 데는 별 지장이 없었다.

'가벼워져서 더 좋군.'

주적자는 애써 그렇게 위로하며 눈길을 돌렸다. 가장 먼저 본 것은 잘린 팔뚝이었다. 왼쪽으로 일 장 정도 떨어진 곳에 소소자가 한쪽 무릎을 꿇고 있었다. 팔을 감싼 손 사이로 피가 흘러나오고 있는 것으로 보아 바닥에 떨어진 팔뚝의 주인은 소소자였다.

얼어붙지 않기 위해 스스로 자른 것이 분명했다. 팔은 다시 재생될 테니 현명한 선택이었다. 그는 왕족발을 향해 막 얼음 칼을 휘두르려는 프로켈에게 소리쳤다.

"이봐! 네 상대는 나야!"

프로켈이 빠르게 돌아섰다. 그의 눈에는 숨길 수 없는 놀라움이 서려 있었다. 그것도 잠시, 호박색의 눈이 가늘게 좁혀졌다.

"흉측하게 변했군."

"네게 잘 보이고 싶은 생각은 없어."

주적자는 말을 하고 힐끔 화백을 보았다. 그녀는 모공만큼이나 많은 수의 실을 뽑아내 우투쿠가 쏟아내는 파리 떼를 막고 있었다. 우투쿠들의 몸 여기저기에 상처가 나 있는 것으로 보아 유리한 싸움을 전개하는 것 같았다.

그는 다시 프로켈에게 시선을 던졌다. 어떻게든 저 얼음 칼을 손에서 떨궈야 했다.

'모험을 해야겠군.'

주적자는 힘껏 땅을 박차 프로켈과의 거리를 좁혔다.

"무모한 놈!"

프로켈은 위에서 아래로 칼을 내리그었다. 한기는 폭이 거의 일 장에 이르렀고 속도는 번개를 무색케 했다. 주적자도 검을 종으로 내려쳤다. 그의 기파와 부딪친 한기가 반으로 갈라지는 것이 보였다. 폭이 채 두 자도 되지 않았지만 그것으로 충분했다.

주적자는 그 사이로 몸을 집어넣었다. 아직 굳지 않은 피가 튀어나와 얼음 가루로 부서졌다. 그는 눈앞으로 확 다가오는 프로켈을 향해 비스듬히 검을 휘둘렀다. 이처럼 파격적인 공격은 예상하지 못했는지 프로켈은 물러서며 그의 검을 막았다. 무기끼리 부딪치면 어떻게 되는지 너무도 잘 아는 주적자였다.

그는 휘두르던 검을 프로켈의 가슴을 향해 던졌다.

"헙!"

전혀 예상치 못한 상황에 프로켈은 황급히 몸을 옆으로 틀었다. 하지만 완전히 피하지 못해 검이 어깨를 파고들었다. 주적자는 주춤하는 프로켈의 칼 든 팔목을 잡고 몸을 빙글 돌렸다.

우둑!

머리 위에서 뼈가 어긋나는 소리가 들렸다. 완전히 한 바퀴를 돈 주적자는 프로켈의 등을 팔꿈치로 내려쳤다. 둔탁한 소리만큼이나 강한 느낌이 전해졌다.

챙그랑!

얼음 칼이 바닥에 떨어지자 딛고 선 석회암이 하얗게 얼어붙었다. 주적자는 칼의 손잡이를 뒤꿈치로 멀리 차버렸다. 숲의 저쪽에 떨어진 칼은 그 근처를 얼음의 공간으로 만들어놓았다. 그것으로 더 이상 끔찍한 한기는 느껴지지 않았다.

주적자가 뒤쪽으로 잠깐 시선을 돌린 사이 프로켈이 공중회전을 해서 그의 손을 벗어났다. 훌쩍 물러서는 프로켈의 얼굴은 보기 흉하게 일그러져 있었다. 얼굴 가득 주름져서 아름답던 외모의 흔적은 어디에도 없었다.

"흡혈귀 따위가 감히……!"

주적자는 프로켈이 말을 끝낼 시간조차 주지 않았다. 땅을 떠난 그의 발은 허공에 어지러운 족영(足影)을 수놓았다. 프로켈은 처음 두 개의 발만 막았을 뿐 다음 공격은 속수무책이었다.

파파파팡!

가슴과 얼굴에 주적자의 연타가 터졌다. 비칠비칠 물러서던 프로켈은 기어코 바닥에 나뒹굴었다. 아직 굳지 않은 피가 프로켈의 몸에 선명한 발자국을 만들어냈다.

큰 타격은 받지 않은 듯 금세 일어서는 프로켈에게 다시 주적자의 공격이 쏟아졌다. 허벅지를 걷어찬 주적자는 그 탄력으로 솟구치며 무릎으로 턱을 걸어 올렸다.

덜컥!

아무리 단단한 신체를 가진 프로켈이라도 견딜 수 없는 타격이었다. 주적자는 크게 휘청이는 프로켈의 관자놀이를 회련각으로 가격했다. 귀가 어깨에 닿을 정도로 목이 꺾인 프로켈은 거칠게 쓰러졌다. 얼어버린 석회암이 갈라질 정도로 큰 충격이었다.

프로켈의 어깨에 박힌 검을 빼자 피가 솟았지만 놀라울 정도로 빠르게 멈췄다. 상처 또한 금세 아물어 피의 흔적이 무색할 정도였다.

긴 숨을 뱉은 주적자는 검을 프로켈의 목에 드리웠다.

"당과가 어디 있는지 말해."

그의 물음을 기다렸다는 듯 프로켈이 눈을 떴다. 호박색 눈이 유난히 번들거렸다.

"당과도 그렇고 너도 그렇고 이상할 정도로 강하군."

"네가 할 말은 그게 아닐 텐데? 약속을 잊었나?"

"물론 잊지 않았지. 하지만 싸움은 아직 끝나지 않았어."

검끝이 프로켈의 살 속으로 반 치가량 파고들었다.

"목이 완전히 떨어져야 승복을 할 모양이군."

프로켈은 시선을 주적자에게서 밤하늘로 돌렸다.

"아— 나는 상대를 얕잡아보는 버릇이 문제라니까."

탄식을 터뜨린 프로켈의 몸이 살짝 떠올랐다. 그 때문에 검이 목에 좀 더 깊숙한 상처를 냈다. 움찔 떤 주적자의 눈에 프로켈 등 밑에서 삐쳐 나온 날개가 보였다.

'뭐지?' 라는 의문은 곧 놀라움으로 바뀌었다. 발 밑에 있던 프로켈이 감쪽같이 사라져 버린 것이다. 마치 그대로 증발해 버린 것 같았다.

주위를 살피던 주적자는 뒤쪽에서 다가오는 살기를 느꼈다. 황급히 돌아서는데 프로켈의 모습이 크게 확대되었다. 믿을 수 없을 정도로 빠른 속도였다.

퍼억!

코에 전해진 시큰한 아픔은 순간적으로 정신을 몽롱하게 만들었다. 이어서 목과 가슴에 찾아온 고통은 기어코 그를 바닥에 눕혀 버렸다. 뒤통수가 석회암을 때리며 커다란 이명이 울렸다.

미처 정신을 가다듬기 전에 옆구리에 새로운 고통이 전해졌다.

"흡혈귀 같은 하급 요괴가 감히 마신에게 덤빈 대가가 어떤 것인지 똑똑히 느껴라!"

프로켈의 목소리가 길게 늘어져서 들렸다. 바닥에 널브러진 주적자는 무거운 눈꺼풀을 밀어 올리며 애써 몸을 추슬렀다. 흡혈귀로 변한 뒤 이처럼 세상이 흔들려 보이기는 처음이었다.

서둘러 프로켈을 찾는데 한 바퀴를 돌아도 보이지 않았다.

"뒤쪽이야!"

소소자의 다급한 목소리에 고개를 돌리자 시커먼 주먹이 시야를 가렸다. 피해야 한다고 느낀 순간 움직였는데도 피하지 못했다. 프로켈의 몸놀림은 이해할 수 없을 정도로 빨랐다.

'어떻게든 저 움직임을 막아야 하는데.'

주적자는 안간힘을 써서 일어났다. 비로소 손이 허전함을 느끼고 검을 찾는데 프로켈의 목소리가 들렸다.

"네 무기에 목이 잘리겠군."

왼쪽에서 난 소리에 주적자는 고개를 돌렸다. 프로켈이 그의 검을 몸 앞에서 빙글빙글 돌리고 있었다.

피잉―!

소소자가 던진 침이 요란하게 허공을 갈랐지만 프로켈이 손을 뻗치자 그것은 힘없이 떨어져 버렸다.

"그렇게 죽음을 재촉하지 않아도 죽여줄 테니 안달하지 말아라."

프로켈은 주적자의 죽음이라는 유희를 즐기듯 천천히 다가왔다.

"날 애먹인 너를 영원히 기억할 테니 그것만으로도 네게는 영광이지."

프로켈의 얼굴이 갑자기 확대되었다.

제65장

비밀의 발키리아

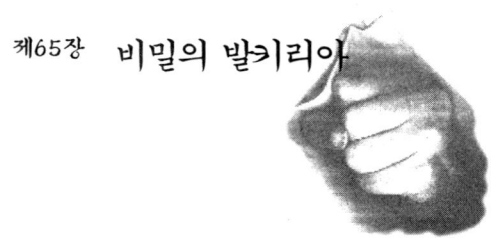

제65장   비밀의 발키리아

파앗!

그의 검은 자신이 사용할 때보다 더 날카로워진 것 같았다. 붉은 피가 눈앞을 빨갛게 물들였다. 고통은 시야가 피를 확인한 후에야 찾아왔다.

주적자는 아픔이 느껴진 곳으로 손을 가져갔다. 당연히 있어야 할 귀가 잡히지 않았다. 그래도 오른쪽 귀 하나만 날아간 것이 다행이었다. 조금만 늦었으면 목이 잘렸을 테니까. 공격을 한 번 피했다고 위험이 끝난 것은 아니었다.

그의 귀를 자르고 지나갔던 검이 다시 가슴을 향해 날아왔다. 눈보다 육감이 먼저 그것을 느꼈다. 주적자는 앞으로 몸을 수그려 검을 피한 후 그대로 빙글 돌아 프로켈의 머리를 발뒤꿈치로 내려쳤다.

하지만 그의 공격은 성공하지 못한 채 애꿎은 바닥만 박살 냈다. 옆으로 굴러 일어서는 주적자는 암담함을 느꼈다. 저토록 빠른 적을 상대할 방법이 없었다.

푸욱!

어느새 날아온 검이 그의 왼쪽 가슴을 파고들었다. 이미 만신창이가 된 몸인데도 고통은 새삼스러울 만큼 크게 느껴졌다. 주적자는 절망의 한계를 딛고 뒤로 물러서 검을 빠져나왔다.

프로켈은 진정 당과보다 강했다.

'내가 넘을 수 없는 벽이 세상에 또 있다니.'

검이 목을 향해 그어졌다. 이상할 정도로 그 궤적이 선명하게 보였다. 하지만 피할 수는 없었다. 목이 잘린다고 죽지는 않겠지만 프로켈이 그것으로 끝낼 리가 만무했다.

'여기서 이렇게 죽는 것인가? 라는 생각이 뇌리를 스치는 순간 검의 궤적이 갑자기 틀어졌다. 그의 목을 쓸어오던 검은 이미 지나쳤던 곳으로 빠르게 돌아갔다.

까앙!

주적자는 파란 불꽃 뒤로 두 동강이가 난 화살을 볼 수 있었다. 반사적으로 나인현이 생각났지만 그녀일 리가 없었다. 그는 화살이 날아온 방향으로 고개를 돌렸다.

숲과 석회암의 경계. 그곳에 반원형의 투구를 쓴 세 여인이 말을 타고 있었다. 투구 밖으로 나온 머리칼은 금보다 더 반짝이는 금발이었고 차갑게 굳은 얼굴은 아름다우면서도 강인하게 보였다.

정강이까지 늘어뜨린 파란색 망토가 불어오는 바람에 가볍게 펄럭였다.

"발키리아!"

맨 앞에 선 각진 턱의 여인이 활을 내리며 말했다.

"프로켈, 아직 죽지 않았구나."

프로켈은 짐짓 여유있는 웃음을 지어 보였다.

"너희들이 살아 있는데 내가 죽을 이유가 없잖아."

여인의 시선이 주적자 뒤에 있는 왕족발에게 머물렀다. 정확히 왕족발이 메고 있는 상자였다. 순간 프로켈이 주적자를 향해 움직였다.

"멈춰!"

세 여인이 동시에 소리치며 프로켈을 향해 쇄도했다. 프로켈은 몸을 움츠리는 주적자를 넘어 왕족발에게 떨어졌다.

"어엇!"

프로켈은 움직이지도 못하고 놀란 소리만 토하는 왕족발의 등에서 상자를 벗겨 왼쪽 숲을 향해 몸을 날렸다. 여인들이 말 옆구리를 발로 차서 쫓았지만 프로켈이 던진 검에 주춤하는 사이 숲 속으로 몸을 감춰 버렸다.

그리고 잠시 후 숲 저쪽에서 날아올라 어둠 속으로 사라지는 프로켈을 볼 수 있었다. 육안으로조차 쫓기 힘들 정도로 빠른 속도였다. 말을 몰아 쫓아가려던 여인들은 숲 언저리에서 추격을 포기했다.

"아! 결국 부쿠브 카키슈를 빼앗기고 말았네."

"조금 일찍 왔어야 했어요."

"우리로서는 최선을 다했어. 거리가 너무 멀었으니 어쩔 수 없잖아."

그녀들은 한마디씩 하고 주적자를 보았다. 우투쿠와 싸우던 화백이 숲에서 빠져나왔다.

"주 가가, 괜찮으세요?"

그녀는 옷소매가 좀 찢어졌을 뿐 별달리 다친 것 같지는 않았다. 주적자는 팔을 들어 자신의 무사함을 알렸다. 아직도 껍질이 벗겨진 채 흉측한 모습이겠지만 생명에는 지장이 없었다.

화백은 그래도 그의 부상이 걱정스러운 듯 앞에서 어쩔 줄을 몰라 하고 있었다.

"난 괜찮아. 그것보다 우투쿠들은 어떻게 됐어?"

"한 녀석은 없앴는데 나머지 둘은 도망갔어요."

뒤쪽에서 소소자와 왕족발이 다가오는 소리가 들렸다.

"괜찮나?"

소소자의 팔에서는 아직도 피가 흐르고 있었다.

"네 상처부터 치료해."

"시간이 지나면 자연히 나을 텐데 힘들여서 치료할 필요 있나?"

소소자는 말끝으로 씁쓸한 웃음을 지었다.

따각! 따각!

말발굽 소리에 주적자는 고개를 돌렸다. 세 여인이 그들을 향해 다가왔다.

'발키리아라고 했던가?'

그녀들은 주적자의 여섯 자 앞까지 다가와서 그들을 물끄러미 쳐다보았다.

"저, 정말 발키리아가 있었군요. 난 신화 속에서나 나오는 인물인 줄 알았는데."

어느새 나타난 체르샤가 놀라움을 감추지 못하고 말했다.

"발키리아가 뭐냐?"

눈앞에 당사자가 있다고 질문하지 않을 소소자가 아니었다. 하지만 체르샤는 아무래도 껄끄러운 듯 여인들의 눈치만 살필 뿐이었다.

"너희들은 누구냐?"

발키리아가 차가운 목소리로 물었다. 가뜩이나 올려다보기 싫어하는 소소자가 기분 나쁜 듯 말했다.

"이왕이면 내려와서 공손하게 말해 주면 좋겠소이다만."

"목숨을 구해줬더니 건방진 소리만 하는군."

"그건 그거고 지킬 예의는 지켜야 하지 않겠소?"

뒤에 있던 여인이 말에서 내리며 말했다.

"언니, 제가 얘기할게요."

"흥!"

먼저 말을 꺼냈던 여인은 코웃음만 칠 뿐 말리지는 않았다.

"전 코로나라고 해요. 그리고……."

그녀는 먼저 말을 걸었던 각진 턱의 여인을 가리켰다.

"이분은 큰언니 제로나고……."

코로나의 손이 유난히 큰 눈을 가진 여인에게 향했다.

"저분은 둘째 언니 트로나예요. 우리는 발키리아라고 불리는데 사람들은 '전사자(戰死者)를 선택하는 여자'로 알고 있죠."

소소자가 물었다.

"그럼 실제로는 아니라는 말이오?"

"틀린 말은 아니지만 실제로 우리에게는 더 중요한 임무가 있어요."

"그게 뭐요?"

"그걸 말하기 전에 먼저 당신들의 정체에 대해 물어봐도 될까요?"

주적자 일행이 대답하기도 전에 제로나가 말했다.

"보면 모르느냐? 하급 요괴인 흡혈귀잖아."

"하지만 언니, 단순한 흡혈귀가 프로켈과 대등한 싸움을 할 수 있다고 생각해요?"

"대등하긴, 내가 구해주지 않았으면 벌써 죽었을 텐데."

트로나가 작은 목소리로 대꾸했다.

"하지만 이상할 정도로 강한 것은 사실이잖아요."

"흥!"

제로나는 콧방귀로 더 이상 할 말이 없음을 알렸다. 코로나가 말길을 다시 주적자에게 돌렸다.

"당신들은 평범한 흡혈귀가 아닌 것이 분명한데 대체 어디서 온 거죠?"

"우리는 동쪽에서 왔소."

코로나는 이마에 엷은 주름을 만들었다.

"동쪽이라면 우리는 가본 적이 없는 곳이군요."

"가볼 필요도 없었지. 우리와는 무관한 땅이니까."

제로나의 차가운 목소리에는 호기심 한 점 들어 있지 않았다.

"당신들은 어떻게 부쿠브 카키슈를 손에 넣게 되었나요?"

"그러기 전에 먼저 부쿠브 카키슈라는 물건이 뭔지 알려주는 것이 순서 아니오?"

주적자는 소소자를 진정시키고 입을 열었다.

"우리가 부쿠브 카키슈를 얻은 것은 우연이었소."

이렇게 시작한 주적자의 얘기는 반 각 정도 이어졌다. 사막에서 페리를 만나고 파주주를 없앤 정도의 일이었으니 그리 길지 않았다.

"당신이 정말 바람의 마족 파주주를 없앴다는 말인가요?"

"믿든 안 믿든 그것은 당신들 자유요. 자, 이제 부쿠브 카키슈가 무언지 말해 주겠소?"

그녀는 제로나를 돌아보았다. 말해 줘도 되겠냐는 동의를 구하는 것 같았다.

"상관없겠지. 저들이 알아서 달라질 것도 없으니까."

코로나는 아주 중요한 얘기이니 집중하라는 듯 큰 숨을 먼저 뱉은 후 입을 열었다.

"부쿠브 카키슈는 세상에서 가장 강하고 흉포한 마신의 신체예요."

주적자는 이해할 수 없다는 어투로 물었다.

"어떻게 투구가 신체일 수 있소?"

"그것은 단순한 투구가 아니라 부활할 마신의 정신을 담아둔 머리에요. 그 자체만으로도 엄청난 힘을 가지고 있죠."

주적자는 고개를 끄덕이며 중얼거렸다.

"그렇군. 이상한 소리가 들려서 보통 물건은 아니라고 생각했었는데."

그녀들은 경악 어린 표정을 지으며 동시에 물었다.

"뭐, 뭐라고요? 소리가 들렸다구요?"

"소리가 들렸단 말이냐?"

"정말 소리를 들었나요?"

그에게만 소리가 들려 이상하다고 생각했는데 저들의 놀라는 표정으로 보아 보통 상황은 아닌 것 같았다.

"그렇소."

"정확히 어떤 소리가 들렸죠?"

워낙 선명했기 때문에 기억을 오래 더듬을 필요도 없었다.

"'나를 영접하라'라는 소리가 반복적으로 나왔소."

그녀들을 주적자를 뚫어지게 쳐다보았다. 그 눈빛들은 놀라움과 당혹을 수시로 오갔다. 무거운 침묵의 시간을 한참 동안 보낸 제로나는 아주 낮은 목소리로 말했다.

"이건 거짓말이야. 흡혈귀 따위에게 그런 소리가 들렸을 리 없어."

주적자가 아무리 흡혈귀라는 말에 신경을 쓰지 않는다고 해도 이런 식의 얘기에는 기분 나쁠 수밖에 없었다. 그것을 밖으로 표현하는 이는 따로 있었다. 화백이었다.

"이봐, 당신들이 얼마나 잘났는지 모르지만 그런 식으로 말하지 마. 주 가가는 당신들보다 훨씬 뛰어난 사람이니까."

"사람이 아니라 흡혈귀잖아."

제로나의 반박에 화백은 주적자를 힐끔 보고 말했다.

"주 가가도 얼마 전까지는 사람이었어. 다시 사람이 되기 위해 여행을 시작한 거고."

"원래 흡혈귀가 아닌 사람이었단 말인가요? 아니, 사람이었을 때의 기억, 그 느낌을 고스란히 가지고 있단 말인가요?"

코로나의 다급한 질문에 주적자는 간단하게 대답했다.

"그렇소."

"그렇다면… 그렇다면 당신은 인간이었을 때… 흡혈귀가 되기 전의 인간이었을 때 어땠죠?"

"질문의 요지가 뭐요? 선했느냐, 악했느냐를 묻는 것이오?"

"아뇨, 당신은 얼마나 강했느냐 하는 거예요."

"글쎄……."

주적자는 말끝을 흐렸다. 혈정을 먹기 전이었다면 그보다 강한 사람은 최소한 열은 되었을 것이다. 하지만 혈정을 먹고 난 후 그는 중원

최고수라고 불리기에 손색이 없었다. 문제는 흡혈귀가 된 시점이 혈정을 먹은 그 시점이냐, 아니면 흡혈을 해야만 살아갈 수 있는 그때냐 하는 문제였다.

"그는 강했소."

주적자가 대답을 망설이는 사이 소소자가 한 말이었다.

"얼마나 강했죠?"

소소자는 주적자를 일별하고 힘주어 말했다.

"최고로 강했소. 세상에 그보다 강한 인간은 없을 것이오."

"후후, 넌 나를 너무 치켜세우는구나."

"사실이니까. 세상에 어느 인간이 너만큼 강할 수 있겠냐?"

혈정을 먹은 그가 인간으로 분류된다면 소소자의 말은 틀리지 않았다.

"당신이 흡혈귀가 된 사연을 듣고 싶어요."

"대체 당신들이 원하는 것이 무엇이오?"

"당신 얘기를 들려주면 당연히 우리의 대답이 나올 거예요."

발키리아라 불리는 세 여인이 그들에게 적이 아닐 뿐더러 목숨을 구해주기까지 했으니 은인이라고 할 수도 있었다. 그러니 지나온 얘기를 해준다고 해가 될 것이라는 생각은 들지 않았다. 시시콜콜 지난 일을 들추는 게 썩 내키는 일은 아니었지만 주적자는 이야기 보따리를 풀었다.

그의 목소리는 희미한 달빛 사이로 잔잔하게 흘러 나갔다. 생각하는 것만으로도 속의 것이 곤두서고 목젖이 가라앉는 느낌을 받았었는데 이제는 그런 느낌마저 많이 희석된 것 같았다.

담담해야 한다, 감정에 휘둘려서는 안 된다는 의지가 실제의 차분함으로 나타나는 것인지도 모른다. 당과의 이름을 뱉을 때만 전율이 흘렀을 뿐 감정의 기복은 크지 않았다.

그의 긴 얘기가 끝난 후에도 주위는 한참 동안 침묵이 떠나지 않았다.

"후—!"

코로나는 한숨으로 자신의 놀라움을 표현했다.

"당사자의 얘기가 아니었으면 믿지 못했을 거예요. 정말 힘든 일을 겪으셨군요."

주적자의 얘기 중 그 개인에 대한 부분이 상당히 많이 빠졌음에도 코로나는 숨겨진 이야기까지 읽어낸 것 같았다. 그녀는 무슨 생각인가를 잠시 하다가 제로나에게 물었다.

"큰언니는 어떻게 생각하세요?"

상념에 빠져 있던 제로나가 퍼뜩 놀라며 물었다.

"뭘 말이냐?"

"저분에게 부쿠브 카키슈가 공명을 한 것 말이에요. 지금은 비록 흡혈귀지만 인성과 감성을 고스란히 지녔고, 인간이었을 때 더 이상 완벽할 수 없는 신체를 지녔었다면 충분히 가능한 일 아니겠어요?"

"그렇기는 하다만……."

가장 소극적인 성격으로 보이는 둘째 트로나가 대화에 끼어들었다.

"어차피 판단은 부쿠브 카키슈가 하는 거잖아요. 부쿠브 카키슈가 흡혈귀라도 상관없다는 판단을 했다면……."

그녀는 말끝을 흐리고 제로나를 보았다.

"넌 우리도 부쿠브 카키슈의 결정에 따라야 한다는 말이냐?"

"부쿠브 카키슈와 우리는 엄연히 다르니 꼭 따를 필요는 없지만 고려는 해봐야 한다고 생각해요. 우리에게는 시간이 별로 없잖아요."

주적자는 그녀들의 이해할 수 없는 대화를 더 이상 듣고 있을 수만은 없었다.

"이 사건의 실체에 대해 얘기해 주지 않는다면 우리는 이만 떠나겠소. 어차피 우리와는 상관없는 일이니. 아니, 사건의 실체 따위는 들을 필요도 없겠구려."

주적자는 말을 끝내기도 전에 몸을 돌렸다. 부쿠브 카키슈, 프로켈, 발키리아 모두 그들과는 무관한 사건의 이름이었다. 그에게는 오직 당과와 만나 해결해야 할 일만이 전부였다.

'프로켈이 당과를 잡았다고 했으니 관계가 없을 수가 없군.'

그 생각이 뇌리를 스치는 순간 코로나가 불렀다.

"잠깐만요. 이 문제는 당신이 생각하는 것처럼 간단하지 않아요."

주적자가 돌아서자 그녀는 말을 계속했다.

"프로켈 일당의 의도가 성공한다면 이 세상 누구도 그 일의 결과에 자유로울 수 없어요. 부활한 마신의 노예가 되든 아니면 죽게 되겠죠. 후자의 경우가 훨씬 많겠지만."

소소자가 물었다.

"부활할 마신이 누군데 그런 호들갑을 떠는 것이오?"

그녀들은 이름을 말하기도 껄끄러운 듯 잠시 뜸을 들이다 입을 열었다.

"루시퍼."

주적자 일행 모두에게는 당연히 낯선 이름이었다. 하지만 한 명, 체르샤만은 그 이름에 경악을 금치 못했다.

"치, 치천사(熾天使), 사탄 루시퍼를 말하는 것입니까?"

"불행히도 그래요."

"하지만 루시퍼는… 전설에 의하면 루시퍼는 위대한 솔로몬 왕에 의해 영원한 어둠에 봉인되었다고 들었는데……."

"지금도 봉인되어 있지만 저들이 부쿠브 카키슈를 손에 넣은 이상 곧 부활할지도 몰라요. 우리의 주술사들 말에 의하면 저들은 엘릭서까지 손에 넣었다고 하니 시간문제겠죠."

"엘릭서까지! 그렇다면 엘릭서는 루시퍼의 영혼을 담은 구슬이겠군요!"

코로나는 긴 한숨과 함께 고개를 끄덕였다.

"불행히도 그래요. 이계의 깊숙한 곳에 숨겨놓았는데 누군가 가지고 탈출했어요."

제로나가 말했다.

"단탈리안이겠지. 이계의 봉인을 풀고 탈출한 게 그놈이니 말이야."

"대체 이계라는 곳이 어떤 곳이오?"

주적자의 물음에 대답을 망설이던 코로나가 제로나의 양해를 구하고 말했다.

"이계란 신들이 만든 감옥을 말해요. 과거 솔로몬 왕을 도와 칠십이 마신을 봉인한 후 가둔 곳이 바로 이계죠."

"그럼 이계는 어디에 있소? 땅속이오?"

"이계란 특별히 어떤 공간을 지칭하는 것이 아니에요. 지금 우리가 서 있는 이곳에 이계가 있을 수도 있고 다른 어떤 곳일 수도 있죠. 즉, 공간은 이 공간인데 서로 분리되어 있는 거죠. 이 세상이 이계고, 또한 이계가 아닌 셈이에요."

주적자로서는 쉽게 이해할 수 없는 설명이었다. 코로나의 말대로라면 그의 자리에 칠십이마신 중 누군가가 겹쳐 있을 수도 있다는 뜻이었다. 하긴 그들에게 이계의 위치가 어디든 무슨 상관이겠는가?

문제는 그들과 당파 사이에 엘릭서와 프로켈이 얽혀 있다는 것이다. 결국 이 문제에 발을 담글 수밖에 없었다. 주적자는 물을 기회가 없어 놓쳤던 질문을 꺼냈다.

"당신들이 말하는 루시퍼는 어떤 존재요?"

"그를 한마디로 단정할 수는 없어요. 처음에는 그도 많은 신들 중 하나였어요. '빛을 가져다 주는 자'라는 뜻의 이름에서 알 수 있듯이 인간에게도 호의적인 존재였죠. 하지만 그의 야망은 수많은 신들 중 하나로 남기를 거부했어요. 이 세상의 모든 신들 위에 올라서고 싶어 했던 것이 불행의 시작인 셈이죠."

할 말을 가다듬듯 한차례 침을 삼킨 코로나는 설명을 계속했다.

"루시퍼는 자신의 부하뿐 아니라 다른 신들의 부하까지 타락시켜 악마와 마신을 만들었죠. 솔로몬 왕이 봉인한 칠십이마신 모두가 예전에는 천사였다가 루시퍼의 꾀임에 빠져 마신으로 변한 거예요. 루시퍼가 부활에 성공한다면 이계에 봉인된 칠십이마신들도 모두 세상으로 나올 거예요. 루시퍼에게는 그만한 능력이 있으니까요. 그렇게 된다면 세상은 암흑으로 뒤덮일 거예요."

"그렇다면 루시퍼를 봉인시켰던 신들은 왜 나타나지 않는 것이오? 어차피 그들만이 루시퍼를 상대할 수 있을 것 같은데?"

"문제가 그렇게 간단하지 않아요. 루시퍼와의 싸움이 끝난 후 신들의 세계에도 계급 의식이 싹트기 시작한 거예요. 그 때문에 혼란이 일어났고 자칫 그들끼리 전쟁을 할 뻔했지요. 이를 두려워한 신들은 솔로몬 왕의 요청에 의해 안식을 하기로 합의했어요. 마수와 요괴가 있기는 하지만 인간들이 충분히 해결할 수 있다고 봤던 거죠. 당시에는 루시퍼의 부활에 대한 가능성은 전혀 없었으니까요."

"그럼 그들을 다시 깨우면 될 것 아니오?"

코로나는 고개를 저었다.

"그럴 시간이 없어요. 그들을 깨우려면 족히 일 년은 걸려야 하는데 루시퍼의 부활은 바로 코앞에 닥쳤어요. 지금으로써는 인간의 힘으로 루시퍼의 부활을 막아야 해요."

그녀들이 말하는 신들은 신이라고 불리기에 너무 불확실한 존재들이었다. 코로나가 마치 주적자의 생각을 읽은 듯 말했다.

"신이라고 전지전능(全知全能)한 것은 아니에요."

"그럼 신이라고 불리지 말아야지."

주적자는 냉소적으로 말했다. 당과와의 일만 해도 해결하기 쉽지 않은데 이처럼 자꾸 얽히는 게 마음에 들지 않았다. 하지만 엘릭서라는 것으로 인해 당과가 이미 끼어들어 있으니 결국은 발을 담글 수밖에 없었다.

"그래서 당신들이 우리에게 원하는 것이 무엇이오?"

주적자의 직설적인 물음에 그녀들은 잠시 서로를 보다가 코로나가 말했다.

"우리에게 잠깐 의논할 시간을 주세요."

무엇을 의논한다는 것인지 알 수 없었지만 주적자가 거절할 이유가 없었다.

"좋을 대로."

주적자의 말에도 그녀들은 움직이지 않았다. 의논을 한다고 했는데 어떤 말도 없었다. 그저 서로의 눈만을 보고 있을 뿐이었다. 마치 눈빛으로 대화를 하는 것 같았다. 그런데 갑자기…

"안 돼!"

제로나의 뾰족한 목소리가 튀어나왔다. 밑도 끝도 없이 나온 부정의 말은 주적자를 어리둥절하게 만들었다.

"언니……."

코로나는 말을 끝까지 잇지 못했다.

"그럴 수는 없다! 흡혈귀는 근본적으로 사악한 존재야!"

"모두가 그런 것은 아니잖아요."

"모두가 그래! 비록 지금은 아니더라도 오랜 시간이 지나면 변질되게 되어 있어!"

트로나가 제로나에게 가까이 다가가며 말했다.

"언니, 지금은 먼 훗날을 생각할 때가 아니잖아요."

"너까지……!"

"루시퍼의 부활보다 더 큰 재앙이 어디 있겠어요?"

"그렇더라도 상대는 흡혈귀야! 그것을 잊지 마!"

"하지만 언니, 부쿠브 카키슈가 흡혈귀인 줄 모르고 선택했겠어요? 부쿠브 카키슈는 저분을 흡혈귀가 아닌 인간으로 판단한 거예요."

코로나의 반론에 제로나가 단호하게 말했다.

"부쿠브 카키슈의 선택을 무조건 따를 수는 없어!"

"물론 그렇죠. 하지만 저분이 단순한 흡혈귀가 아니라는 것은 증명된 거잖아요."

제로나는 잠시 코로나를 보다가 긴 한숨을 내쉬었다.

"그래서 넌 우리도 저 흡혈귀를 선택해야 한다는 거냐?"

"하나의 큰 가능성이라고 봐야겠죠. 시간이 없는 우리에게는 다행이라는 생각이 들어요."

제로나는 트로나에게 시선을 돌렸다.

"너도 코로나와 같은 생각이냐?"

"네."

망설임없는 대답에 제로나는 미간에 주름을 만들었다.

"이 문제에 대해서는 조금 더 생각을 해보자. 엘릭서가 있는 곳까지
갈 동안 시간이 조금 남았으니."

말을 하고 주적자를 본 제로나의 눈에 놀람이 서렸다. 주적자는
'왜 라는 의문을 느낌과 동시에 답을 얻을 수 있었다. 빠르게 회복되
는 그의 몸은 어느새 정상적인 외형을 갖추고 있었다. 솜털과 머리칼
이 자라고 있는 신체는 마른 피만 닦아내면 완벽한 제 모습이었다.

"정말 엄청나게 빠른 회복력이군."

"민망한 모습이기도 하고."

소소자는 말을 하고 재빨리 웃옷을 벗어 주적자에게 내밀었다.

"중요한 부분이라도 이것으로 가려라."

주적자가 옷을 받아 들자 화백이 말했다.

"일단 씻어야겠어요. 저쪽에서 물이 느껴지네요."

그녀가 가리킨 곳은 발키리아의 뒤쪽 숲이었다. 주적자는 검은 숲을
일별하고 코로나에게 물었다.

"당신들이 우리에게 바라는 것이 무엇이오?"

"차차 알게 될 거예요."

"지금 밝히시오. 그 말에 따라 당신들과의 동행에 대한 우리의 입장
이 결정될 테니."

발끈한 제로나가 소리쳤다.

"네가 우리와의 동행을 거절이라도 하겠다는 것이냐?"

주적자가 눈살을 찌푸렸다.

"버르장머리없는 암망아지를 보는 것 같군."

"뭐야! 흡혈귀 따위가 감히!"

제로나가 허리에 찬 검을 빼자 주적자보다 화백이 먼저 움직였다. 아까부터 마음에 안 든다는 표정을 짓고 있더니 기어코 나선 것이다.

취리리릭—

하얀 실이 제로나를 향해 빛살처럼 뻗어 나갔다.

"멈춰요!"

코로나의 만류는 아무런 힘을 발하지 못했다.

"체류하!"

제로나가 소리를 치며 검을 휘두르자 땅에서 난데없이 회오리바람이 숫아오르더니 화백의 실을 하늘로 날려 버렸다.

"카룽!"

의미를 알 수 없는 말과 함께 제로나가 검을 앞으로 쭉 뻗었다. 그러자 대기가 찢어지는 소리와 함께 송곳 같은 기운이 짓쳐들었다.

"홍!"

화백은 코웃음과 함께 양손을 가슴 앞에서 빙글 돌렸다. 몸에서 나온 실이 둥글게 모여 하얀색의 방패를 만들었다.

퍼버버벅!

모래에 돌이 박히는 듯한 소리와 함께 실로 만든 방패 겉면에서 하얀 가루가 치솟았지만 부서지지는 않았다. 대기의 화살이 부딪친 충격 때문에 두 걸음 물러섰던 화백이 실을 머리 위로 끌어 올렸다.

"그만두세요!"

코로나와 트로나가 동시에 나서서 화백과 제로나 사이를 가로막았다.

"지금은 우리끼리 싸울 때가 아니에요!"

제로나는 화백을 노려보다 검을 집어넣으며 말했다.

"당신처럼 강한 초자연적인 존재가 왜 흡혈귀의 하수인이 되었는지 모르겠군."

화백도 실을 몸 안으로 갈무리했다.

"애정과 존경을 모른다면 이해할 수 없는 부분이지."

그녀는 주적자의 팔을 잡아끌었다.

"이상한 정괴들 상대할 필요 없이 빨리 가요."

개울을 찾아가는 그의 등으로 코로나의 목소리가 부딪쳤다.

"당신들과 우리는 함께 가야 해요."

그녀의 말대로 그들은 결국 동행하게 되었다. 발키리아가 주적자 일행과의 동행에 대한 타당한 이유를 대서가 아니라 당과가 있는 서쪽까지 빨리 갈 수 있는 방법을 만들어준 때문이었다.

그녀들은 무그 산에 살고 있는 세두에게 주적자 일행을 태우고 갈 것을 요구했다. 세두가 군말없이 발키리아의 명령을 따르는 것으로 보아 이 세계에도 명백한 서열이 있다는 뜻이었다.

비록 부쿠브 카키슈를 빼앗기기는 했지만 당과가 있는 곳까지 빨리 갈 수 있게 됐으니 무그 산에 온 것이 헛걸음만은 아니었다.

발키리아가 타고 있는 말은 하늘을 날 수 있는 토로이가였다. 독수리보다 빨라서 주적자 일행을 태운 세두가 쫓아가기 버거울 정도였다. 바그다드를 거쳐 지중해(地中海)를 끼고 돌아가야 할 먼 여정이 단 십 일로 단축되었다.

"저곳이 유럽의 길목이라고 할 수 있는 헝가리 왕국입니다!"

바로 곁에서 날고 있던 체르샤가 앞쪽을 가리키며 소리쳤다. 주적자는 손가락이 향한 쪽으로 시선을 돌렸다. 멀리 숲 너머의 도시들이 여명을 받아 반짝이고 있었다. 드디어 당과가 있는 땅에 도착한 것이다.

*　　　　*　　　　*

"발키리아라구?"

단탈리안의 목소리가 지하실 안을 쩌렁하게 울렸다.

"그래."

프로켈은 단탈리안이 안고 있는 상자를 턱으로 가리키며 말했다.

"그것도 겨우 가지고 왔어. 파주주를 죽인 녀석과 싸우면서 너무 많은 힘을 쏟은 탓에 싸울 수가 없더군. 확실히 녀석은 흡혈귀치고 지나치게 강했어."

그는 허리에 찬 칼을 어루만지며 '내 무기를 잃어버리지 않은 것만도 다행이었지' 라는 생각을 했다.

단탈리안은 이마에 깊은 주름을 만들고 물었다.

"발키리아 외에 다른 인물은 없었나?"

"아니, 그들 셋뿐이었어."

"다행이군."

"발키리아에게 너무 신경 쓰는 게 아니야?"

"정작 무서운 것은 발키리아가 아니라는 건 너도 알잖아."

프로켈은 고개를 끄덕였다.

"그렇지. 하지만 발키리아만 나타난 것으로 보아 걱정은 하지 않아도 될 것 같은데? 그녀들에게는 우리를 막을 시간이 없을 테니까."

"방심은 금물이야."

단탈리안은 루시퍼의 방으로 걸음을 옮겼다.

"당과는 어디 있지?"

"아이니의 방에."

프로켈은 아이니의 커다란 상을 보았다. 인간의 얼굴 양쪽에 뱀과 고양이의 머리를 달고 커다란 도마뱀을 탄 모습을 하고 있었다. 오른손에는 꺼지지 않는 햇불을 든 아이니는 화염공(火炎公), 또는 파괴공(破壞公)이라고 불리는데 보이는 모든 것을 불태우려 하는 마신이었다.

오직 루시퍼의 명령만을 듣는 아이니는 프로켈과 상극이었다. 루시퍼가 아니었다면 둘 중 하나는 벌써 소멸되었을 것이다.

그는 석문 안으로 사라지는 단탈리안에게 물었다.

"왜 하필 아이니의 방이지?"

"그냥… 우연일 뿐이야."

"다른 곳으로 옮겨!"

단탈리안의 목소리는 닫히는 문 사이로 들렸다.

"그분의 부활보다 흡혈귀의 위치를 옮기는 일이 급하다고 우기지는 않겠지? 베리알에 대한 주술을 완성한 다음에……."

쿵!

가늘게 들리던 목소리는 문이 닫히며 차단되었다. 쫓아가려던 프로켈은 이내 아이니의 방으로 걸음을 옮겼다. 루시퍼가 부활하기 전까지 아이니에 대해 걱정할 필요는 없었다.

당과 일행은 검은색의 벽에 등을 붙인 채 묶여 있었다. 그가 오랜 세월 갇혔던 자세와 비슷했다. 프로켈이 들어오자 가장 먼저 당과의 시선이 꽂혔다.

"잘 있었나?"

당과의 이런 모습이 가슴 아프게 다가오기는 했지만 그는 애써 웃는 얼굴로 말을 건넸다. 그녀는 대꾸없이 고개를 돌려 버렸다.

"우릴 가둬두고 무얼 하려는 거냐!"

프로켈은 소리를 지르는 흡혈귀의 이름이 드라칸이라는 것을 기억해 냈다.

"안달하지 마라. 당과가 나와 약속만 지킨다면 너희들을 해칠 이유가 없으니까. 그리고……."

그는 드라칸의 턱을 쓰다듬으며 말을 이었다.

"마신에 대해 예의를 지키는 것이 좋을 것이다, 재가 되어 사라지고 싶지 않다면."

프로켈의 협박이 효과가 있었는지 드라칸은 말없이 눈을 내리깔았다. 그는 드라칸의 뺨을 툭툭 친 후 당과 앞에 섰다.

"나와의 약속을 지킬 마음이 생겼나?"

그녀는 고개를 돌려 프로켈의 눈을 직시했다.

"내가 약속을 하면 풀어줄 테냐?"

프로켈은 볼을 붉적이며 곤란한 표정을 지었다.

"물론이지. 하지만 그러기 전에 선행될 것이 있어."

"입만으로 한 약속은 못 믿겠다는 것인가?"

"확실히 해두자는 거지."

"선행될 것이 뭔지 말해 봐."

프로켈은 당과와 자신을 번갈아 가리켰다.

"너와 나 사이를 주술로 묶는 거야. 칼라할리라는 이 주술은 강제로 누군가가 자신을 좋아하게 만들 수 있지. 어때, 응할 텐가?"

당과는 피식 웃음을 터뜨렸다.

"이상한 주술이군. 그런데 왜 그런 것에 내 동의를 구하지? 몰래 펼칠 수도 있을 텐데?"

"칼라할리는 합의하지 않은 상황에서는 효과를 발휘할 수 없어, 많은 주술들이 그렇듯."

프로켈은 당과의 대답을 기다렸다. 하지만 그녀는 선뜻 입을 열지 않았다.

"처음 약속을 지키는 것뿐이야."

그가 이 말로 재촉했지만 당과의 대답을 끌어낼 수 없었다. 프로켈은 문득 초조함을 느끼는 자신을 발견했다. 마신인 그가 한낱 흡혈귀에게 사랑을 구걸하는 것은 생각할 수도 없는 일이었다. 그런데 이상하게 화는 나지 않았다. 다만 당과가 '그래'라는 대답을 해주기만 바랄 뿐이었다. 하지만 그녀는 끝내 그의 바램을 들어주지 않았다.

"약속은 없었던 것으로 하지."

이런 종류의 대답을 예상하지 않았던 것도 아닌데 충격은 생각보다 크게 다가왔다.

"뭐야? 왜? 왜 약속을 어기겠다는 거야?"

"그렇게 놀랄 일도 아니잖아. 원래 난 입으로 한 약속은 잘 지키지 않는 편이야. 너희들이 말하는 요정이나 마신은 그렇지 않나 보지?"

물론 아니었다. 마신들 중에도 거짓말쟁이가 훨씬 많았다. 하지만 당과가 그래서는 안 된다. 그녀는 자신을 사랑해야 했고 그의 곁에 있어야 할 존재였다.

"약속을 지키지 않으면 너희들이 죽을 수도 있어."

그의 말에도 당과는 흔들리지 않았다.

"다른 것이라면 몰라도 너를 사랑하게 된다는 조건이라면 들어줄 수 없어."

"날 사랑하지 않는 이유가 뭐야? 누구보다 강하고 세상에서 가장 아름다운 나를 사랑하지 않을 까닭이 없잖아?"

"누군가를 좋아한다는 것은 그의 강함이나 외모로 생기는 감정이 아니야. 그건 그냥… 감정이지."

말을 하는 그녀의 눈빛이 순간 아련하게 변했다. 그것은 눈앞의 프로켈을 보는 것이 아니라 다른 얼굴을 떠올리는 듯한 그런 것이었다.

"너… 다른 누군가를 사랑하고 있는 것이냐?"

당과는 잠시 그를 보다가 피식 웃음을 터뜨렸다.

"이해할 수가 없군. 왜 내게 이토록 집착하는 거지?"

집착이란 말이 송곳처럼 프로켈의 가슴을 찔렀다. 확실히 당과에 대한 그의 감정은 집착에 가까웠다. 첫눈에 호감을 느끼는 것은 충분히 있을 수 있는 일이지만, 마신인 그가 이처럼 사랑을 애걸하는 모습을 보인다는 것 자체가 말이 되지 않았다. 아니, 루시퍼 외에 누군가를 사랑해서는 안 되는 것인지도 모른다.

하지만 이런 이성적인 생각에도 불구하고 눈앞의 당과를 놓치기 싫었다. 어떻게든 그녀를 자신의 것으로 만들고 싶었다.

'목표로 하는 것은 꼭 손에 넣고 만다! 그래, 그것이 이유야! 여인과의 사랑에 목매는 것은 인간들이나 하는 짓이야! 난 단지 소유하고 싶을 뿐이야!'

프로켈은 자신의 감정을 그렇게 단정 지었다. 그 외의 감정은 생각하고 싶지 않았다. 프로켈은 잔뜩 목소리를 깔아서 말했다.

"너희들을 죽일 것이란 내 말을 믿지 않나 본데, 난 한번 뱉은 말은 무슨 일이 있어도 지킨다."

그의 거듭된 협박에도 당과는 흔들리지 않았다. 마음속에 누군가가 들어 있지 않고서야 이런 모습을 보일 리가 없었다. 그의 뇌리에 문득 부쿠브 카키슈를 가지고 있던 사내가 떠올랐다. 분명 그도 당과를 알고 있었다. 지금 그녀와 연결할 수 있는 고리는 그 사내뿐이었다.

"너, 혹시 눈이 가늘고 뺨에 흉터가 있는 흡혈귀를 좋아하고 있는 것 아니냐?"

당과의 표정이 눈에 띄게 경직되었다.

"네가 어떻게 주적자를 알고 있는 거지?"

프로켈은 자신의 직감이 맞았다는 것을 느꼈다.

"그 녀석의 이름이 주적자였나?"

"주적자를 어떻게 알고 있냐구?!"

그녀의 목소리는 너무 날카로워 바늘을 날리는 것 같았다.

"싸웠었지. 녀석의 수중에 내가 원하는 물건이 있었거든."

"그래서?"

"어떻게 됐을 것 같나?"

"빨리 말해! 주적자가 어떻게 됐어?"

프로켈은 '녀석을 죽여 버렸어'라는 말을 하고 싶었다. 그런 가학적인 거짓말로라도 자신의 마음에 상처를 낸 당과에게 복수하고 싶었다. 하지만 그런 비열함은 그에게 어울리지 않았다.

"그렇게 안달할 것 없어. 녀석은 아직 살아 있으니까. 하지만 내 손에 곧 죽게 될 거야."

"주적자에게 손끝 하나라도 댔다가는 내가 널 죽여 버릴 테다."

낮게 말하는 그녀의 목소리에는 기필코 그렇게 하겠다는 의지가 들어 있었다. 그것이 프로켈을 더 화나게 했다. 그는 당과와 코끝이 닿을 정도로 가까이 다가갔다.

"그 녀석보다는 너와 네 일행을 먼저 걱정해. 네가 약속을 지키지 않으면 한 명씩 차례차례 죽여 버릴 테니까. 가장 먼저……."

프로켈은 드라칸 앞으로 걸음을 옮겼다.

"이 녀석이 본보기가 될 것이다."

"무, 무슨 소리야! 왜 하필 내가 제일 먼저……!"

그는 소리치는 드라칸의 입을 틀어막았다.

"당과가 나와 약속을 지키는 것만이 네가 살길이다. 만약 거부한다면 한 명씩 차례차례 없애 버릴 테다."

프로켈은 당과에게 시선을 던졌다.

"내일 대답을 듣겠다, 내일!"

＊　　　　　＊　　　　　＊

단탈리안은 부쿠브 카키슈를 들고 베리알을 보았다. 위에 호스가 꽂아진 투명한 유리관 안에 앉아 있는 베리알의 피부는 실핏줄이 드러나 보일 만큼 깨끗했다. 양쪽 팔에 찬 코로나 스파투, 두 다리에 끼워진 사울 베리나할, 몸통을 감싼 오두라 사하드마가 완벽하게 안으로 갈무리되었다는 증거였다.

이제 부쿠브 카키슈만 머리에 씌워 흡수하게 되면 루시퍼의 영혼을 받아들일 완벽한 신체가 만들어지는 것이다. 이미 다른 기물들이 베리알에게 적용되었으니 부쿠브 카키슈가 거부할 가능성은 거의 없었다.

그가 유리관의 문을 열자 기다렸다는 듯 베리알이 눈을 떴다. 연갈색을 띠었던 눈동자가 새까맣게 변해 흑백이 뚜렷하게 대비되었다. 베리알은 느낌이 이상한 듯 자신의 몸 여기저기를 살피며 말했다.

"정신을 잃기 전에는 분명 갑옷을 차고 있었는데… 당신이 벗겨낸 것이오?"

"그것들은 네 안으로 스며들었다. 이제 이 부쿠브 카키슈만 네 것으로 만들면 넌 더 이상 완벽할 수 없는 인간으로 탄생하는 것이다."

베리알은 단탈리안이 들고 있는 부쿠브 카키슈를 힐끔 보고 물었다.

"그보다 샤를롯트는 어떻게 되었소? 설마 지그문트와 결혼한 것은 아니겠지요?"

"걱정 마라. 그들은 약혼식만을 올렸을 뿐이다. 결혼을 하려면 아직도 보름은 더 남았으니 시간은 충분하다."

베리알의 불안한 시선이 다시 부쿠브 카키슈에 머물렀다.

"정말… 난 샤를롯트와 결혼해서 성주가 될 수 있는 것이오?"

"불안해하지 마라. 네가 부쿠브 카키슈를 받아들이는 순간 원하는 것은 무엇이든 얻을 수 있을 테니. 자, 이걸 머리에 써라."

베리알은 그가 내민 부쿠브 카키슈를 조심스럽게 손에 얹었다.

"그걸 머리에 쓰는 순간 '날 영접하라'는 메시지가 들릴 것이다. 그럼 넌 이미 알려준 주문을 외워라. 고통 같은 것은 없을 테니 마음 편하게 가져라. 넌 그저 주인을 맞이하는 충성스런 하인 같은 마음만 품으면 된다."

"혹시… 내가 이것의 노예가 되는 것은 아니오?"

베리알의 목소리에는 불안이 떠나지 않았다. 처음 만났을 때의 그 강함은 사라지고 없었다. 코라나 스파투, 사울 베라나할, 오두라 사하드마가 스며들었으니 인간적인 강함이 사라지는 것은 당연했다. 처음부터 약한 인간이었다면 벌써 광인(狂人)이 되어버렸을 것이다.

지금은 세 기물 때문에 약해졌지만 부쿠브 카키슈를 흡수하고 시간이 지나면 예전보다 더한 강성으로 돌아오리라. 물론 종류가 다른 정신의 강함이겠지만.

"걱정 마라, 넌 여전히 너일 테니."

단탈리안은 '당분간만' 이란 말을 하지 않았다. 합의 하에서만 이루어질 수 있는 주술에서 거짓말은 꼭 필요할 수밖에 없었다. 베리알은 머뭇거리다가 부쿠브 카키슈를 머리에 썼다.

"소리가 들리는 순간 주문을 외워라!"

그는 초조함을 느끼며 거듭 강조했다. 일 옹스 정도 지났을까? 베리알의 입이 열렸다.

"알리사 바사라, 오호롯소 드라비아, 카브리알 카브지사, 토리네알 바다랏트……."

주문은 물이 흐르듯이 자연스럽게 흘러나왔다. 그동안 연습시킨 보람이 있었다. 주문 소리는 일 프앵 동안 이어지다 더 이상 들리지 않았다.

단탈리안은 유리관 문을 닫고 벽에 튀어나온 레버를 아래로 끌어당겼다. 그러자 유리관 위에 꽂힌 호스를 통해 초록색의 액체 토르카로가 쏟아졌다. 찰랑찰랑 차 오르는 토르카로는 베리알의 몸에 스며들어 가장 완벽한 신체를 만들어줄 것이다.

'하루만 지나면 긴 고통의 시간은 지나고 천년암흑왕국 시대의 서막이 오르리라!

베리알의 무릎까지 차 오른 토르카로가 그를 희열에 떨게 만들었다. 몸이 먼지로 부서질 것 같은 그런 희열이었다.

제66장

벼랑에서…

제66장 벼랑에서…

토이틀은 천신만고 끝에 석양의 기운에 불타고 있는 자신의 오두막으로 돌아왔다. 혼자 도망친 것이 비겁하게 느껴지기는 했지만 어쩔 수 없는 선택이었다. 그에게는 맞서 싸울 힘도, 당과 등을 구할 방법도 없었다.

엘릭서에 근접했다가 보지도 못하고 물러선 것이 못내 아쉬웠다.

'살아 있어야 다시 기회를 찾을 수 있으니까.'

토이틀은 그렇게 자신을 위로했다. 그는 몇 년 만에 돌아온 듯한 감회를 느끼며 오두막 문을 열었다. 그런데…

"야! 어떻게 된 거야?"

안에서 귀에 익은 목소리가 들렸다.

"체르샤!"

당과가 동쪽에 떨구고 왔다는 체르샤는 빠르게 다가와 그의 어깨를 움켜잡았다.

"너, 무사했구나? 대체 어딜 갔다 온 거야?"

"설명하자면 길어."

토이틀은 대꾸를 하고 오두막 안에 있는 나머지 인물들을 훑어보았다. 삼남사녀 중 이남일녀는 당과와 같은 곳에서 온 것 같았고, 활을 들고 검은 찬 세 명의 여자는 유럽인처럼 보였는데 확실치는 않았다.

"당과는 어디 있나?"

눈이 가늘고 뺨에 흉터가 있는 사내가 물었다. 목소리는 낮고 날카로워 듣는 이로 하여금 절로 주눅이 들게 만들었다.

"그녀는 프로켈에게 잡혔습니다."

"그곳이 어디지?"

토이틀은 대답 대신 체르샤를 힐끔 보았다. 저들의 정체가 뭐냐고 묻는 눈짓이었고 체르샤는 용케 그의 의도를 알아차렸다.

"이 네 사람은 동쪽에서 왔는데……."

그렇게 운을 뗀 체르샤는 빠르게 네 사람에 대해 설명했다. 그리고 세 여인이 발키리아라는 말을 듣는 순간 숨이 멎은 듯한 충격을 받았다.

"당신들이 정말 북구의 신 오딘의 명령을 받는 발키리아라는 말입니까?"

각진 얼굴만큼이나 차갑게 생긴 제로나가 대답했다.

"그래."

"혹시 당신들의 목적이 엘릭서인가요?"

"연관이 있지만 그것 때문만은 아니지."

"엘릭서에는 사탄 루시퍼의 영혼이 들어 있다."

체르샤가 아무렇지 않게 뱉어낸 말은 가히 충격적이었다.

사탄 루시퍼라니!

"신화에서나 등장하는 그 사악하고 더할 나위 없이 강한 루시퍼가 실제로 존재한다는 말이냐?"

"불행히도."

루시퍼에 대해 잘 아는 체르샤의 목소리는 이상할 정도로 담담했다. 마치 '난 그동안 세상의 희한한 일을 겪을 만큼 겪어서 그 정도는 놀랄 일도 아니야' 라고 말하는 것 같았다.

그는 발키리아에게 물었다.

"그럼 당신들은 루시퍼의 부활을 막기 위해 온 것이겠군요."

그녀들의 대답을 듣기도 전에 주적자라는 이름을 가진 사내가 나섰다.

"내 물음에 아직 답하지 않았다. 당과는 어디에 잡혀 있는 거지?"

당장 대답하지 않으면 목이라도 꺾을 기세였다.

"신성로마제국에 있는 보름스 산입니다."

"그곳으로 당장 우리를 안내해라."

키 작은 사내 소소자가 서둘러 나가려는 주적자를 잡았다.

"이대로 갈 생각이냐?"

"그럼?"

"그곳에는 프로켈을 비롯해 다른 적들도 있을 텐데 그들을 어떻게 상대하려고?"

주적자는 발키리아를 힐끔 보았다.

"딱히 방법이 있는 것은 아니지만 시간이 해결해 줄 일 또한 아니잖

아. 그리고 저들의 목표가 우리와 다르다 할지라도 결국 적은 같으니 힘을 합칠 수 있겠지."

주적자의 말에 발키리아는 부정도 긍정도 하지 않았다.

"아군이 생겼다고는 하지만 이건 마치 벌거벗고 중무장한 적한테 돌진하는 기분인데."

"어찌 되었든 지금으로썬 당과를 만나는 것이 급선무야."

나가려는 주적자를 다시 코로나가 막았다.

"가긴 가야겠지만 지금은 안 돼요. 트로이가와 세두가 모두 지쳤기 때문에 오늘은 쉬고 내일 출발하기로 하죠."

그녀의 말에 소소자도 동의했다.

"그렇게 하자, 우리에게도 숨을 돌릴 여유는 필요하니까."

주적자는 '그래'라는 짧은 말만 하고 밖으로 나갔다. 토이틀은 체르샤에게 바짝 다가가 낮은 목소리로 물었다.

"루시퍼가 부활한다는 것이 확실하냐?"

"우리가 못 막으면 그렇게 되겠지."

"세상에… 루시퍼라니!"

유난히 밝은 달빛은 제로나의 안식을 방해했다. 그녀는 나뭇가지 위에 누워 있는 두 동생을 번갈아 본 후 땅으로 내려왔다. 트로이가와 세두도 숲 어디선가 휴식을 취하고 있을 것이다.

"과연 주적자를 선택해야 하는 것일까?"

제로나는 근심 어린 중얼거림을 내뱉었다. 그녀가 십 일 남짓 지켜본 주적자는 흡혈귀라고 생각되지 않을 만큼 인간적이었다. 피도 짐승의 것만 먹는다는 점이 놀라웠다. 짐승의 피가 인간의 피보다 달콤해서가 아니라 인간을 해치지 않겠다는 의지의 발로이니 그야말로 인간적이라고밖에 볼 수 없었다.

주적자가 그녀가 아는 흡혈귀와 다르다 할지라도 흡혈귀인 것만은 분명하니 쉽게 마음을 정할 수가 없었다.

"시간만 충분하다면 다른 인간을 찾아 우리 식으로 만들 텐데."

그녀는 아쉬운 탄식을 뱉고 걸음을 옮겼다. 잠시 산책을 한 후 휴식을 취하자는 생각이었다. 그런데 어디선가 바람 가르는 소리가 들렸다. 짧게 반복되는 그 소리는 토이틀의 오두막 근처에서 전해졌다.

호기심을 느낀 그녀는 조심스런 걸음을 내디뎠다. 빽빽하게 들어찬 나무 사이를 빠져나오자 오두막 앞의 공터가 나타났다. 그녀는 그곳에서 주적자를 볼 수 있었다.

반투명한 흑색 검을 휘두르며 이리저리 움직이는 주적자는 마치 춤을 추고 있는 것 같았다. 베고 찌르고 뛰어서 휘두르는 동작은 아무렇게나 움직이는 것 같으면서도 어떤 조화가 엿보였다.

제로나는 넋을 잃고 그 역동적인 모습을 지켜보았다. 흙먼지를 분분히 일으키며 춤에 열중하는 주적자가 아름답게까지 보였다. 떨어지는 달빛이 그를 중심으로 부서지는 것 같았다. 오랜 옛날, 오딘을 위해 무희들이 갖가지 춤을 보여주기는 했지만 진정코 지금 주적자가 추고 있는 저 춤에는 미치지 못했다.

보는 이로 하여금 숨이 막히고 손가락이 하얗게 될 정도로 주먹을 쥐게 하는 저런 역동성은 상상조차 하지 못했다.

"후우—!"

주적자는 갑작스럽게 끝난 춤 뒤로 긴 한숨을 내쉬었다. 주적자가 자신을 보지 않았다면 제로나는 박수라도 쳤을 것이다.

"그게 무슨 춤이지?"

그녀의 물음에 주적자는 피식 웃음을 터뜨렸다.

"춤이 아니라 무공이라는 것이다."

"무공?"

"일종의 싸움을 하는 기술이지."

제로나는 저렇게 아름다운 몸 동작이 싸움 기술이라는 것을 이해할 수 없었다. 하지만 다시 생각해 보면 저렇게 힘차고 박진감 넘치는 움직임이라면 충분히 가능할 것 같기도 했다.

"네가 사는 곳에서는 모두 그렇게 싸움 기술을 익히는 모양이지?"

"각자 다르기는 해도 고유의 기술이 있기는 하지."

주적자는 검을 등에 걸린 검집에 꽂았다. 한바탕 검무를 끝낸 그는 왠지 차분해 보였다.

"내게 볼일이 있어서 온 건가?"

"아니, 아니야."

그녀는 고개까지 저어 부정했다. 주적자는 바로 몸을 돌려 오두막으로 향했다.

"한 가지 물어볼 것이 있는데."

주적자가 그녀를 향해 섰다.

"뭔데?"

"왜… 사람이 되려고 하지?"

"우스운 질문이군."

"뭐가 우습다는 거야?"

"원래 내 모습으로 돌아가겠다는 것은 당연하잖아. 피를 빨며 영원히 산다는 것, 후후… 너무도 큰 고통이지."

말 중간에 잠깐 내비친 웃음은 차라리 울음보다 슬퍼 보였다. 강하게 영원히 사는 삶을 거부하는 어떤 타당한 이유보다 그 처연한 웃음이 주적자의 마음을 더 극명하게 드러내고 있었다.

"만약 사람이 될 수 없다면 어떻게 할 거야?"

주적자는 잠시 무언가를 생각하다가 입을 열었다.

"그건 그때 가서 결정해도… 아니, 난 사람으로 돌아갈 거야. 무슨 일이 있어도."

낮았지만 외침보다 강한 의지가 담겨 있었다.

"또 알고 싶은 것이 있나?"

그녀는 고개를 저었다. 주적자는 인사도 없이 오두막으로 들어갔다. 그 뒷모습에 흡혈귀의 사악함 같은 것은 보이지 않았다.

"후우— 정말 특별한 흡혈귀야."

제로나의 뇌리에 '지금으로써는 주적자도 괜찮지 않을까?'라는 생각이 스쳤다.

* * *

"뭐야?"

"그렇게 놀랄 필요 없어."

프로켈은 한쪽에서 무표정한 얼굴로 서 있는 베리알을 보았다.

"나보고 저 녀석과 싸우라는 것이 말이 되냐?"

단탈리안의 얼굴이 꿈틀거리더니 백 살쯤 되어 보이는 늙은 노인으로 변했다. 누런 이빨을 드러내 웃는데 영 어색하게 보였다.

"넌 네 개의 기물을 모두 흡수한 선택받은 인간이 얼마나 강한지 모르는군."

"아무리 강해도 아직은 인간일 뿐이야. 내 칼만 빼 들어도 꽁꽁 얼어서 죽고 말걸."

"그럴까?"

단탈리안은 베리알의 뒤쪽 벽으로 다가갔다.

"그런데 지금 저 녀석은 어떤 상태지? 얼굴을 보아하니 아직 정신을 못 차린 것 같은데."

"그냥 본능만 남아 있지. 반나절 정도면 제정신으로 돌아올 거야."

단탈리안이 벽을 더듬자 위아래 폭이 십 인치 정도 되는 틈이 생기면서 검 하나가 모습을 드러냈다.

"펄 트라이스탄!"

그것은 루시퍼의 검이었다. 세상에서 유일하게 그의 얼음 칼 크리스토스워드를 제압할 수 있는 검. 정작 루시퍼는 펄 트라이스탄을 한 번도 쓰지 않았었다. 무기를 쓸 필요가 없을 정도로 강했으니까.

"무려 이천 년 만에 빛을 보는군."

단탈리안은 펄 트라이스탄을 베리알에게 공손히 내밀었다.

"받으시지요."

베리알이 검을 쥐는 것을 보며 프로켈은 코웃음을 쳤다.

"벌써 루시퍼님을 대하는 듯 행동하는군."

"삼 할쯤은 그분이니까."

"뭐 그건 그렇고, 왜 내가 베리알과 결투를 해야 하는 거지?"

단탈리안은 예의 그 누런 이빨을 드러내며 웃었다. 좋아 죽겠다는 그 표정은 차라리 달걀일 때의 얼굴보다 더 보기 싫었다.

"아무리 신체적으로 강해졌다고 해도 단련은 필요한 법이야. 베리알은 싸우면서 점점 루시퍼님에게 가까워지는 거지. 상대가 강하면 강할수록 그만큼 빨리 성장할 거야."

"하지만 조금 더 약한 상대를 고르는 것이 좋지 않을까? 나와 싸우다 잘못되기라도 하면……."

"그런 걱정은 하지 마, 너한테 패할 일은 없을 테니까."

"네 개의 기물을 너무 과신하는군."

프로켈은 칼을 빼며 말을 이었다.

"얼마나 강한지 볼까?"

그의 심정은 매우 느긋했다. 베리알은 아무리 강해졌더라도 아직은 자신의 상대가 될 수 없었다. 그가 더 조심해야 할 것은 베리알이 얼음으로 부서지지 않게 신경 쓰는 것이었다.

"싸우시지요. 반드시 죽인다는 마음으로 공격을 하셔야 합니다."

베리알은 말 잘 듣는 도련님처럼 검을 뺐다. 붉은색의 검신이 나오자 피부를 찌르는 날카로움이 느껴졌다. 크리스토스워드의 한기와 펄 트라이스탄의 예기가 부딪치며 허공에 수많은 스파크를 만들어냈다.

"와라."

프로켈은 칼을 내려뜨리고 베리알을 향해 손을 까딱거렸다. 베리알은 더없이 진지한 표정으로 검을 몸 가운데 두고 그를 노려보았다.

타다다다!

갑자기 스파크에서 소리가 튀어나왔다. 그만큼 상대의 힘이 강해졌다는 것을 의미했다.

'꽤 하는군.'

프로켈은 좀 더 마력을 높였다. 그러자 스파크 소리는 더욱 크게 울려서 수많은 폭죽을 터뜨리는 듯했다. 이대로 부딪치면 이 방이 무사할지 걱정이었다.

"밖으로 나가는 것이 좋지 않을까? 지하실이 무너지기라도 하면 큰일이잖아."

단탈리안은 느긋한 표정을 지었다.

"하늘이 무너져도 끄떡없을 테니 그런 걱정은 하지 마."

하긴 치밀한 단탈리안이 그런 생각을 안 했을 리 없었다.

우웅―!

베리알은 갑작스럽게 공격해 들어왔다.

쩌엉!

드라칸은 퍼뜩 잠에서 깨어났다. 며칠 동안 깨어 있었고, 피를 마시지 못하다가 졸음을 이기지 못하고 깜빡 잠이 든 모양이다.

"무슨 소리지?"

그는 곁에 매달려 있는 왕족쌍에게 물었다.

"내가 어떻게 알겠어요?"

그녀의 목소리에도 힘이 없었다. 벽이 흔들릴 정도의 충격을 만드는 소리는 연속적으로 들려왔다. 지진이 일어났거나 누군가 안에서 싸우고 있는 것이 분명했다.

"혹시 주 숙부가 우리를 구하러 온 것이 아닐까요?"

당과를 향한 왕족쌍의 물음에는 강한 희망이 묻어 있었다. 당과도 내심 그것을 생각했는지 고개를 들고 밖에서 들리는 소리에 귀를 기울였다.

싸우는 소리는 들렸을 때만큼이나 갑작스럽게 사라졌다. 사위를 매운 침묵은 그들의 어깨 위로 무겁게 가라앉았다.

드드드드—!

바위문이 열린 소리에 그들은 일제히 고개를 돌렸다. 그곳으로 들어선 이는 실망스럽게도 프로켈이었다. 싸움의 당사자가 자신임을 증명하듯 옷 여기저기가 찢기고 이마에 상처도 나 있었다.

"믿을 수 없을 정도로 강하군. 사대 기물을 흡수한 것만으로 나를 이기다니……."

알 수 없는 중얼거림을 뱉은 프로켈의 시선이 드라칸에게 향했다. 잔뜩 일그러졌던 얼굴의 주름이 일순간에 사라지면서 차가운 표정이 되었다.

프로켈은 천천히 걸음을 옮겨 당과 앞에 섰다.

"결정을 내렸나?"

"이미 말했을 텐데."

프로켈의 눈가가 파르르 떨렸다.

"정말 약속을 어길 셈이냐?"

"내게 약속 따위는 무의미한 말일 뿐이야."

"왜! 왜! 왜!"

프로켈은 발작하듯 외침을 터뜨렸다. 잔뜩 붉어진 이마에 돋아난 파란 핏줄이 금방이라도 살갗을 뚫고 튀어나올 것 같았다.

"내가 정말 네 일행을 모두 죽여야 말을 듣겠느냐! 넌 내 손아귀를 벗어날 수 없어! 그걸 왜 몰라!"

목에 핏대를 세워 소리쳤지만 당과는 눈 하나 깜빡하지 않았다.

"시간 낭비 하지 마."

눈을 부릅뜨고 당과를 노려보던 프로켈은 잔뜩 목소리를 낮춰 말했다.

"주적자란 놈 때문이냐?"

"……."

"역시 그렇군. 그 녀석 목을 가져오면 네 마음도 달라지겠지."

철컹!

당과가 몸을 앞으로 내밀자 벽과 연결된 쇠사슬이 비명을 질렀다.

"주적자에게 손대면 널 가만두지 않겠어!"

이런 종류의 협박이 아무 소용 없다는 것은 그녀도 잘 알 것이다.

"조금만 기다려라, 녀석의 목을 가져와서 네 발 앞에 굴려줄 테니."

당과는 어금니만 깨물 뿐 입을 열지 않았다. 말을 할수록 프로켈의 화만 돋우게 된다는 것을 깨달은 모양이다.

'야황님 성질에 용케 하고 싶은 말을 참는군.'

드라칸의 생각 속으로 프로켈의 끔찍한 말이 파고들었다.

"그전에 어제 한 말을 지켜야지."

그의 앞에서 한 '이 녀석이 본보기가 될 것이다' 라는 말이 뇌리에서 여러 개로 부서졌다.

저벅! 저벅!

프로켈은 유난히 큰 발자국 소리를 내며 드라칸 앞으로 왔다.

"저, 정말 날 죽이지는 않겠지… 요?"

"그건 당과의 손에 달렸지."

프로켈은 말을 하고 힐끔 당과를 보았다. 드라칸의 간절한 시선도 그녀에게로 향했다. 하지만 당과는 드라칸 쪽으로 고개도 돌리지 않았다.

"야황님! 절 죽도록 내버려 두실 생각은 아니지요?"

그의 애절한 목소리에도 불구하고 당과는 입만 꼭 다물고 있었다.

"아무래도 당과는 네 목숨에 별 관심이 없는 모양이군."

"그, 그렇지 않아요."

드라칸은 애절하게 당과를 불렀다.

"야황님! 야황님! 제발 절 살려주세요! 빼빼 마르고 못생긴 주적자보다는 잘생기고 강한 프로켈님과 맺어지면 좋잖아요!"

이번에도 당과는 말이 없었다.

"야황님!"

갑자기 싸늘한 한기가 엄습했다. 힐끔 본 프로켈의 손에는 언제 빼들었는지 얼음 칼이 쥐어져 있었다.

"얼음으로 만든 후 산산조각으로 부숴놓으면 다시 살아나지 못하겠지."

끔찍한 내용의 말은 전혀 현실성없게 들렸지만 그것은 느낌상의 문제일 뿐 틀린 말은 아니었다. 아무리 그가 햇빛이나 마늘에 상처를 입지 않은 신체로 변했다고 해도 산산조각이 나면 살아날 수 없었다.

"조, 조금만 제게 시간을 주십시오. 야, 야황님을 설득해 보겠습니다."

프로켈은 당과를 힐끔 보고 말했다.

"별로 설득당할 것 같지 않군."

그의 말대로 당과는 무표정하게 정면만을 보고 있을 뿐이었다.

"야황님! 정말 절 죽게 놔두실 건가요?"

비로소 당과의 입이 열렸다.

"너 따위는 어떻게 되든 상관없어."

차가운 목소리에는 위악(僞惡)이 아닌 진심이 담겨 있었다.

"야, 야황님… 이, 이런 못된 년! 여기까지 고생고생하며 같이 왔는데 어떻게 그런 말을 할 수 있나! 넌 동료애라는 것도 없나?!"

힐끔 그를 보는 당과의 얼굴에는 비웃음이 매달려 있었다.

"네 입에서 그런 소리를 들으니 우습군."

"하나도 안 웃겨, 이 갈보 년아!"

그는 소리를 지르고 프로켈에게 애절한 눈빛을 보냈다.

"보십시오. 흡혈야황과 전 아무 상관 없는 처지가 되어버렸습니다. 절 죽인다고 흡혈야황의 마음이 변하지 않는다구요. 그러니 제발 절 살려주세요. 절 부하로 거둬주시면 시키는 일은 무엇이든 다 하겠습니다!"

이제 살아날 유일한 길은 프로켈의 환심을 얻는 것밖에 없었다.

"정말 그렇군. 넌 협박용으로조차 쓸모가 없어."

"네, 네, 전 그처럼 쓸모없는 놈입니다."

프로켈은 얼음 칼은 그의 코앞에서 쓰다듬었다.

"그렇게 쓸모없는 놈이 살아 있어서 뭐 하겠느냐?"

"프로켈님……."

드라칸은 가슴에 느껴지는 날카로운 고통에 말을 잇지 못했다. 고개를 떨구자 명치에 박힌 얼음 칼이 눈을 부시게 했다.

끼리리릭―

환청처럼 들리는 기음은 그의 몸이 급속하게 얼어붙는 소리였다. 고통을 느꼈던 가슴으로부터 차차 감각이 사라져 갔다. 입을 열어 말을 하려 해도 혀조차 움직이지 않았다. 눈앞이 뿌옇게 흐려졌다.

잘 보이지 않는 시야로 무언가 크게 확대되었다. 드라칸은 그것이 프로켈의 손이라는 것을 뒤늦게 깨달았다. 완전한 죽음은 그렇게 찾아왔다.

쩌엉―!

드라칸은 산산조각으로 부서졌다. 하얀 얼음에 갇힌 드라칸의 몸뚱이 파편은 핏물조차 뿜어내지 못했다. 프로켈은 검을 집어넣고 당과에게 다가갔다.

"한 놈이 죽었군."

당과는 아무 대꾸도 하지 않았다.

"내일이면 또 한 사람이 죽을 거야."

그는 왕족쌍을 가리켰다.

"다음은 이 아가씨야."

얼어붙은 팔과 다리가 대롱대롱 매달린 것을 보던 왕족쌍의 안색이 창백하게 변했다.

"좋을 대로."

당과의 목소리에는 여전히 아무 감정도 깃들지 않았다. 그것이 프로켈을 더욱 불쾌하게 만들었다.

"주적자의 목을 가져와도 그렇게 태연할 수 있을까?"

'주적자'라는 이름조차도 그녀에게서 어떤 반응을 끄집어내지 못했다. 프로켈은 신경질적으로 몸을 돌렸다. 문을 나서려는 그의 코끝에 뭔가 타는 냄새가 걸렸다.

생각해 보니 들어올 때도 비슷한 냄새를 맡은 것 같았다. 너무 흥분했었고 더욱 중요한 문제가 있었기 때문에 그냥 무시했을 뿐이다.

그는 나가려는 몸을 돌려 방의 구석구석을 살폈다. 직사각형으로 된 방은 검은색 문과 당과 일행의 소지품 외에는 특별히 눈에 띄는 것이 없었다. 저 문은 아이니가 이계에서 부활할 때 나오는 통로였다.

프로켈은 미심쩍은 눈으로 당과를 일별한 후 문을 나섰다. 사소한 일 때문에 주적자를 잡으러 가는 시간을 늦출 수는 없었다.

방을 나와 지하 대전을 가로지르는데 단탈리안이 그를 불렀다.

"프로켈, 어딜 그렇게 급히 가나?"

"부쿠브 카키슈를 가지고 있던 녀석을 잡아야지."

"그래, 발키리아까지 없앨 절호의 찬스군. 그런데 녀석이 어디 있는지는 알고 있나?"

"바람의 정령에게 이미 명령을 내려놓았으니 지금쯤 알아냈을 거야."

단탈리안은 대견하다는 듯 크게 고개를 끄덕였다. 루시퍼의 부활이 가까워질수록 녀석의 기세가 계속 올라가고 있었다.

'일단 주적자와 발키리아를 없앤 후 저놈을 손봐주는 것이 좋겠군.'

그의 생각을 알 리 없는 단탈리안은 여전히 입가에 웃음을 매달고 있었다.

"발키리아까지 있으니 혼자서는 좀 벅차지 않을까?"

프로켈은 단숨에 공간을 좁혀 단탈리안의 멱살을 움켜잡았다.

"내가 베리알에게 패했다고 해서 무시하지 말아라! 네 목은 언제든 부러뜨릴 수 있으니까!"

"그렇게 흥분하지 말라구, 확실히 처리하자는 것뿐이니까."

단탈리안은 눈동자를 최대한 뒤쪽으로 돌렸다. 프로켈은 단탈리안이 보려는 방향으로 시선을 던졌다. 루시퍼의 방에서 베리알이 나오고 있었다.

"베리알과 같이 가라는 말이냐?"

"발키리라면 좋은 훈련 상대가 될 수 있을 거야. 아울러 십이호위도 깨워야 하고."

"시, 십이호위? 그들은 이계에 갇히지 않았나?"

"이계에 봉인된 것은 칠십이마신뿐이야. 십이호위는 다른 곳에 잠들어 있지. 베리알이 사대기물을 모두 흡수했으니 그들을 깨울 수 있어."

프로켈은 단탈리안의 멱살을 놓으며 물었다.

"십이호위가 어디에 잠들어 있지?"

"콘스탄츠에 있는 알렌스바흐 호수."

*   *   *

당과는 프로켈이 방을 나가자마자 다시 열기를 끌어올렸다. 알 수 없는 문양이 새겨진 수갑과 족쇄는 몸 안의 힘을 자꾸 사라지게 만들었다. 거기에 손목과 발목을 관통한 꼬챙이가 힘을 쓸 때마다 고통을 불렀다.

하지만 그녀는 이를 악물고 손발에 힘을 모았다. 수갑과 족쇄는 뜨거운 기운을 끌어올린 지 일각 만에 시뻘겋게 달구어졌다. 그렇게 반각 정도를 보낸 당과는 화기를 억누르고 빠르게 냉기를 뿜어냈다.

"으음—!"

몸 곳곳에 대바늘이 관통하는 듯한 고통이 찾아왔다.

치이익—

단숨에 열기가 식으며 수갑과 족쇄에서 하얀 연기가 피어 올랐다. 프로켈처럼 얼음덩이를 만들지는 못하지만 그만큼의 차가움을 주기에는 충분했다. 이처럼 번갈아가며 열기와 냉기를 지속적으로 전하면 쇳덩이는 자연 약해지게 되어 있었다. 그러면 무력해진 육체의 힘만으로도 깨뜨릴 수 있을 것이다.

'그전에 들키지만 않는다면.'

*   *   *

신성로마제국의 초입은 온통 숲으로 덮여 있었다. 토이틀의 안내에 따라 당과가 잡혔다는 곳까지 바로 가려 했는데 화백이 제동을 걸었다. 물이 필요하다는 이유였다. 하긴 잠깐 쉴 때조차 물을 흡수하지 못했으니 그럴 만했다.

"우측으로 조금만 날아가면 호수가 있어요!"

토이틀의 말에 그들은 방향을 그쪽으로 돌렸다. 알렌스바흐라는 이름을 가진 호수는 숲 가운데 커다랗게 자리해 있었다. 주적자 일행은 길쭉하게 생긴 호수의 가장자리에 내려앉았다. 호수는 위에서 보던 것보다 훨씬 커서 좁은 폭의 길이가 백 장 가까이 되는 것 같았다.

주적자는 호수 주위에 자라 있는 무성한 풀을 헤치고 나갔다. 발목까지 빠지는 진흙 때문에 늪을 걷는 듯한 기분이었다.

"그냥 여기 계세요. 저 혼자 갔다 올게요."

화백은 대답을 기다리지도 않고 땅을 박차 수풀 너머로 사라졌다. 잠시 후 '첨벙!' 하는 소리가 들린 것으로 보아 물속으로 들어간 모양이다. 주적자는 일행이 있는 곳으로 돌아왔다. 숲이 워낙 빽빽한 탓에 햇빛조차 제대로 들어오지 않았다.

"더럽게 기분 나쁜 곳이군."

소소자가 투덜거리자 셰두가 그 말을 받았다.

"마기가 충만한 곳이에요."

"마기라니?"

셰두는 넝쿨이 거미줄처럼 감긴 숲 여기저기를 보며 말했다.

"악마나 마족이 살기 좋은 곳이거나 그들이 너무 오래 있어 주변 기운이 그쪽으로 물든 공간이라는 거죠."

코로나가 검을 꺼내더니 곁에 있는 나무를 그었다. 그러자 검은색 수액이 주르륵 흘러내렸다.

"확실히 그렇군. 수액이 검은 것으로 보아 마기가 엄청나게 센 곳이야. 괜히 성가신 녀석들을 만나기 전에 빨리 떠나는 것이 좋겠어."

"화백이 오면 바로 가기로 하지."

주적자는 말을 하고 자신이 온 길을 돌아보았다. 가슴 높이까지 자란 풀이 호수를 철저하게 가리고 있었다.

화백은 물속으로 들어가자마자 호수가 이상하다는 것을 깨달았다. 피부에 들러붙는 끈적끈적한 느낌은 여타의 물과 확연히 구분되었다.

물이 좀 더럽기는 했지만 늪이 아니니 이런 감촉은 분명 이상한 것이었다.

거기다 모공을 통해 스며 들어오는 물의 기운 또한 정상이 아니었다. 뭔가 기분 나쁜 불순물이 몸 안에 쌓이는 것 같았다. 수중에서 헤엄을 치던 그녀는 필요한 최소한의 수분만 흡수하고 수면으로 떠올랐다.

막 몸을 솟구치려는데 물속에서 뭔가 다가오는 진동이 느껴졌다. 물의 파동만으로 크기가 이 장이 넘는 것을 알 수 있었다. 하긴 이 정도 호수에 악어가 산다고 해서 이상할 것은 없었다.

그런데 분명 이상했다. 다가오는 속도가 너무 빨랐다. 시위를 떠난 화살이 쏘아져 오는 것 같았다. 그녀는 황급히 물구나무를 서서 물속으로 들어갔다. 물이끼와 불순물 때문에 물속은 뿌옇게 보였다.

화백은 정체 불명의 생물이 다가오는 쪽으로 시선을 고정시켰다. 암갈색의 생물은 갑작스럽게 덮쳐 왔다. 긴 주둥이와 딱딱해 보이는 껍질을 가진 그것은 예상대로 악어였다.

그녀는 손을 저어 물의 파동으로 악어를 밀어내려 했다. 그런데 악어는 잠시 주춤할 뿐 공격을 멈추지 않았다. 보통 악어라면 머리가 터지거나 최소한 목이 부러졌을 것이다.

'뭐지? 내가 약해진 건가?

팔을 횡으로 저어본 화백은 자신의 힘에 전혀 이상이 없음을 확인했다. 그렇다면 결국 저 악어가 비정상적으로 강하는 뜻이었다.

콰우우—!

뿌연 물이 하얀 거품을 일으키며 악어를 덮쳤다. 밖에서보다 훨씬 둔중한 소리가 울리며 악어가 저 멀리 퉁겨져 나갔다. 그녀의 공격으로 악어의 머리가 등을 파고들어 간 모습이었다. 붉은 피를 쉼없이 뿜어내는 악어를 보면서도 그녀는 미간의 주름을 펴지 않았다. 이 정도의 충격이면 먼지처럼 부서져야 정상이었다.

'이상한 곳이군.'

화백은 악어의 터무니없는 강함이 이 호수의 영향이라고 생각했다. 보통의 물과는 확연히 다른 느낌이 그녀에게 확신을 갖게 만들었다.

그녀는 물 밖으로 힘껏 솟구쳤다. 갑자기 그녀의 앞에 희뿌연 인영이 나타났다. 시야를 모아 확인하기 전에 목소리가 먼저 들렸다.

"세상에 나오자마자 싱싱한 먹잇감이 나타났군."

"아악!"

주적자는 빠르게 돌아섰다. 분명 화백의 비명이었다. 그는 지체하지 않고 땅을 박찼다. 기분 나쁜 기운이 스멀거렸는데 괜한 느낌이 아니었다.

그는 단숨에 물가에 다다라 화백을 찾았다. 오래 고개를 돌릴 것도 없이 그녀는 좌측의 십 장 너머에서 물을 딛고 서 있었다. 주적자는 화백과 세 명의 낯선 괴물들을 한눈에 두었다. 그들은 화백의 일 장 앞 허공에 둥둥 떠 있었다.

그중 가장 왼쪽에 있는 괴물을 본 주적자는 나오려는 비명을 가까스로 삼켰다. 온몸에 녹색 비늘이 덮여 있는 괴물은 어깨에 낫 모양의 날개를 달고 있었다. 눈은 안으로 깊숙하게 들어가 그저 검은 구멍으로 보였으며 톱날처럼 날카로운 이빨은 피를 머금은 듯 붉었다.

사자의 그것처럼 날카로운 발톱과 전갈의 꼬리… 충분히 공포스러운 모습이었다. 하지만 단순히 외형 때문에 비명을 지를 정도로 주적자의 담력이 약하지 않았다. 저 괴물에게는 상대로 하여금 두려움을 끄집어내게 하는 힘이 있는 것 같았다.

"악!"

"허억!"

뒤쪽에서 연이어 비명이 터졌다. 일행 모두가 저 괴물의 모습에 기겁을 한 것이다.

"아바돈!"

제로나가 괴물의 이름을 토해냈다. 그 목소리에는 여전히 두려움이 묻어 나왔다.

"누군가 했더니 발키리아로군."

고저없는 음성을 뱉은 아바돈의 시선은 주적자에게 고정되어 있었다. 마치 '왜 나를 보고도 비명을 지르지 않는 거지?' 라고 묻는 것 같았다. 주적자는 꼼짝 않고 서 있는 화백에게 소리쳤다.

"빨리 이쪽으로 와!"

화들짝 놀란 화백은 물을 박차 주적자 곁으로 내려섰다. 하지만 세 괴물들 중 누구도 그녀를 잡으려 하지 않았다.

"너무하는군, 근 이천 년 만에 밖으로 나왔는데 아바돈만 알아보다니."

주적자는 말을 한 가운데 괴물에게 눈길을 돌렸다. 키가 사 척 정도밖에 되지 않는 녀석은 머리의 크기가 몸통과 비슷했다. 너무 말라서 해골인 줄 알았는데 회색의 가죽이 덮여 있다는 것을 뒤늦게 알았다. 등에 달린 한 쌍의 날개는 깃털이 숭숭 빠져서 저것으로 날 수 있을까 의심스러울 정도였다. 손에 들고 있는 창도 녹이 슬어서 볼품없었다. 그가 지금까지 본 괴물들 중 가장 초라한 모습이었다.

코로나가 괴물에 대해 설명했다.

"사르가타나스예요. 수많은 마법에 능통한데 특히 사물을 투명하게 만드는 마법은 상대하기 까다로워요."

"크크크, 역시 이 세상이 좋아. 아직도 날 기억해 주고 있으니 말이야."

"네 녀석처럼 못생긴 녀석은 아무리 오랜 세월이 지나도 잊혀지지 않는 법이다."

이번에 말을 한 괴물은 가장 우측에 있는 녀석이었다. 형체없이 그냥 그림자만 너울거리고 있어서 존재하는지조차 확실치 않았다.

"네비로스예요. 시체나 사령 등을 쓰는 마족, 즉 네크로멘서인데 되도록 부딪치지 않는 것이 좋아요."

"저 중에 만나고 싶은 녀석은 하나도 없군."

소소자의 중얼거림 뒤로 아바돈의 목소리가 들렸다.

"넌 왜 날 보고 비명을 지르지 않지? 내가 무섭지 않나?"

그 물음은 주적자에게 향한 것이었다. 코로나가 그의 귀에 대고 낮게 속삭였다.

"아바돈은 상대로 하여금 참을 수 없는 공포를 갖게 만드는 힘이 있어요. 그래서 인간뿐 아니라 다른 초자연적인 존재도 아바돈을 보면 비명을 지르게 돼요. 심한 경우는 놀란 나머지 그 자리에서 죽어버리죠."

아바돈은 물끄러미 주적자를 보더니 입을 열었다.

"넌 참 특이한 녀석이군. 흡혈귀이면서 인간의 기운을 그토록 많이 가지고 있다니. 거기에……."

아바돈은 고개를 갸웃거렸다.

"그 안에 감춰진 다른 기운은 잘 모르겠군. 정말 특이한 녀석이야."

"저 녀석은 동쪽에 있는 나라에서 온 주적자라는 놈이야."

프로켈은 목소리로 먼저 자신의 존재를 알렸다. 마치 허공의 벽을 뚫고 나타난 듯 갑자기 눈앞에 나타났다. 그리고 잠시 후 호수를 가로질러 두 명이 더 모습을 드러냈다.

달걀처럼 매끄럽게 생긴 얼굴을 가진 괴물과 날개 달린 악어를 탄 사내였다.

"네가 부쿠브 카키슈를 가지고 있던 흡혈귀구나."

달걀 얼굴을 한 사내가 주적자에게 말하자 제로나가 대꾸했다.

"넌 단탈리안이 틀림없군. 어떤 방법으로 이계를 빠져나왔지?"

"내 곁을 스쳐 가는 엘릭서를 운 좋게 손에 넣을 수 있었지. 대답이 됐나?"

제로나는 고개를 끄덕였다.

"그렇군. 하필 엘릭서가 이계로 흘러 들어갔다니."

"엘릭서가 다른 마신이 아닌 내 손에 들어왔다는 것이 너희들의 가장 큰 불행이지."

"흥! 루시퍼가 부활하는 일은 절대 없을 것이다!"

단탈리안은 주위를 둘러보며 말했다.

"이미 십이호위도 모두 깨어났다. 그리고……."

그는 악어를 탄 사내를 가리키며 말을 이었다.

"그분의 육체까지 마련되었으니 너희들이 막기에는 너무 늦어버렸지. 너희들은 아직 '용자'조차 찾지 못한 것 같은데?"

제로나는 몸만 부르르 떨 뿐 아무 대꾸도 하지 못했다.

"단탈리안."

악어를 탄 사내가 부르자 단탈리안이 공손히 대답했다.

"베리알님, 분부하실 일이라도 있으신지요?"

"난 성으로 가야겠소."

"왜요? 마음이 안 놓이십니까?"

"내가 해야 할 일이 있다는 것은 당신이 잘 알지 않소?"

"여덟 호위를 보내놓았으니 성의 일은 잘 마무리될 것입니다. 이제 샤를롯트 아가씨와 결혼할 일만 남았으니 너무 걱정하지 마십시오."

"하지만……."

단탈리안이 베리알이라 불린 사내의 말을 끊었다.

"저와의 약속을 잊으셨습니까?"

베리알은 그저 한숨으로 단탈리안의 강요에 고개를 숙였다. 프로켈이 얼음 칼을 빼며 앞으로 나섰다.

"주적자, 널 찾아 나서려고 했는데 이곳에서 만났으니 운이 좋군."

주적자는 미간에 주름을 만들며 물었다.

"날 노리는 이유가 뭐냐?"

"당과가 네 목을 원하거든."

"내 목을 원하는 이는 당과가 아니라 너겠지."

주적자가 검을 빼자 아바돈과 사르가타나스, 네비로스가 동시에 앞으로 나섰다.

"흐흐흐, 프로켈님이 저 흡혈귀를 상대하신다면 우리는 나머지로 만족할 수밖에 없군요."

아바돈의 말에 단탈리안이 제동을 걸었다.

"발키리아는 놔둬라. 베리알님이 상대하실 테니까."

"그럼 저 여자는 내 몫이다."

사르가타나스와 네비로스가 동시에 말했다. 그들은 서로 화백이 자신의 먹이라고 다퉜다. 주적자의 뇌리로 코로나의 목소리가 파고들었다.

"일단 이곳을 빠져나가는 것이 좋겠어요."

귀가 아닌 머리 속으로 목소리를 집어던지는 것처럼 들렸다.

"저들 모두를 상대하는 것은 역부족이에요. 일단 피하고 보자구요."

프로켈을 잡아 당과의 현 상황을 다그치고 싶었지만 만용을 부릴 정도로 어리석지는 않았다. 주적자는 고개를 가볍게 끄덕이고 화백을 보았다. 그녀도 그와 같은 소리를 들었는지 의미있는 눈짓을 보냈다.

"가요!"

코로나가 소리침과 동시에 일행 모두가 땅을 박찼다. 발키리아는 트로이가에, 주적자 등은 날개를 편 세두의 등에 올라탔다.

"어리석은 녀석들!"

쩌렁하게 소리친 사르가타나스는 의미를 알 수 없는 주문을 외웠다. 그러자 눈앞에 있던 우거진 나무가 순식간에 사라지고 푸른 창공이 나타났다. 세두는 거침없이 허공으로 치솟았다.

"조심해! 사물을 투명하게 하는 마법이야!"

제로나의 경고에도 불구하고 가장 앞서 가던 세두가 무언가에 부딪쳐 추락했다. 위에 탄 토이틀과 체르샤가 비명을 지르며 땅으로 떨어졌다. 중간에 걸린 세두는 하나만이 아니었다. 소소자와 왕족발도 차례로 보이지 않는 나뭇가지에 걸려 바닥으로 뒹굴었다.

주적자는 하는 수 없이 세두의 등에서 뛰어내렸다. 땅에 내려서기도 전에 그가 탔던 세두 또한 깃털을 휘날리며 추락했다.

"빨리 움직여요!"

발키리아는 하늘로 날아가는 것을 포기하고 보이지 않는 숲을 질주했다.

콰콰콰쾅!

그녀들이 화살을 쏘자 투명한 나무들이 폭발을 하며 자잘한 파편을 만들어냈다. 주적자는 빨리 움직일 수 없는 왕족발과 토이틀을 옆구리에 끼고 발키리아의 뒤를 따랐다. 트로이가는 하늘을 날 때만큼이나 빠르게 지상을 달렸다.

갑자기 뒤쪽에 열기가 확 밀려왔다. 힐끔 고개를 돌리자 아바돈이 내뿜은 불덩이가 집채만큼 커지며 그들을 덮쳤다.

"제가 막을게요!"

소리를 친 화백은 양팔을 앞에서 맹렬하게 돌렸다. 그러자 하얀 실이 뿜어져 나와 방패를 만들었다. 퍼엉! 하는 굉음과 함께 하얀 수증기가 짙은 안개를 만들어냈다.

화백은 허공을 한 바퀴 회전한 후 쫓아왔다. 다행히 상처를 입은 것 같지는 않았다. 사르가타나스의 마법이 풀렸는지 우거진 숲은 그대로 눈에 들어왔다. 하지만 위로 날아갈 수는 없었다. 가장 뒤쪽에서 쫓아오던 셰두들이 보이지 않았기 때문이다.

쾅!

주적자는 얼굴에 화끈한 통증을 느끼며 주춤거렸다. 그의 뒤로 아름드리 나무가 커다란 소리를 내며 쓰러지는 것이 보였다.

"우리 뒤만 따라와요! 사르가타나스는 나무를 선택해서 투명하게 하고 있어요!"

그는 뒤쫓아오는 마족들을 힐끔 보았다. 그런데 당연히 있어야 할 프로켈이 보이지 않았다.

'어디?'

주적자의 의문이 채 끝나기도 전에 전면에서 한기가 엄습했다.

쩌정!

발키리아가 화살로 부순 나무 파편들이 얼음으로 변하며 그들에게 쏟아졌다.

"왼쪽으로!"

가장 앞서 가는 제로나가 소리치자 모두 방향을 꺾었다.

"이대로 도망치다가 힘만 빼느니 한번 싸워보자구요!"

옆구리에 매달린 왕족발이 소리쳤지만 주적자는 걸음을 멈추지 않았다. 일행 중에 싸울 수 있는 인원은 그를 포함해 다섯이었다. 수적으로는 불리하지 않아도 문제는 각자의 능력이었다.

인정하기 싫지만 그는 프로켈의 상대가 되지 않았다. 화백 또한 잘해야 저들 중 하나를 상대할 수 있을 것이다. 그리고 베리알은 단탈리안이 말한 대로라면 발키리아 모두를 붙잡아둘 수 있었다. 그렇게 볼 때 굳이 싸워보지 않아도 필패는 명약관화한 일이었다.

발키리아가 부순 나무의 파편들이 그의 옷 여기저기를 찢고 뒤쪽으로 흩어졌다. 주적자는 자욱한 먼지 속에서 오직 트로이가의 엉덩이만을 쫓았다.

그런데 갑자기 왼쪽에서 검은 그림자가 덮쳤다. 주적자는 펄쩍 뛰어올라 발 밑으로 지나가는 그림자를 짓밟았다. 빠각! 하는 소리와 함께 해골 한 구가 산산조각으로 부서졌다.

"조심해! 네비로스가 불러낸 사령이야!"

제로나는 소리를 지르며 활을 놓고 검을 빼 들어 검은색으로 하늘거리는 사령의 목을 쳤다. 그녀의 검에 맞은 사령은 먼지처럼 흩어져 버렸다.

캬아악ー! 캬아악ー!

비명 같은 소리를 지르며 달려드는 사령은 한두 개가 아니었다. 숲

전체가 사령으로 덮인 것 같았다.

"빨리 숲을 빠져나가야… 윽!"

말을 하던 코로나가 투명한 나무에 부딪쳐 트로이가에서 떨어졌다. 화백이 허공에서 그녀를 낚아채 트로이가 위에 앉힌 후 맨 앞으로 나갔다.

"제가 앞장설게요!"

화백은 길게 뽑아낸 실로 전면을 마구 휘저었다. 나무든 사령이든 실에 걸린 것은 무엇이든 산산조각으로 부서졌다. 화백에게 전위를 맡긴 발키리아는 후방과 좌우에서 사령들을 떨쳐 냈다.

갑자기 주위가 환하게 밝아졌다. 주적자는 비로소 숲에서 빠져나왔다는 것을 깨달았다. 그들 앞에는 낮은 풀이 깔린 초원이 드넓게 펼쳐져 있었다. 숲을 벗어나자 악착같이 달려들던 사령들이 흔적도 없이 사라졌다.

그들은 혼신의 힘을 다해 초원을 내달렸다. 머리 위로 코로나가 탄 트로이가가 휙 지나갔다.

"전방을 살펴볼게요!"

주적자는 뒤를 힐끔 돌아봤다. 제로나와 트로나가 그들의 배후에서 호위하듯 따라오고 있었다. 금방이라도 그들을 죽일 것 같던 프로켈 등의 모습은 아직 보이지 않았다. 그렇다고 이대로 순순히 물러났을 리가 없었다.

주적자는 사위를 살피는 것을 게을리 하지 않았다. 워낙 신출귀몰한 녀석들이라 땅속에서라도 불쑥 솟아날지 모른다. 하늘 높이 솟구쳤던 트로이가가 빠르게 하강했다.

"정면은 절벽이니 방향을 왼쪽으로 바꿔요!"

주적자는 그녀의 말에 따라 몸을 꺾었다. 그런데 앞에 느껴지는 기운이 뭔가 달랐다. 그는 지체하지 않고 몸을 비틀어 비켜났다.

치익—

어깨에 딱딱한 것이 걸리며 돌가루가 흩날렸다. 사르가타나스의 투명하게 만드는 마법이 이곳에도 펼쳐진 것이다.

"조심해요! 어딘가에 사르가타나스가 있다는 뜻이에요!"

"하지만 보이지 않는걸!"

"녀석은 자신의 모습조차 숨길 수 있어요! 어쩌면 다른 마신과 마족들의 몸까지 투명하게 했는지 몰라요!"

그녀의 말대로라면 녀석들은 투명한 상태로 그들을 뒤쫓고 있는지도 모른다. 움직이지 않는 상태라면 기운으로 감지할 수 있지만 지금은 눈앞에 자리하지 않는 한 발견하기 불가능했다.

그의 예상은 불행히 적중했다. 십 장 앞 허공에서 프로켈이 나타난 것이다. 녀석은 모습을 드러내자마자 그를 향해 칼을 휘둘렀다.

"피해!"

주적자는 소리를 치며 우측으로 방향을 꺾었다. 얼음 칼에서 뿜어져 나온 한기는 펄럭이는 상의 자락을 가루로 만들어 버렸다. 주적자의 머리 위로 코로나가 쏜 화살이 스쳐 갔다. 저것으로 프로켈을 어떻게 할 수 없다는 것쯤은 그나 그녀 모두 예상할 수 있었다. 단지 시간을 벌기만 바랄 뿐이었다.

'아무래도 추격을 늦출 필요가 있겠군.'

주적자는 옆구리에 낀 왕족발과 토이틀을 트로나와 제로나에게 각각 던졌다.

"이들을 맡아줘!"

"으악! 갑자기 던지면 어떻게 해!"

주적자는 왕족발의 엄살을 들으며 검을 빼 들어 뒤로 돌아섰다. 그런데 당연히 쫓아올 줄 알았던 프로켈은 저 멀리서 얼음 칼을 어깨에 걸친 채 웃고 있을 뿐이었다. 짐승 몰이를 하는 사냥꾼 같은 표정이었다.

하긴 그럴 만했다. 처음 싸움에서 보여줬던 녀석의 놀라운 속도는 도저히 따라갈 수 없는 그런 것이었으니까.

주적자는 다시 몸을 돌려 달리기 시작했다. 지금은 도망치는 것 외에 선택할 수 있는 방법이 없었다. 가능성이 희박한 몸부림이지만.

저 멀리 한 무리의 양 떼와 그것을 지키는 목동 한 사람이 눈에 들어왔다. 광활한 초원에 자리한 그 모습은 한 폭의 그림같이 아름다웠지만 그것을 감상할 여유는 없었다. 삼십여 마리의 양들을 한곳으로 모으던 양치기의 시선이 그들 쪽으로 향했다.

놀란 청년의 얼굴이 빠르게 확대되었다. 주적자는 감히 움직이지도 못하는 청년의 머리를 뛰어넘어 내달렸다. 힐끔 뒤를 돌아본 그는 눈을 부릅떴다.

양치기와 양 떼가 갑자기 검게 변하더니 이내 먼지가 되어 흩어졌다. 뒤쪽에서 날아오는 트로나가 외쳤다.

"녀석들이 쫓아오고 있다는 증거예요!"

가장 앞에 가던 코로나가 주적자의 머리 위를 지나 제로나에게로 갔다.

"언니! 이쪽은 낭떠러지야! 다른 방향으로 가야 해!"

"지금은 어디로 가든 마찬가지야! 놈들이 우리가 가고 싶은 곳으로 가게 놔둘 리가 없잖아!"

"하지만 이쪽은 최악의 길이야!"

주적자는 코로나의 외침을 들으며 초원의 끝을 보았다. 완만한 경사의 구릉 너머로 절벽의 맞은편이 보였다. 아직은 넓이가 얼마나 되는지 알 수 없지만 날개가 달리지 않고서는 건너지 못하리라는 것 정도는 알 수 있었다.

그는 방향을 바꾸지 않고 절벽의 가장자리에 다다랐다. 암갈색의 바위벽을 병풍처럼 펼쳐 놓은 맞은편까지는 족히 백 장이 넘어 보였고 높이는 이백 장 정도였다. 깎아지른 절벽을 타고 내려갈 수는 있겠지만 저곳에서 적을 만나는 최악의 상황을 연출하고 싶지는 않았다.

화백과 소소자, 체르샤가 속속 도착했다. 가장 늦게 온 발키리아는 절벽 위 허공에 둥둥 떠서 그들이 온 길을 보았다. 시야에 들어오는 것은 아무것도 없었다. 여전히 광활한 초원만이 펼쳐져 있을 뿐이었다.

"모두 트로이가에 타고 날아가면 안 될까?"

코로나의 말에 제로나는 고개를 저었다.

"허공에서 적을 만나면 속수무책이야."

"이대로 있는다고 더 좋아지지는 않잖아."

주적자는 긴 한숨을 뿜고 말했다.

"당신들은 이대로 가시오."

"무슨 소리예요? 우리만 가라구요?"

"모두 죽을 필요는 없잖소. 살 수 있으면 살아야지."

"하지만……."

제로나 뒤에 타고 있던 왕족발이 코로나의 말을 끊었다.

"난 내려줘요!"

"그 녀석도 데리고 가면 좋겠군."

"헛소리하지 말아요! 나만 도망칠 수는 없어! 뭐 해요! 빨리 내려주지 않고!"

왕족발의 외침에도 제로나는 움직이지 않았다.

"정말 우리가 떠나기를 바라느냐?"

"당신들이 이 자리에 있는다고 결과가 달라지나?"

"……."

"그런 표정 지을 것 없어. 꼭 죽으란 법은 없으니까. 여기에 있는 누구도 결코 약하지 않아. 뒤에 탄 두 녀석만 빼고."

"나도 강해!"

주적자는 애써 웃는 표정으로 왕족발을 보았다.

"넌 살아남아서 족쌍이를 찾아. 네가 예뻐서 도망치라고 하는 것은 아니다. 남아 있어봤자 도움도 안 되니 가라는 것뿐이야."

그는 말을 제로나에게 돌렸다.

"빨리 가. 당신들도 무사히 벗어날지는 알 수 없지만 가능성이 큰 쪽을 택해야 하잖아."

제로나는 물끄러미 주적자를 보았다. 딱딱하게 굳은 그녀의 얼굴에는 짙은 갈등이 떠올라 있었다.

"언니……."

트로나와 코로나가 동시에 그녀를 불렀다. 한참 동안 주적자를 응시하던 제로나가 두 동생에게 물었다.

"너희들 생각은 어떠냐?"

코로나가 지체하지 않고 대답했다.

"도망칠 수는 없어! 설사 운이 좋아 살아난다고 해도 루시퍼의 부활을 어떻게 막을 거야?"

"코로나의 말이 맞아요, 언니. 우리에게는 다른 용자를 찾을 시간이 없어요."

"진작 저분을 선택했으면……."

트로나가 코로나의 말을 막았다.

"됐어, 지금 와서 그런 얘기는 아무 소용이 없어. 문제는 지금이야. 이 위기를 어떻게든 넘겨야 해."

그녀는 말을 하고 초원으로 시선을 던졌다. 산들바람이 키 작은 풀들을 일제히 넘어뜨리며 지나갔다. 죽음과 평화의 양극이 극명하게 대비되는 풍경이었다.

"왜 아직 나타나지 않는 걸까요?"

화백의 말을 소소자가 받았다.

"어쩌면 우리 바로 코앞에 있는지도 모르지."

그는 말을 하고 장난스럽게 팔을 휘저었다.

파아―

갑자기 소소자의 가운뎃손가락이 잘리며 피가 튀었다. 주적자는 화들짝 놀라 소소자 전면을 향해 검을 휘둘렀다.

콰르르르―!

검파에 휘말린 풀들이 허공으로 치솟아 산산조각으로 찢겨졌다. 주적자의 공격에 대한 결과는 그것이 전부였다. 소소자의 손가락을 자른 그 무엇도 그의 검에 걸리지 않았다.

"회의는 모두 끝났나?"

십 장 전면에서 들려온 목소리 뒤로 형체가 나타났다. 가장 좌측에 사르가타나스가 있었고 아바돈, 프로켈, 단탈리안, 베리알, 네비로스 순으로 자리했다.

주적자는 암담함을 느꼈다.

'아무리 신경을 최고조로 끌어올리지 않았다고 하지만 일 장 앞에 있는 적을 못 알아채다니…….'

그는 소소자를 힐끔 보았다. 선혈이 낭자한 손을 부여잡은 그의 안색은 창백했다. 주적자는 소소자의 얼굴에서 완전한 절망을 읽을 수 있었다.

'후— 정말 이곳이 우리의 무덤이 되는 것일까?'

그의 시선이 화백에게로 향했다. 그녀는 희미한 웃음을 보낸 후 입 모양으로 '걱정 말아요' 라는 말을 건넸다. 주적자는 고개를 끄덕인 후 체르샤를 보았다. 그는 겁먹은 얼굴로 연신 벼랑 아래를 힐끔거리고 있었다.

주적자는 제로나에게 말했다.

"빨리 가. 어차피 이건 우리의 싸움이니."

"맞아! 저 빌어먹을 자식들은 우리 몫이지! 여편네 엉덩이에 깔린 만두처럼 납작하게 만들어주자구!"

소소자가 호기롭게 소리치고 그를 향해 씨익 웃음을 지었다. 억지로 짓는 미소라는 것이 한눈에 보였지만 그 역시 소소자다운 모습이었다. 죽음 앞에서 쩔쩔매는 것은 그나 소소자에게 어울리지 않았다.

"싸우기에는 좋은 날씨군."

주적자는 검끝으로 프로켈을 가리켰다.

"내 목을 가지고 싶다고 했지? 와서 가져가 보라구."

"죽는 순간에도 멋있게 보이려고 안달을 하는 것 같군."

프로켈은 주적자를 향해 뚜벅뚜벅 걸어왔다. 싸우려는 게 아니라 뜰을 산책하는 것처럼 여유로운 모습이었다.

"당과가 잘린 네 목을 보면 어떤 표정을 지을지 궁금하군."

'당과'라는 이름이 가슴을 아프게 파고들었다.

'그래, 인간이 되지 못한다면 기다리는 것은 죽음뿐이니 아쉬울 것도 없잖아.'

그렇게 생각했는데도 아쉬움이 남는 것은 어쩌면 당과를 만나지 못한 때문인지 모른다. 검을 내려뜨리는 그의 뇌리에 당과의 모습이 떠올랐다.

'너만이라도 인간이 될 수 있기를……'

그의 손에 힘이 들어갔다.

〈9권으로 이어집니다〉